Brigitte Pyerin

Mädchenlektüre und Emanzipation

(Jugend und Medien,
Band 16)

Brigitte Pyerin

Mädchenlektüre und Emanzipation

Kritische Fragen an Dagmar Chidolue im Kontext feministischer Literaturpädagogik

dipa-Verlag Frankfurt am Main

CIP-Titelaufnahme der Deutschen Bibliothek

Pyerin, Brigitte:
Mädchenlektüre und Emanzipation: kritische Fragen an
Dagmar Chidolue im Kontext feministischer Literaturpädagogik
/ Brigitte Pyerin. - Frankfurt am Main: dipa-Verl., 1989
(Jugend und Medien; 16)
ISBN 3-7638-0129-4

NE: GT

1. Auflage 1989

Umschlag: Christianna Nigl
Druck und Bindearbeit: F. M.-Druck, Karben
Printed in Germany

ISBN 3-7638-0129-4

Die vorliegende Untersuchung wurde von der sozialwissenschaftlichen Fakultät der Universität Heidelberg mit dem Titel "Ideologiekritisch-hermeneutische Textanalyse als Beitrag zur weiblichen Emanzipation. Das Mädchenbild in 'Aber ich werde alles anders machen' von Dagmar Chidolue" als Dissertation angenommen. Für die Buchveröffentlichung wurde die Einleitung überarbeitet und Abschnitt II.3. des Theorieteils gekürzt.

für Eva und Walter

I N H A L T S V E R Z E I C H N I S

EINLEITUNG

Es geht um Mädchenlektüre, d. h. es geht um einen nicht unwesentlichen Ausschnitt weiblicher Sozialisation, denn Mädchen lesen immer noch relativ viel und gerne Bücher. Und es geht um weibliche Emanzipation, d. h. es geht um die Frage, ob und wie Mädchenlektüre zur Bildung emanzipatorischen Bewußtseins beitragen kann.

Welches Bild von Frau und Mann transportieren Kinder- und Jugendbücher? Fügt sich dieses Bild nahtlos in den Gesamtkontext weiblicher Diskriminierung? Oder werden Alternativen für den weiblichen Lebenszusammenhang aufgezeigt, die Mädchen zu selbstbestimmter Lebensgestaltung ermuntern könnten? Und wie müßten Kinder- und Jugendbücher beschaffen sein, um einen Beitrag zur weiblichen Emanzipation leisten zu können?

Mit Sicherheit nicht so wie die meisten Kinder- und Jugendbücher heute, die - nach dem in der gesamten Medienlandschaft bewährten Motto: "Männer handeln - Frauen kommen vor" althergebrachte Rollenklischees unbefragt (re)produzieren. Kinder- und Jugendbücher heute stehen meist völlig unkritisch zur Benachteiligung der Frau in unserer Gesellschaft, blenden die Lebenswirklichkeit von Mädchen und die vielfältigen Unterdrückungsmechanismen, denen diese unterworfen sind, einfach aus, beschönigen sie oder gießen sie in harmonisierende Handlungsabläufe. Eine unbefriedigende Situation. Ein Stück Sexismus, über das erstaunlich lange überhaupt nicht nachgedacht wurde.

Erst seit relativ kurzer Zeit befaßt sich die Kinder- und Jugendliteraturforschung mit dem in Kinder- und Jugendbüchern gezeichneten Bild von den Geschlechtern. Bisherige Forschungsschwerpunkte sind Mädchenbuch (z. B. Dahrendorf 1978; Engelbertz/Engelbertz 1974; Mayr-Kleffel 1984), Bilderbuch (z.B. Hagemann 1981; Matthiae 1986) und Schulbuch (z.B. Sollwedel 1971; Nitsche 1971; Macholdt 1978).

Es gibt in diesem Feld allerdings eine Reihe von Arbeiten, die von einer deutlich unkritischen, ja geradezu antiemanzipatorischen Position ausgehen. Silbermann/Krüger 1971 beispielsweise setzen voraus, daß Frauen ein grundsätzlich anderes "Wesen" haben als Männer. Oder Neumann 1977: Sie untersucht 71 Titel, die offensichtlich gezielt ausgewählt wurden, um die Vorgefaßte Meinung von ohnehin reichlich vorhandenen Emanzipationsbestrebungen im Jugendbuch zu bestätigen.

Die meisten Autorinnen und Autoren, die an diesem Themenkomplex arbeiten, beschränken sich auf einen bestimmten Buchtyp, auf die Analyse einzelner Aspekte oder einiger weniger Bücher. Theoretische und methodische Überlegungen spielen meist keine oder eine nur untergeordnete Rolle. Deshalb fehlt es bislang an systematischen, theoretisch und methodisch fundierten, gegenstandsadäquaten Konzeptionen für differenzierte ideologiekritische Analysen, v. a. über die Bereiche traditionelles Mädchenbuch, Bilderbuch und Schulbuch hinausgehend. Es fehlt ebenso an differenzierten und systematischen Analysen des Mädchen- und Frauenbilds in einzelnen heute erfolgreichen Jugendbüchern.

An dieser Forschungslücke setzt die vorliegende Untersuchung an. Im Theorieteil wird zunächst eine auf eine kritische Gesellschaftstheorie rückbezogene pädagogische und literaturpädagogische Erziehungskonzeption entfaltet. Diese dient dann als Folie für das im Methodologiekapitel ausgearbeitete überwiegend hermeneutische ideologiekritische Verfahren zur systematischen, differenzierten interpretativen Analyse von literarischen Geschlechtsrollendarstellungen. Im Analyseteil wird die entwickelte Methode an einem Mädchenbuch der heute erfolgreichen Autorin Dagmar Chidolue exemplarisch erprobt. Die abschließend formulierten Hypothesen über die mögliche emanzipatorische Wirkung des Buches werden ansatzweise empirisch überprüft durch Gruppengespräche mit Heidelberger Schülerinnen.

Dieses Vorgehen soll vorab kurz erläutert werden.

Jede Literaturanalyse enthält - ausgesprochen oder nicht - normative Momente, d. h. sie bezieht sich auf eine bestimmte gesellschaftstheoretische, pädagogische und literarästhetische Position. Diese sollte vor der Textanalyse offengelegt und wissenschaftlich begründet werden. Das geschieht für die vorliegende Arbeit im Theorieteil.

Kapitel I befaßt sich mit der gesellschaftlichen Diskriminierung von Frauen (I.1.). Die Legitimität dieses Gesellschaftszustandes wird durch kritische Analyse der seit langem geführten sozialwissenschaftlichen Diskussion über die sozialen und biologischen Determinanten des Geschlechtsrollenverhaltens hinterfragt (I.2.).

In Kapitel II wird zunächst die historische Entwicklung des Emanzipationsbegriffs (II.1., II.2.) sowie das problematische Verhältnis von Feminismus und Marxismus kritisch nachgezeichnet (II.3.). Daran schließt sich in II.4. der Entwurf eines Programms emanzipatorischer Politik. Darauf bezogen wird dann ein Konzept einer kritischen Geschlechtsrollenerziehung entfaltet, das auf den Grundannahmen von emanzipatorischer Pädagogik und Interaktionstheorie aufbaut (II.5., II.6.).

Kapitel III befaßt sich mit der zentralen Fragestellung, inwieweit Emanzipationsprozesse durch Literatur beeinflußt werden können. Nach einem Überblicksreferat über die Forschungsergebnisse zur Wirkung von Literatur (III.1.) werden aus diesen Ergebnissen Thesen abgeleitet zu den Wirkungschancen emanzipatorischer Lektüre allgemein und heute (III.2., III.3.).

Von der Prämisse ausgehend, daß Literatur Emanzipationsprozesse unterstützen kann, wird schließlich in Kapitel IV, das zusammen mit dem dritten Kapitel das Kernstück des theoretischen Teils bildet, ein Kriterienkatalog erstellt für eine der weiblichen Emanzipation verpflichtete Kinder- und Jugendliteratur (IV.1.) Dieser Kriterienkatalog bezieht sich - ohne dies im einzelnen auszuweisen - auf die in Kapitel I und II erarbeitete politische und pädagogische Konzeption.

Er kann - so die These - einer feministischen Literaturkritik, deren Funktion in IV.2. diskutiert wird, als Folie dienen für die Ausarbeitung eines systematischen und differenzierten Verfahrens zur Analyse von literarischen Geschlechtsrollendarstellungen.

Die Ausarbeitung eines solchen Verfahrens ist Gegenstand der methodologischen Vorüberlegungen zum Analyseteil. Entwickelt wird eine vorwiegend hermeneutische Methode zur interpretativen primär sozialwissenschaftlichen Text- und Kontextanalyse, die auch die Formulierung von Wirkungshypothesen gewährleisten soll. Das Verfahren wird unter Orientierung an und gleichzeitiger Abgrenzung von der empirischen Methodik der Inhaltsanalyse expliziert und begründet (I.1., I.2., I.3.).

Die für eine interpretative Text- und Kontextanalyse von literarischen Geschlechtsrollendarstellungen relevanten Bewertungsaspekte sind v. a. im Abschnitt "Analyseinstruktionen und Fragen an den Text" zusammengestellt. Im darauffolgenden Abschnitt wird der Gang der Analyse umrissen.

Schließlich soll die Problematik von Wirkungsaussagen im Rahmen von ideologiekritischen Text- und Kontextanalysen diskutiert werden (II).

Mit der Analyse des Mädchenbilds in "Aber ich werde alles anders machen" von Dagmar Chidolue soll das entwickelte Verfahren exemplarisch erprobt werden.

Als Vorarbeit werden die für die Analyse relevanten Bewertungsaspekte ausgewählt, gewichtet und geordnet, und zwar in Anlehnung an die Analyseinstruktionen des Methodologiekapitels und in konkreter Anlehnung an den Text.

Die Textanalyse, der eine Inhaltsangabe des Buchs und die Begründung der Textwahl vorangehen, folgt dann im wesentlichen den Etappen des Emanzipationsprozesses der Protagonistin (Teil A). Da inhaltliche über formalästhetische Aspekte dominieren, sind letztere nicht im Inhaltsverzeichnis ausgewiesen.

Parallel zur Textanalyse (und deshalb ebenfalls nicht im einzelnen ausgewiesen), erfolgt eine Kontextanalyse (Teile A und B). Diese soll herausstellen, in welchen Punkten das analysierte Buch inhaltlich und formal die literarische Tradition des Mädchenbuchs fortsetzt bzw. neue Wege beschreitet. Daraus wird dann das affirmative/innovative Wirkungspotential des Textes in Form von Hypothesen ableitbar (Teil B), welches in einer tabellarischen Übersicht zusammengefaßt ist (B.V.1.).

Abschließend werden die Wirkungshypothesen durch Gruppengespräche mit der Zielgruppe des Buchs, mit 15- bis 16jährigen Realschülerinnen und Gymnasiastinnen ansatzweise empirisch überprüft (B.V.2.).

Am Schluß des theoretischen Teils (V.) sind dessen Ergebnisse zusammengefaßt, sodaß der stärker an der Literaturanalyse selbst interessierte Leser auch unmittelbar hier einsteigen kann. Im übrigen sind die einzelnen Teile der Untersuchung durchaus unabhängig voneinander verständlich und können auch selektiv gelesen werden.

THEORETISCHER TEIL

I. WEIBLICHKEIT ALS "PRODUKT" DER GESELLSCHAFT

1. Diskriminierung der Frau in unserer Gesellschaft

In Artikel 3 des Grundgesetzes der Bundesrepublik Deutschland ist die Gleichberechtigung von Mann und Frau als Grundrecht verankert. Männern wie Frauen sollte auf dieser Grundlage gleiche Behandlung in Erziehung, Ausbildung, Beruf und Politik zugestanden werden. Das heißt, Mann und Frau sollten die Freiheit haben, zwischen verschiedenen Lebensmodellen (Hausfrau/Mutter und/oder Beruf; Hausmann/Vater und/oder Beruf) zu wählen. Sie müßten die gesellschaftlich zu leistende Arbeit, Erwerbsarbeit wie Familienarbeit, in gemeinsamer Verantwortung tragen, wobei keiner von beiden von vornherein qua Geschlecht auf eine bestimmte Rolle festgelegt werden dürfte. Außerdem sollten danach Frauen und Männer, gleichberechtigt und ihrem Anteil an der Bevölkerung entsprechend, am öffentlichen Leben partizipieren können - und zwar auf allen Stufen der Hierarchie.

Wie aber ist es um die *Durchsetzung dieses verfassungspolitischen Gleichberechtigungsanspruchs in der gesellschaftlichen Realität* bestellt? Man muß zugeben, daß die Bundesrepublik Deutschland in den letzten Jahren beträchtliche Fortschritte in der Gleichstellung der Geschlechter gemacht hat, wenn man davon ausgeht, daß Frauenbildung und Teilnahme der Frau am Berufsleben und am öffentlichen Leben zentrale Voraussetzungen für die Verwirklichung von Gleichberechtigung sind.

Der Bildungsrückstand der Frauen gegenüber den Männern hat sich stark verringert[1], der Anteil der Frauen an den qualifizierten Bildungsabschlüssen ist in den vergangenen Jahren beträchtlich gestiegen. Mehr als die Hälfte der Realschulabgänger sind Mädchen; die Zahl der Abiturientinnen liegt nur noch geringfügig unter der Zahl der Abiturienten; der Anteil der Studentinnen beträgt inzwischen rund 40%; und von allen Erwerbstätigen mit Hochschulabschluß sind bereits knapp 30% Frauen.

Mehr Frauen als früher erhalten auch im Berufsleben eine Chance. Fast 40% aller Erwerbstätigen sind Frauen. Sie sind länger berufstätig; viele sind besser qualifiziert und erreichen mittlere, ganz vereinzelt auch schon Spitzenpositionen. Auch gibt es Mädchen, die typische Männerberufe wie Betriebsschlosser oder Chemiefacharbeiter erlernen (Modellversuche der Bundesregierung) oder Pilotin und Bordingenieur werden. Und das Unrechtsbewußtsein der berufstätigen Frauen wächst. Immer häufiger wehren sie sich gegen Lohn-und Einstellungsdiskriminierungen.

In der Politik sind ebenfalls Fortschritte zu verzeichnen. In allen Parteien, insbesondere bei den Grünen, hat der Anteil weiblicher Mitglieder zugenommen; auch in den Betriebsräten ist er angestiegen. Und zum ersten Mal in der Geschichte der Gewerkschaftsbewegung steht eine Frau an der Spitze einer Gewerkschaft (ÖTV).

Kein Zweifel, die Frauen haben heute in unserer Gesellschaft bessere Chancen als früher, im öffentlich-beruflichen Bereich zu wirken - und damit die Möglichkeit, autonom zu handeln.

---

1 allerdings nicht in allen gesellschaftlichen Schichten und in allen Bereichen der Bildung und Ausbildung gleichermaßen (vgl. Kürthy 1978).

Sie sind besser ausgebildet, stärker berufsengagiert, selbständiger und selbstbewußter geworden. Immer weniger Frauen akzeptieren die finanzielle Abhängigkeit vom Ehemann und die traditionelle, ausschließliche Fixierung auf Ehe, Haushalt und Familie. Immer mehr Frauen brechen aus dem gesellschaftlich vorgegebenen Rollenverhalten aus. Sie haben mehr Rechte als früher, gesetzlich statuierte und faktische. Und sie kämpfen auch entschiedener für ihre Rechte. Alles in allem große Veränderungen. Doch nichts, oder doch sehr wenig davon, hat sich auf die Struktur unseres Beschäftigungssystems und auf die Repräsentierung der Frau in gesellschaftlich relevanten Instanzen niedergeschlagen. Nach wie vor existieren *zahlreiche Benachteiligungen der Frauen im Berufsleben;* und nach wie vor bleiben *Spitzen- und Machtpositionen in Männerhand.* Die Frauen haben wie eh und je kaum Zugang zur Verteilung der Ressourcen, zu gesellschaftlicher Verantwortung, zu Macht und Ansehen. Die Einflußpositionen in Politik, Wirtschaft, Verwaltung, Justiz, Kultur und Wissenschaft bleiben so gut wie ausschließlich von Männern besetzt. Insoweit hat sich die Situation der Frau gegenüber früher allenfalls marginal verändert.

Wenn sich Frauen heute auch sehr viel mehr für Politik interessieren und engagieren als früher, so bleibt doch ihre Beteiligung an politischen Entscheidungen unverändert gering. Ihr Anteil an den Parteien ist zwar angestiegen; doch sind sie in keinem politischen Gremium von Gewicht auch nur annähernd ihrem bevölkerungspolitischen Anteil entsprechend vertreten. Wenn es um die Verteilung der Ämter und Mandate geht, bleiben die Männer, außer bei den Grünen, unter sich. In den Gemeindevertretungen, den Landtagen und im Bundestag sind Frauen eine Minderheit; ihr Anteil liegt durchweg unter 10%. In den Führungsgremien von Parteien, ausgenommen lediglich die Partei der Grünen, von Gewerkschaften und Betriebsräten sind Frauen nur als Spurenelemente vorhanden. An den Spitzen politischer Hierarchie, insbesondere auch in der Regierungsmannschaft, bleiben Frauen bloßes Alibi, bestenfalls Ausnahmen.

Auch auf das Beschäftigungssystem haben die Fortschritte im Bildungsbereich kaum Auswirkung gezeigt. Frauen haben im Berufsleben bei weitem noch nicht die gleichen Chancen wie die Männer. Das beginnt schon bei der Einstellung, wo Frauen unverblümt - allerdings nicht mehr immer ungestraft[2] - aufgrund ihres Geschlechts abgewiesen werden.

Der Arbeitsmarkt ist noch sehr stark nach Geschlechtern geteilt. Es gibt Männerdomänen, zu denen man den Frauen den Zugang verwehrt. Die im Rahmen des Modellversuchs "Mädchen in Männerberufen" ausgebildeten Maschinenschlosserinnen beispielsweise finden nur schwer eine Anstellung. Häufig schließt man Frauen - angeblich zu ihrem eigenen Schutz - aus bestimmten Berufen aus, und zwar aufgrund zum Teil antiquierter Arbeitsschutzbestimmungen (Beschäftigungsverbot von Frauen am Bau, Nachtarbeitsverbot für Arbeiterinnen, Begrenzung des Tragens und Hebens von Lasten über 10 Kilo) - Bestimmungen, die allerdings in den typischen Frauenberufen keine Anwendung finden (Krankenschwester, Kellnerin, Hausfrau und Mutter). Mädchen und Frauen, v.a. aus den unteren sozialen Schichten, konzentrieren sich immer noch auf die wenigen, als typisch weiblich geltenden Ausbildungsberufe (Sekretärin, Arzthelferin, Verkäuferin, Friseuse, Krankenschwester, Kindergärtnerin, Fürsorgerin) oder müssen mit schlechten Arbeitsplätzen auf unterster Qualifikationsebene vorliebnehmen (Fließband, Putzdienste, Heimarbeit), die die Männer nur allzugern räumen. In der Regel arbeiten Frauen in untergeordneten Positionen mit geringen Aufstiegsmöglichkeiten. Ein hoher Anteil arbeitet von vornherein in sogenannten "Sackgassenberufen". So nehmen Frauen kaum leitende Positionen ein.

Die zunehmende Tendenz der Frauen, Heim- und Teilzeitarbeit anzunehmen (1960: 7,1%, jetzt 28% Teilzeitbeschäftigte), schmälert ihr Mitspracherecht und ihre Aufstiegschancen noch

---

2 Ein erster Durchbruch: Das Arbeitsgericht in Hamm sprach Sozialarbeiterinnen Schadenersatzansprüche in Höhe von sechs Monatsgehältern zu, weil diese allein wegen ihres Geschlechts von der Arbeit in einem Männergefängnis ausgeschlossen worden waren.

zusätzlich. Außerdem bedroht die voranschreitende Rationalisierung im Büro v.a. weibliche Arbeitsplätze. Ein schwerwiegender Nachteil für berufstätige, verheiratete Frauen und Mütter ist die durch die Doppelrolle entstehende Diskontinuität (Kinder, Ortswechsel durch Arbeitsplatzwechsel des Ehemanns, begrenzte Mobilität). Dazu kommt noch die seit Jahren größtenteils erfolglos bekämpfte Lohndiskriminierung: Viele Frauen werden für gleichwertige Arbeit immer noch schlechter bezahlt als ihre männlichen Kollegen (Leichtlohngruppen). Frauen verdienen im Schnitt 25% weniger als Männer; und die Lohnschere zwischen den Geschlechtern verbreitert sich ständig. Obendrein werden Frauen in Krisenzeiten eher entlassen. Sie sind stärker betroffen von Konjunkturschwankungen, wie die aktuelle schwierige Arbeitsmarktsituation einmal mehr schmerzlich zeigt: Fast zwei Drittel aller Arbeitslosen sind Frauen. Insgesamt bleiben Frauen eine Manövriermasse, deren Begehrtheit am Arbeitsmarkt mit der politischen und wirtschaftlichen Situation schwankt. Im Moment findet ein Rückzug der Frauen aus dem Berufsleben, eine Rückbesinnung auf ihre familiale Rolle statt, die z.B. durch Einführen eines "Familienurlaubs" (der de facto für Mütter meist einen Abschied vom Berufsleben bedeutet) unterstützt wird. Andererseits sollen Frauen nun plötzlich in einem Bereich eingesetzt werden, der bisher rein männerdominiert war: in der Bundeswehr - und dies nur, weil die Männer nicht mehr "ranwollen".

Angesichts dieser Situation hieße es die Mehrheit der Frauen verhöhnen, würde man behaupten, daß ihnen bessere Bildung und vermehrte Berufstätigkeit nun quasi automatisch zur Emanzipation verholfen hätten. Zu viele Frauen üben heute vorwiegend bis ausschließlich aus wirtschaftlicher Notwendigkeit eine Berufstätigkeit aus, die oft genug monoton, unbefriedigend und erschöpfend ist. Und zu viele Frauen werden durch die Struktur unseres Beschäftigungssystems und die traditionelle familiale Arbeitsteilung doppelt ausgebeutet: zur gesellschaftlich wenig anerkannten, wenngleich äußerst wichtigen, gratis geleisteten Haus- und Erziehungsarbeit, kommt eine uninteressante, untergeordnete, anstrengende, schlecht bezahlte berufliche Tätigkeit.

Zusammenfassend läßt sich sagen, daß das Zusammenleben von Mann und Frau geprägt bleibt von Machtgefälle und Chancenungleichheit, daß sich Privileg und Vorrangstellung auf der einen, Benachteiligung und Unterwerfung auf der anderen Seite konzentrieren, daß unsere Gesellschaft männerbestimmt geblieben ist. Die Chancengleichheit der Geschlechter ist nach wie vor eine Fiktion. Das *Gleichberechtigungsgebot des Grundgesetzes* wurde bislang in der Wirklichkeit *nicht eingelöst.*

Warum ist das so? Warum ändert sich daran so wenig? Ein gewichtiger Grund liegt auf der Hand: Wenn in den entscheidenden Gremien unserer Gesellschaft fast ausschließlich Männer sitzen, die letztlich Männerinteressen vertreten, werden weibliche Bedürfnisse eben beharrlich mißachtet. Frauen, die sich radikal und vorrangig für die Durchsetzung weiblicher Gleichberechtigung einsetzen, haben bislang den Sprung in politische Spitzenpositionen nicht geschafft bzw. bewußt nicht angestrebt. Radikale Feministinnen agieren im politischen Abseits, wo sie zwar konstruktive (meist totgeschwiegene) Kritik üben dürfen und bewußtseinsverändernd wirken können, doch keinerlei praktisch-politischen Einfluß haben. "Wir sitzen auf unseren Inseln und konsumieren unseren eigenen Service ", charakterisierte Lydia Willhop treffend die Situation der Feministinnen (EMMA, April 1981, 53). Insgesamt fehlt es in der Bundesrepublik am politischen Willen, die Frauen benachteiligende gesellschaftliche Realität durch eine effektive Gesetzgebung ernsthaft zu bekämpfen. Die bestehenden Gesetze haben keinen "Biß", und die Bemühungen, sie wirksamer zu machen, fehlen oder sind halbherzig, werden beschämenderweise nur unter dem Druck der EG-Partnerländer unternommen (vgl. EG-Anpassungsgesetz); es gibt keine Antidiskriminierungsgesetze und keine Instanz für die Kontrolle ihrer Einhaltung. So wird letztlich *fundamentales Unrecht auf Grund des Geschlechts dem freien Spiel der gesellschaftlichen Kräfte, will heißen, den Männern, überlassen.* Die Chance, gesellschaftliche Veränderungen von "oben" einzuleiten, Politik als Instrument sozialen Wandels einzusetzen - sie wird in Sachen Emanzipation der Frau nicht genutzt.

Der zweite gewichtige Grund für die hartnäckig weiterbestehende Benachteiligung der Frauen ist das Vorherrschen der *traditionellen Arbeitsteilung*. Sie erschwert es der Frau ganz erheblich, aus der Familie herauszutreten, um am beruflichen und öffentlichen Leben teilzunehmen, das im Normalfall nach wie vor so strukturiert ist, daß ein Fortkommen von vornherein ausgeschlossen ist, wenn man nicht mindestens acht Stunden täglich voll einsatzbereit sein kann und möglichst zusätzlich den Vorteil hat, die private Alltagsarbeit an eine(n) im Hintergrund wirkende(n) Hausfrau/Hausmann zu delegieren. Doch "eine Ehefrau im Hintergrund zu haben - dies praktisch unerläßliche 'Requisit' der gegenwärtigen Berufsarbeit ist und bleibt Privileg der Männer" (Beck-Gernsheim 1980, 134). Denn auch wenn das neue Ehe- und Familienrecht im Gegensatz zu früher keine Richtlinien mehr für die innerfamiliale Aufgabenverteilung enthält, und diese ganz der individuellen Wahlfreiheit, der gemeinsamen Entscheidung der Ehepartner überstellt, an der gesellschaftlichen Praxis hat sich dadurch kaum etwas geändert. "Die Verantwortung für den Innenbereich der Familie, für Haushalt und Kindererziehung, ist weiterhin primär der Frau zugewiesen." Das gilt sowohl für die traditionelle Ehe, wo die Frau "nur" Hausfrau ist, als auch für die Paare, wo beide Partner einem Beruf nachgehen (Beck-Gernsheim 1979, 165; Zahlmann-Willenbacher 1979, 73).

Die vornehmliche Aufgabe der Frau ist es, Haushalt und Kinderbetreuung zu übernehmen. Der Beruf hingegen muß sich dieser Aufgabe unterordnen, bleibt zweitrangig. Die Biographie des Mädchens/der Frau bleibt in aller Regel auf Heirat und Mutterschaft ausgerichtet (Neuendorff-Bub 1979, 84 ff; Seidenspinner/Burger 1982),auch wenn der Beruf in den vergangenen Jahren für immer mehr Mädchen und Frauen sehr viel wichtiger geworden ist. Der Beruf ist häufig nur als Überbrückung bis zur Heirat oder zum "Aushelfen" gedacht, falls das Einkommen des Ehemannes nicht ausreicht, oder falls es als potentielle Lebensgrundlage im Fall seines Todes, einer Scheidung oder bei Nichtzustandekommen einer Ehe ausfällt. Und die sich verschlechternden Arbeitsmarktbedingungen verstärken diese traditionell weibliche, mehr familien- als berufsorientierte Haltung nun wieder zusätzlich.[3]

Die vornehmliche Aufgabe des Mannes ist und bleibt der Beruf. Seine Beteiligung an der Haus- und Erziehungsarbeit ist in der Regel immer noch sehr gering. Der Hausmann bleibt eine belächelte Ausnahme. Immerhin gibt es ihn schon. Es gibt auch schon Literatur zur "Emanzipation des Mannes" (Nichols 1976; Pilgrim 1977), und in der Lebenspraxis können wir bei jungen Männern erste Anzeichen der Abkehr von der einseitigen Orientierung auf Beruf und Karriere beobachten, die verbunden ist mit einer stärkeren Hinwendung zum familialen Bereich. Doch alles in allem "erkennen Männer in der herkömmlichen Welt der Frauen kaum eine Alternative oder Erweiterung ihres Lebensraumes", während Frauen "die Öffnung der herkömmlichen Männerwelt für sich erkämpfen" (Eckert 1979, 247). Dieser Mangel an männlicher Rollenflexibilität (- den man nicht allein dem einzelnen Mann anlasten darf, weil er von Tradition und gesellschaftlichen Strukturen mitbestimmt wird -) hemmt das Heraustreten der Frau aus ihrer familialen Rolle sehr stark.

Die traditionelle Arbeitsteilung und die Struktur des Arbeitsmarktes läßt in unserer Gesellschaft für die Frau im allgemeinen drei Varianten zu. Entweder ist die Frau "Nur-Hausfrau" und damit aus dem Erwerbsleben völlig ausgeschlossen; abgeschnitten auch von gesellschaftspolitischer Partizipation; finanziell total abhängig von ihrem Mann, der unbefragt die Vorrangstellung einnimmt, während sie selbst eine familiär wie sozial wenig angesehene Rolle ausfüllt.
Oder: Die Frau ist teilzeitbeschäftigt und damit beruflich

---

3 Ergebnis einer wissenschaftlichen Untersuchung an der Universität Dortmund, referiert in EMMA, April 1981.

nur teilengagiert und beschnitten in der Möglichkeit, voranzukommen und mitzubestimmen; sie bleibt weitgehend abhängig vom Ehemann. Sie kümmert sich alleine um Haushalt und Kinder, die letztlich ihr Hauptlebensinteresse bleiben müssen. Die dritte Möglichkeit besteht darin, daß die Frau ganztags berufstätig ist und sogar dann noch Hausarbeit und Kindererziehung in Alleinverantwortung bewerkstelligen muß (Zahlmann-Willenbacher 1979,73). Dadurch entsteht eine ungerechte und unzumutbare Doppelbelastung, die so kräfte - zehrend ist, daß das berufliche Engagement dieser Frauen nicht besonders groß sein kann. Voller Einsatz aber - und dies mindestens acht Stunden täglich - ist immer noch Grundvoraussetzung für die in unserer Gesellschaft als normal definierte Berufsarbeit. Und so ist von vorneherein jeder im Wettbewerbsnachteil, der das nicht leisten kann. Dieses strukturelle Merkmal, gepaart mit der Fortschreibung der traditionellen Arbeitsteilung, hindert Frauen am beruflichen Fortkommen.

Alle drei Varianten sind unbestreitbar geprägt von der *Unvereinbarkeit von Familienarbeit und Berufsarbeit für die Frau.* Es bleibt ihr denn auch nichts anderes übrig, als die vielfältigen Benachteiligungen im Beschäftigungssystem und im politischen System zu akzeptieren. Es fehlt ihr entweder schlichtweg die Kraft und die Zeit, für Veränderungen zu kämpfen,oder die Motivation -, weil der Beruf letztlich ja doch zweitrangig bleibt.

Die wenigen Frauen, die ihrem Beruf Priorität einräumen - und dies ist eine vierte, sehr seltene und gesellschaftlich nicht sonderlich geschätzte Verhaltensvariante -, müssen entweder auf Ehe und Kinder verzichten oder sich auf die tatkräftige Unterstützung durch den Partner, eine Großmutter oder bezahlte Kräfte stützen können. Häufig leben sie, weil ihnen ihr berufliches Fortkommen wichtig ist, mit einem permanent schlechten Gewissen der Familie gegenüber und werden als "Emanzen" oder Karrierefrauen abqualifiziert.

Die Situation der Frau läßt sich also wie folgt *zusammenfassen:* Unsere Gesellschaft gewährt der Frau keine gleichberechtigte Teilnahme am öffentlichen Leben, läßt ihr nicht die von den Politikern behauptete und im Ehe- und Familienrecht verbriefte Wahlfreiheit zwischen Beruf und Familie. Weil sie primär auf Haushalt und Kindererziehung fixiert bleibt, ist es ihr unmöglich, im beruflich-öffentlichen Leben eine entscheidende Rolle zu spielen, als Hälfte der Bevölkerung auch die Hälfte der gesellschaftlich relevanten Positionen einzunehmen. Wo die Frauen versuchen, eine einflußreiche Stellung zu erklimmen, stoßen sie in der Regel schnell auf den Widerstand eines von Männern dominierten Machtapparats. Das Gleichberechtigungsgebot des Grundgesetzes ist also keineswegs durchgesetzt, ja es ist sogar seit einiger Zeit eine Rückentwicklung zu beobachten. Die anhaltende wirtschaftliche Rezession, bzw. Stagnation, die wir erleben, bringt es mit sich, daß die Haupthindernisse bei der Durchsetzung des Gleichberechtigungsgebots, traditionelle Arbeitsteilung, männlich dominierte Arbeitsmarkt- und politische Struktur, nun noch schwerer als vorher zu überwinden sind. Die Arbeitslosigkeit trifft die Frauen besonders stark und steigt weiter an. Immer mehr Frauen werden aus dem Berufsleben gedrängt, zurück an den heimischen Herd. Immer mehr Frauen besinnen sich ausschließlich auf ihre natürliche Funktion der Mutterschaft. Frauenfragen werden nur (noch) marginal behandelt. Emanzipation ist nicht (mehr) "in".

2. Gesellschaftliche Bedingtheit und biologische Determinierung des traditionellen Geschlechtsrollenverhaltens

Von wo her immer man die gesellschaftliche Benachteiligung der Frau aufrollt, man stößt unweigerlich darauf, daß dabei der traditionellen Arbeitsteilung eine Schlüsselrolle zukommt, daß sie der Hauptwiderstand ist bei der Durchsetzung eines Lebensmodells, das Männern und Frauen gleiche Rechte und Pflichten in Familie und Haushalt sowie im beruflich-öffentlichen Bereich einräumt. Deshalb stellt sich die Frage nach den Ursachen und den Entstehungsbedingungen der so hartnäckig fortbestehenden traditionellen Arbeitsteilung. *Entspricht Entstehung und Tradierung der traditionellen Arbeitsteilung einem Naturgesetz*, einer allein biologischen Determinierung des menschlichen Geschlechtsrollenverhaltens, *oder muß man von einer gesellschaftlichen Bedingtheit ausgehen?* Oder ist vielmehr die Annahme zutreffend, die Herausbildung geschlechtstypischer Verhaltensweisen und Eigenschaften beruhe auf einer Interaktion sowohl biologischer als auch gesellschaftlicher Faktoren?

Bei der rein *biologischen* Argumentation ist die Rede vom "natürlichen Wesen" von Mann und Frau, das grundsätzlich verschieden sei und so zu grundsätzlich verschiedenen Verhaltensweisen und zur Übernahme unterschiedlicher gesellschaftlicher Aufgaben disponiere. Unterschiedliche hormonelle Steuerung (Mutterinstinkt/angeborenes aggressives Verhalten), anatomische Unterschiede und die unterschiedlichen Rollen bei Zeugung, Geburt und Stillen - das sind demnach die wahren Ursachen unserer ausgeprägten Geschlechtertypisierung. Unsere männerbestimmte, nur für Männer einträgliche, Frauen aber diskriminierende Gesellschaftsform wäre also lediglich Ausfluß unseres natürlichen, instinktgeleiteten Verhaltens?

Das Wesen der Frau - so heißt es - sei emotional, fürsorglich, passiv, empfangend, dienend und opferbereit - von der Natur also geschaffen für die Ausübung der Mutterrolle. Von der biologischen Mutterschaft, der natürlichen Gebärfähigkeit der Frau ausgehend, wird behauptet, die Frau, und ausschließlich die Frau, sei für die soziale Mutterschaft prädestiniert; es sei nur natürlich, wenn die Frau, ihrem Mutterinstinkt folgend, sich primär und in Alleinverantwortung der Erziehung und Pflege ihrer Kinder widme und eigene Interessen stets dem Familienwohl unterordne. Die "richtige" Frau findet erst in der Mutterschaft ihre wahre Erfüllung, "die Mutter ist unersetzlich" und die "Mutterarbeit führt zur Selbstverwirklichung" (Blüm 1981) der Frau, so lautet noch heute die Botschaft so mancher konservativer Familienpolitiker.

Diese rein biologische Argumentation trägt der Tatsache, daß der Mensch ein gesellschaftliches Wesen ist, nicht einmal ansatzweise Rechnung. *Nach dem heutigen Wissensstand ist aber davon auszugehen, daß die biologische Disposition unser ausgeprägt geschlechtstypisches Verhalten nicht vollumfänglich festlegt* und festgelegt hat. Der Einfluß der sozialen Umwelt spielt sicher eine wesentliche Rolle bei der Herausbildung der Geschlechtsunterschiede. Schon ein Blick auf die *Sozialgeschichte* der Geschlechtsrollenentwicklung macht dies deutlich. Denn nicht allein aufgrund natürlicher Voraussetzungen ist die starke Polarisierung der Geschlechtsrollen, die rigide Zuweisung Mann: Beruf, Frau: Familie entstanden, sondern unter ganz bestimmten sozio-ökonomischen Bedingungen. Als nämlich im 18. Jahrhundert durch die fortschreitende Industrialisierung Berufswelt und Privatsphäre auseinanderfielen, setzte sich die heute noch übliche Rollenverteilung Vater: Berufssphäre, Mutter: Privatsphäre immer stärker durch. Hauptsächlich der Mann soll den Lebensunterhalt der Familie sichern; in der Regel ist er ökonomisch stärker als die Frau und wird, nach der Werteskala der kapitalistischen Gesellschaftsform, höher bewertet als die ökonomisch schwache, finanziell von ihm abhängige Frau und darf deshalb über sie herrschen. Diese Form von geschlechtsspezifischer Arbeitsteilung hat eine nicht zu übersehende ökonomische und Männerherrschaft stabilisierende Funktion.

Zahlreiche psychologische, sozialpsychologische und soziologische Untersuchungen der letzten Jahre belegen immer deutlicher, daß geschlechtstypische Eigenschaften und Verhaltensweisen und damit der Fortbestand starrer Funktionsaufteilung ganz sicher nicht naturgesetzlich sind. Demnach sind Männer und Frauen zwar sehr unterschiedlich in ihren Eigenschaften, Fähigkeiten und Verhaltensweisen (Degenhardt/Trautner (Hgg.) 1979), sind dies aber nicht schon von Natur aus, sondern infolge einer geschlechtstypischen Sozialisation.

Die *Psychologie*, die lange Zeit das weibliche und männliche "Wesen" nicht grundlegend hinterfragt hat, sondern die

Folgen geschlechtsspezifischer Sozialisation als deren Ursache ausgegeben hat, läßt heute verstärkt die gesellschaftliche Bedingtheit der Geschlechtsunterschiede in ihre Überlegungen miteinfließen. Nachdrücklich wird auf die Wechselwirkung der verschiedenen Einflußgrößen (biologische Determinanten, kulturelle Einflüsse, soziale Umwelt, sozio-ökonomische Faktoren, Lernumwelten und Erziehungstechniken, gesellschaftliche Rollenerwartungen und -zuweisungen, psychologische Gesetzmäßigkeiten) bei der Herausbildung von geschlechtsspezifischem Verhalten hingewiesen (Degenhardt/Trautner (Hgg.), 1979).

Von Soziologenseite wird schon seit geraumer Zeit bestätigt, daß die Unterschiede der Geschlechter im wesentlichen auf kulturelle Einflüsse zurückzuführen sind (Schelsky 1955,16). Neuere soziologisch orientierte Untersuchungen, die sich gezielt mit den Geschlechtsrollen befassen und dabei verschiedene Schwerpunkte setzen und verschiedene Methoden anwenden, zeigen in weitgehender Übereinstimmung auf, daß die zu beobachtenden Geschlechtsunterschiede auf die gesellschaftlichen Bedingungen zurückzuführen sind, die das Individuum geformt haben.

Eine Reihe von Untersuchungen befassen sich mit der *geschlechtsspezifischen Sozialisation*, mit dem Erlernen des männlichen/weiblichen Charakters im Laufe der Sozialisation (Belotti 1975; Scheu 1977; Eckert (Hg.) 1979; Keller 1979).[4] Sie zeigen auf, wie an Jungen und Mädchen schon von Geburt an grundverschiedene Erwartungen herangetragen werden, die tiefverwurzelt und weitgehend unbewußt sind. Mit dem biologischen Geschlecht eines Menschen ist quasi automatisch festgelegt, in welcher Weise die Umwelt ihm entgegentritt, welchen Anreizen und Sanktionen er ausgesetzt wird, wie er bewertet wird und welche Verhaltensweisen von ihm erwartet werden. Er hat sich an bestimmten Vorbildern zu orientieren;

---

4 Zu schichtspezifischen Unterschieden vgl. Kürthy 1978.

die Möglichkeiten seiner Selbstverwirklichung sind bereits vorgezeichnet. Die geschlechtsspezifische Sozialisation beginnt in der Familie. Jungen und Mädchen identifizieren sich mit Vater und Mutter. Eine starke Geschlechtsdifferenzierung ist zwangsläufig die Folge, denn mütterliches und väterliches Modell sind sehr verschieden. Erwartungshaltung und erzieherische Maßnahmen der Eltern tun ein übriges zur Vorbereitung der Kinder auf die Übernahme der traditionellen Geschlechtsrollen: Das Mädchen soll Mutter und Hausfrau werden, der Junge soll im Beruf "seinen Mann stehen". Auch wenn die Mädchen heute nicht mehr ausschließlich und ganz offen allein auf die traditionelle Frauenrolle festgelegt und durchaus auch auf ihre Berufsrolle vorbereitet werden, so ist doch nicht zu leugnen, daß in unserer Gesellschaft die weibliche Sozialisation immer noch stark haus- und ehebezogen ist, während die männliche viel stärker berufsorientiert verläuft. Obwohl die Notwendigkeit von Ausbildung und Beruf auch für Mädchen heute generell anerkannt wird, ist noch viel zu spüren von der alten primären Ausrichtung auf Mutterschaft und Haushalt.

Was in der Familie begonnen wurde, wird in der zweiten Hauptsozialisationsinstanz, der Schule, fortgesetzt: auch hier werden Kinder geschlechtsspezifisch behandelt (Schultz 1978, 1979). Geschlechtsspezifische Eigenschaften und Verhaltensweisen werden vorgelebt, erwartet und eingeübt. Und von frühester Kindheit an prasseln von allen Seiten geschlechtsspezifische Inhalte auf die Mädchen und Jungen hernieder, die (wie stark auch immer) ihr Geschlechtsrollenverhalten mitprägen. Es beginnt schon in der Kinderstube, wo die Eltern (dem Marktangebot folgend) nach Geschlechtern getrenntes Spielzeug (Mädchen: Puppe, Puppenstube; Junge: Auto, Konstruktionsspiele) bereitstellen (Belotti 1975; Scheu 1977). Damit regen sie zu traditionellem Rollenverhalten an, das die Kinder im übrigen tagtäglich überall in ihrer unmittelbaren Umgebung - sowie obendrein im Fernsehen (Küchenhoff 1975) und im Bilderbuch (Hagemann 1981; Matthiae 1986) beobachten können. Später verweisen Schulbuch (Geiss 1972; Sollwedel 1971), Kinder- und Jugendliteratur (vgl. Kap.IV.1), Illustrierte (Langer-El Sayed 1971), Witze (Huffzky 1979) und immer wieder das Fernsehen und die Werbung das Mädchen auf das alte, traditionelle Leitbild der Frau, die primär Hausfrau und Mutter ist (und, falls sie berufstätig ist, dennoch Haushalt und Kindererziehung allein, ohne Klagen und mit "leichter" Hand, nebenbei erledigt). So bilden grosse Bereiche der Literatur und der Massenmedien das in unserer Gesellschaft praktizierte Geschlechtsrollenverhalten ab oder überdehnen es sogar noch[5] und unterstützen die Einübung der traditionellen Geschlechtsrollen.

Die geschlechtsspezifische Erziehung scheint lückenlos und unausrottbar zu funktionieren. Warum das so ist, begreifen wir ein Stück weit besser, wenn wir die psychologischen Mechanismen kennen, die der Vermittlung und der Übernahme der Geschlechtsrollen zugrundeliegen. Die verschiedenen psychologischen *Theorien zur Erklärung der Geschlechtsrollenentwicklung*[6] machen zwar verschiedene Mechanismen für das Entstehen von Geschlechtsunterschieden verantwortlich, sie stimmen aber darin überein, daß der Erwerb der Geschlechtsrolle einer Steuerung durch Lernprozesse unterliegt. Nach der Bekräftigungstheorie entstehen geschlechtstypische Verhaltensweisen durch Belohnung und/oder Bestrafung adäquaten/inadäquaten Rollenverhaltens. Hauptthese der Imitations- und Identifikationstheorie ist, daß das Kind durch Imitation und Identifikation die Geschlechtsrolle von den Eltern und von anderen Modellen übernimmt und verinnerlicht. Nach der kognitiven Theorie basiert die Geschlechtsrollen-Entwicklung auf Beobachtung und Kategorisierung männlicher/weiblicher Merkmale. "Mit großer Wahrscheinlichkeit" ist keiner dieser Mechanismen "ausschließlich am Werk" (Allemann-Tschopp 1979, 169).

---

5 Ein besonders krasses Beispiel ist die Werbung: Das Bild von der dümmlich-naiven, stets männlichen Anweisungen bereitwillig folgenden Hausfrau wird hier gezeichnet.

6 referiert nach Trautner 1979; vgl. dazu auch Schenk 1979 und Mussen 1978.

Weiter geben uns *Rollentheorie* und Stereotypenforschung interessante Aufschlüsse über die Unausrottbarkeit unserer geschlechtsspezifischen Sozialisation. Unter einer sozialen Rolle[7] versteht man in der Soziologie ein Bündel von Erwartungen, das für alle Inhaber einer Position im sozialen System (Lehrer, Mutter, Politiker) bestimmte Eigenschaften und Verhaltensweisen mit unterschiedlich starker Verbindlichkeit vorsieht. Rollenkonformes Verhalten wird positiv bewertet, abweichendes Verhalten bestraft. Durch soziale Rollen werden die für den Bestand der Gesellschaft notwendigen Funktionen und Zuständigkeiten sichergestellt; sie machen menschliches Verhalten kalkulierbar und erleichtern soziale Kooperation. Der Träger einer Rolle kann sich mit dieser voll identifizieren oder sich von ihr distanzieren und sie auf das unbedingt Geforderte reduzieren.

Die Geschlechtsrollen zählen zu den am stärksten eingeübten und verinnerlichten Rollen unserer Gesellschaft. Teils unverhohlen und direkt, teils indirekt subtil und weitgehend vorreflexiv wirken die Geschlechtsrollentypisierungen in der Alltagskommunikation auf den jungen Menschen ein und legen ihn auf seine Geschlechtsrolle fest (Eckert (Hg.) 1979). Männer wie Frauen tradieren der jeweiligen Kindergeneration die Geschlechtsrollen. Sie werden im Laufe der Sozialisation eingeübt und verinnerlicht, bis sie schließlich zur "zweiten Natur" werden.

Das wesentliche Bestimmungsmoment dabei ist die an das Merkmal Geschlecht gebundene Arbeitsteilung, die den Frauen die Rolle der Hausfrau und Mutter, den Männern die Berufsrolle zuweist. Die zentrale These aus rollentheoretischer Sicht lautet: Es ist

> "die Eigenart der Hausarbeit - und nicht die Natur der Frau - die hinter den sogenannt 'frauentypischen' Eigenschaften steht. Es ist die grundsätzliche Arbeitsteilung zwischen den Geschlechtern, nicht die Biologie, die Frauen zu dem macht, wie wir sie kennen: mehr gefühlsbetont, fürsorglich, zärtlich, weniger aggressiv und machtorientiert als Männer" (Beck-Gernsheim, 1979, 177).

---

7 referiert nach Krappmann 1983.

Der Kreis schließt sich: Die geschlechtsspezifische Sozialisation bereitet auf die Übernahme der jeweiligen Geschlechtsrolle vor und erzeugt damit geschlechtsspezifische Eigenschaften, die dann automatisch und stereotyp jedem Mann bzw. jeder Frau zugeschrieben werden. Es bildet sich für jedes Geschlecht jeweils ein Set von bestimmten Vorstellungen heraus, das dann das männliche/weibliche Stereotyp konstituiert. Unter *Stereotyp* versteht man in der *Sozialpsychologie* eine vorgefaßte, starre, stark vereinfachte Vorstellung einer Gruppe über sich selbst oder über die Mitglieder anderer Gruppen (Schenk 1979, 105 f).[8]

Stereotype werden nicht durch konkrete Erfahrungen in der Auseinandersetzung mit dem Gegenstand des Stereotyps entwickelt, sondern werden als vorgefertigte Meinung dem Menschen im Laufe des Sozialisationsprozesses vermittelt. Sie sind auch durch massive gegensätzliche Erfahrung kaum aufzubrechen und ändern sich auch dann nur sehr zögernd, wenn die soziale Realität, die ihrem "wahren Kern" zugrundelag, sich längst gewandelt hat. Stereotype schränken damit Wahlmöglichkeiten und Informationsaustausch der Menschen stark ein. Allerdings besitzen sie auch eine positive, entlastende Orientierungsfunktion -, und das erklärt viel von ihrer Unausrottbarkeit. "Sie sind die geistigen Schubladen, die das Einordnen von Menschen erleichtern" (Ostermann/Nicklas 1976,4) und damit wichtige Abwehrmechanismen von Unsicherheit und Angst. Häufig werden Stereotype von einer Gesellschaft so lange produziert, bis sich die "Opfer" ihrem Stereotyp anpassen.

Zu den am stärksten verbreiteten und folgenschwersten Stereotypen in unserer Gesellschaft gehören die Geschlechterstereotype. Subtil und weitgehend unbewußt wirken diese Typisierungsschemata täglich auf uns ein und verankern in uns

---

8 Die folgenden Ausführungen stützen sich im wesentlichen auf Abschnitt 4 bei Schenk (Geschlechtsrollenstereotype und Sexismus).

rigide, stark vereinfachte, die Wirklichkeit verzerrende Bilder vom "Wesen" der Geschlechter, denen wir uns anpassen.

Die bekannten Geschlechterstereotype haben sich nach weitgehend übereinstimmenden Forschungsergebnissen der Sozialpsychologie in den letzten Jahrzehnten inhaltlich kaum gewandelt. Frauen gelten nach wie vor als passiv , abhängig, unsicher und sich unterordnend, unlogisch, emotional, sanft, einfühlsam, fürsorglich und opferbereit, fleißig, sauber und ordentlich, religiös, schwach und ängstlich (vgl. Schenk 1979,107; Neuendorff-Bub 1979,82 f; Scheu 1977,107 ff). Zum weiblichen Stereotyp gehört die Ausrichtung auf das Private, auf Haushalt und Familie und das damit verbundene Desinteresse an Politik und Öffentlichkeit. Ihr soziales Engagement ist deutlich größer als das des typischen Mannes, der stärker außerhäuslich und berufsorientiert ist und eine öffentliche Grundorientierung besitzt. Seine Interessenschwerpunkte sind Beruf, Politik und Technik (Dahrendorf 1978, 174). "Der Mann" gilt als aktiv, unabhängig, selbstbewußt und dominant, rational, logisch, technisch begabt, ehrgeizig, risiko- und entscheidungsfreudig, aggressiv, stark und kühn (vgl. Schenk 1979,107; Neuendorff-Bub 1979,82 f; Scheu 1977, 107 ff). Die stereotypen Vorstellungen von Männern und Frauen vom eigenen sowie vom anderen Geschlecht stimmen fast vollständig überein. Auch teilen Angehörige verschiedener sozialer Schichten, Konfessionen, Berufs- und Altersgruppen die traditionellen Vorstellungen über das "Wesen" der Geschlechter (Schenk 1979,108). Kinder, die bereits im Kindergartenalter mit den verbreiteten Stereotypen wohlvertraut sind (Scheu 1977,108 f), neigen zu besonders starren Vorstellungen, die erst mit zunehmendem Alter flexibler werden (Schenk 1979,109).

Entsprechend der genannten männlichen Berufsorientiertheit ist die "Kompetenz" zentraler Bestandteil des männlichen Geschlechtsrollenstereotpys. Sie umfaßt für die Berufsrolle relevante Eigenschaften wie Denkfähigkeit, Kritikvermögen, Intelligenz, Kreativität, Initiative, Selbständigkeit, Selbstbewußtsein und Zielstrebigkeit; und sie wird höher bewertet als die weibliche Entsprechung, "Wärme und emotionale Ausdruckskraft". An Frauen schätzt man eher an der Mutterrolle orientierte Qualitäten wie Zärtlichkeit, Sanftheit, Einfühlsamkeit.

Die Höherbewertung des männlichen Stereotyps bezieht sich nicht nur auf die "Kompetenz", sondern auf alle "männlichen" Eigenschaften. Die Benachteiligung der Frau ist eklatant. Sie ist durch die Minderbewertung des weiblichen Stereotyps vor die Wahl gestellt, die typisch weiblichen, abgewerteten Eigenschaften zu übernehmen, was mit einer Reduzierung ihres Selbstwertgefühls verbunden ist; oder sich an den höher bewerteten männlichen Eigenschaften zu orientieren, womit sie aber Gefahr läuft, als "Mannweib" zu gelten (Schenk 1979, 110 ff).

Die Aussagen der soziologisch und sozialpsychologisch orientierten Untersuchungen über Ursachen und Entstehen der traditionellen Geschlechtsrolle lassen sich so zusammenfassen: Geschlechtsspezifische Sozialisation, Ausrichtung auf eine bestimmte Geschlechtsrolle und Einwirken der Geschlechterstereotype treten in eine so starke Wechselwirkung[9], daß es für das Individuum kaum eine andere Möglichkeit zu geben scheint, als sich dem Geschlechtsrollenstereotyp anzupassen. Diese Überlegungen lassen jedoch die Rolle der biologischen Determinierung des Menschen und seine Eigenaktivität außer acht, sind also zu einseitig. Wir müssen ganz sicher von einer *Interaktion biologischer und kultureller Komponenten* ausgehen, von einer permanenten Wechselwirkung beider Faktoren (Allemann-Tschopp 1979, 28 f) und dürfen die *Aktivität und Konstruktivität der Individuen*, das Vorhandensein und Ausnutzen von Spielräumen nicht übersehen. Wenn ich dennoch den Standpunkt der Soziologen so ausführlich dargestellt ha-

---

9 wobei in dieser Arbeit der Einfachheit und Anschaulichkeit halber ein linear kausales Modell gezeichnet wurde.

be, so deshalb,weil ich der Meinung bin, daß die Rolle der Biologie in unserer Gesellschaft im allgemeinen immer noch überbewertet wird, Frau und Mann weit über ihre biologische Ausrüstung hinaus zu "Weib" und "Mann" disponiert werden (Bischof/Preuschoft (Hgg.) 1980) und der Mythos vom spezifischen "Wesen" der Geschlechter, von der Andersartigkeit und Minderwertigkeit der Frau sich allen Gegeninformationen zum Trotz sehr hartnäckig hält. Was in Wahrheit zu einem gut Teil Ergebnis gesellschaftlicher Konditionierung ist, wird als naturgegebene und damit nicht hinterfragbare biologische Voraussetzung ausgegeben. Diese *Naturalisierung von auch gesellschaftlich bedingten Geschlechtsunterschieden und Ungerechtigkeiten* ist ideologisch: sie ist Ausdruck eines falschen Bewußtseins und dient der Aufrechterhaltung und Rechtfertigung der geschlechtsspezifischen Arbeitsteilung. Naturalisierung gesellschaftlich bedingter Mißstände ist bekannterweise eine altbewährte *ideologische Strategie zur Legitimierung und Stabilisierung von Herrschaft*. Die Ideologie vom weiblichen/männlichen "Wesen" dient dem Fortbestand unserer, von Männern bestimmten und nur für Männer einträglichen Welt. Und diese gilt es zu verändern.

II. WEIBLICHE EMANZIPATION UND ERZIEHUNG

Wenn hier für die Abschaffung der Männerherrschaft und für die Emanzipation der Frau eingetreten wird, muß zunächst geklärt werden, was mit Emanzipation gemeint ist. Weiterhin wären Überlegungen darüber anzustellen, ob und wie weibliche Emanzipation befördert werden kann, durch Erziehung und Bildung, durch Literatur und Literaturkritik.

1. Zum Emanzipationsbegriff

"Emanzipation" ist ein zentraler sozialwissenschaftlicher Begriff, vielstrapaziert und schillernd, keineswegs eindeutig definiert und für recht unterschiedliche Interessen in Dienst genommen. Auf der Suche nach griffigen Emanzipationskonzepten stößt man auf eine Vielfalt unterschiedlicher Definitionen und Traditionsstränge, auf Bedeutungsausweitungen und -verschiebungen.

"Emanzipation" ist abgeleitet vom lateinischen "emancipatio", einem aus dem römischen Rechtswesen stammenden Terminus technicus, der den förmlichen Akt der Freigabe eines Familienmitglieds aus der väterlichen Gewalt bezeichnete. Dieser ursprünglich rein rechtliche Begriff wird in seiner neuzeitlichen Bedeutung zusehends politisch. Er wird zum "Nenner für alle Forderungen, die auf Beseitigung rechtlicher, sozialer, politischer oder ökonomischer Ungleichheit zielten" (Ruhloff 1983,376) und bleibt zunächst meist konkret an bestimmte Gruppen gebunden (z.B. Juden, Frauen, Sklaven, Neger, Bürgertum, Proletariat). "Emanziption" steht aber auch relativ abstrakt für "die Herauslösung der Menschheit aus allen Bindungen, die nicht durch individuelle und kollektive Vernunft, durch für alle Betroffenen konsensfähige Gründe beglaubigt sind", wird häufig als "allgemeine(s) Prinzip der Gesellschafts(um)gestaltung"begriffen (Ruhloff 1983,376). Zuweilen erscheint

> "menschliches Leben in individueller und in gattungsgeschichtlicher Perspektive (...) insgesamt als Emanzipationsprozeß und Kampf um Emanzipation, in dem es durch Überwindung der Abhängigkeit von Naturgewalt und von der sozialen Beschränkung durch die Willkür anderer Menschen um die vollständige Ausfaltung 'aller menschlichen Sinne und Eigenschaften' (Marx, Pariser Manuskripte,1844), kurz um die Vollkommenheit des Menschen geht." (Ruhloff 1983,377)

Ein erstes Ergebnis zumindest läßt sich aus der "Verwirrung" und "Willkür" des Begriffs ableiten:

> "Über 'Emanzipation' läßt sich theoretisch nur verhandeln, wenn präzise definiert ist, *wessen 'Emanzipation' wovon und wozu*, in welcher Situation und auf wel-

> che Situation hin gemeint sein soll, und wenn die Werte genannt und begründet werden, zu deren Verwirklichung 'Emanzipation' erfolgen soll" (Hesse 1973,247; Hervorhebung B.P.).

Für die vorliegende Arbeit scheint es angebracht bei der Formulierung einer eigenen Begriffsdefinition sowohl die feministische Theoriebildung als auch die Diskussion der emanzipatorischen Pädagogik zu berücksichtigen.

2. Entwicklung und Inhalte der Frauenbewegung

Wie der Begriff "Emanzipation" insgesamt, ist auch der wesentlich jüngere Unterbegriff "Frauenemanzipation" keineswegs einheitlich definiert. Auch seine Bedeutung hat sich im Laufe der Geschichte gewandelt und ausgeweitet, auch er wird und wurde in den verschiedenartigsten Ausprägungen verwendet.

a) Die erste Frauenbewegung[10]

Der Gleichberechtigungsgedanke der bürgerlichen Aufklärung hatte seit der Französischen Revolution dazu geführt, daß auch Frauen diesen Grundsatz für sich beanspruchten. Schon 1793 formulierte Olympe de Gouche - da die Menschen- und Bürgerrechte offensichtlich als Männerrechte konzipiert waren - die "Frauenrechte". Auch die Anfang des 19. Jahrhunderts entworfenen Sozialutopien St.Simons und Fouriers enthielten bereits Vorstellungen über die Gleichstellung der Frauen.

Entscheidenden Auftrieb erfuhr der Gleichberechtigungsgedanke in Deutschland dann erst im Vormärz, da sich das Leben der proletarischen und der bürgerlichen Frauen einschneidend verändert hatte. Die in dieser Zeit entstehenden *bürgerlichen*

---

10 vgl. Twellmann 1976, 26-49; Schenk 1980; Niggemann (Hg.) 1981, darin v.a. Einleitung; Menschik (Hg.)1977, 13-24.

Frauengruppierungen kämpften v.a. um Frauenrechte: um das Recht auf Bildung, das Recht auf einen Beruf, um gleiche Staatsbürgerrechte, insbesondere das Wahlrecht, auch um juristische Gleichberechtigung im Bürgerlichen Recht und im Strafrecht. Mit der Erlangung der Staatsbürgerrechte und größeren Möglichkeiten individueller Selbstverwirklichung verbanden die Frauen den Anspruch, die Gesellschaft zu verbessern. Ohne die kapitalistische patriarchalische Gesellschaftsordnung grundsätzlich in Frage zu stellen, wollten die bürgerlichen Frauen durch einen spezifisch weiblichen Kulturbeitrag, durch "geistige" und "soziale Mütterlichkeit", durch sozialkaritatives Engagement und durch ihren entschlossenen Einsatz in sozialen Berufsfeldern die eklatanten gesellschaftlichen Mißstände und die inhumanen Konsequenzen der männlich geprägten Kultur und Zivilisation kompensieren und damit die Klassengegensätze überwinden helfen.

An der Vorstellung von der natürlichen Wesensverschiedenheit von Mann und Frau wurde festgehalten, weibliche Eigenschaften und Fähigkeiten sollten lediglich Anerkennung und Aufwertung erfahren. Die gemäßigten bis konservativen bürgerlichen Frauen, wie z.B. Helene Lange, Luise Otto-Peters und Gertrud Bäumer hielten am traditionellen, an Ehe und Mutterschaft orientierten weiblichen Leitbild fest. Weibliche Sexualität blieb streng an Mutterschaft und diese wiederum an die Ehe gekoppelt. Lediglich ein relativ kleiner Flügel der bürgerlichen Frauenbewegung, dem u.a. Minna Cauer, Anita Augspurg und Lida Gustava Heymann angehörten, formulierte radikalere Forderungen, trat für eine Liberalisierung der Sexualmoral ein und kämpfte entschlossen für das Frauenwahlrecht. Dieser radikale Flügel löste sich um die Jahrhundertwende auf.

Der 1894 gegründete Bund Deutscher Frauenvereine (BDF), der als Dachorganisation die meisten bürgerlichen Frauengruppen zusammenschloß und in dem der rechte Flügel dominierte, degenerierte in der Weimarer Republik weitgehend zu einer "Bewegung organisierter Mütterlichkeit" (Schenk 1980,60) mit deutlich konservativen Zügen und löste sich 1933 auf.

Die *sozialistische Frauenbewegung* formierte sich seit den 1870er Jahren und bis 1908 weitgehend autonom und unabhängig von der SPD im Untergrund (bis 1908 war Frauen Beitritt zu politischen Vereinen untersagt; Sozialistengesetze). Es entstanden Arbeiterinnenvereine, Frauenzeitungen, Bildungsvereine. Immer mehr Frauen nahmen seit der Jahrhundertwende an geheimen Versammlungen, Bildungsveranstaltungen und politischer Agitation teil. Die sozialistische Frauenbewegung breitete sich rasch aus. Anfangs wurde sie von den bürgerlichen Frauen unterstützt, während sie in den eigenen Reihen auf teilweise massiven Widerstand der Gewerkschafts- und Parteimänner stieß. Unterstützung von Seiten der Männer innerhalb der Arbeiterbewegung erfuhren die Frauen nur von wenigen Männern, insbesondere von August Bebel.

Im Gegensatz zu den bürgerlichen Frauenvereinen, denen es um individuelle Freiheiten, um Gleichberechtigung, letztlich um Integration in die Männerwelt ging, war in den Augen der Arbeiterinnenvereine die Befreiung der Frauen nur möglich im Rahmen der Befreiung des Proletariats. Die sozialistische Frauenbewegung verstand sich als Teil der Arbeiterbewegung; sie kämpfte für politische Emanzipation, für ökonomische und soziale Verbesserungen, die die Herrschaftsverhältnisse grundsätzlich in Frage stellten. Die unterschiedlichen Zielvorstellungen führten dazu, daß sich die bürgerliche und die proletarische Frauenbewegung immer weiter auseinanderentwickelten. Zum endgültigen Bruch kam es 1894 mit der Gründung des BDF.

Die grundlegenden Positionen der *sozialistischen Emanzipationstheorie* hat Friedrich Engels in "Der Ursprung der Familie, des Privateigentums und des Staats" (Engels ^{4}1978) formuliert. Er zeigt die Entwicklung vom Stamm etc. zu verschiedenen Familienformen auf, wobei er mit Bachofen und Morgan für frühe Gesellschaftsformationen, die er als kommunistisch bezeichnet, eine "Herrschaft der Weiber" (ebd. 57) annimmt. Die einzelnen frühen Entwicklungsstufen bindet er nicht an ökonomische Faktoren, an die Arbeits- und Austauschweise der Menschen, sondern leitet sie in Anlehnung an Bachofen und Morgan aus Verwandtschaftskonstellationen, der "natürlichen" Entwicklung des Inzesttabus und dem "natürlichen" Bedürfnis der Frau nach der Einehe her. Erst die Monogamie mit patriarchalischer Prägung wird mit ökonomischen Momenten begründet: Auf dieser Entwicklungsstufe entsteht für Engels das Privateigentum - hinfort die historische Triebkraft der Entwicklung - und somit die Herrschaft des Menschen über den Menschen. Der erste Klassengegensatz fällt mit dem Antagonismus Mann/Frau zusammen:

> "Der erste Klassengegensatz, der in der Geschichte auftritt, fällt zusammen mit der Entwicklung des Antagonismus von Mann und Weib in der Einzelehe, und die erste Klassenunterdrückung mit der des weiblichen Geschlechts durch das männliche." (ebd. 76)

Die Männer haben nach Engels auf dieser Stufe die Veränderung der Erbfolge durchsetzen können und in der Familie eine immer wichtigere Position eingenommen, aufgrund ihrer Zuständigkeit für Nahrungsbeschaffung und Herstellung der Arbeitsmittel. Die sachliche Grundlage der Männerherrschaft ist der Besitz, der in der weiteren Entwicklung dazu führt, daß Frauen und Kinder in den Dienst der Vererbung gestellt werden. Fällt der Besitz weg, so fällt auch der Antrieb für die Männerherrschaft weg, was ansatzweise in der proletarischen Familie zu beobachten sei. Besitzlosigkeit, Frauenerwerbstätigkeit und Vergesellschaftung der Kindererziehung machen - so Engels Prognose - dem Patriarchat ein Ende.

Zum gesellschaftlichen Wandel der Hausarbeit heißt es bei Engels:

> "In der alten kommunistischen Haushaltung, die viele Ehepaare und ihre Kinder umfaßte, war die den Frauen übergebene Führung des Haushalts ebensogut eine öffentliche, eine gesellschaftlich notwendige Industrie wie die Beschaffung der Nahrungsmittel durch die Männer. Mit der patriarchalischen Familie, und noch mehr mit der monogamen Einzelfamilie wurde dies anders. Die Führung des Haushalts verlor ihren öffentlichen Charakter. Sie ging die Gesellschaft nichts mehr an. Sie wurde ein Privatdienst; die Frau wurde erste Dienstbotin, aus der Teilnahme an der gesellschaftlichen Produktion verdrängt. Erst die große Industrie unserer Zeit hat ihr - und auch nur der Proletarierin- den Weg zur gesellschaftlichen Produktion wieder eröffnet." (ebd. 84)

Die Hausarbeit der Frau, die nicht mehr als Arbeit, sondern als private Dienstleistung gilt, hat also nach Engels ab der Entwicklungsstufe der patriarchalischen monogamen Einzelfamilie keinen gesellschaftlichen Stellenwert mehr, verkümmert zur "unbedeutenden Beigabe" (ebd. 181) neben der gesellschaftlich relevanten Produktions- und Erwerbsarbeit. Engels übergeht - und viele sozialistische und feministische Theoretiker/-innen nach ihm - "daß auch die Frau durch ihre Teilhabe an der Nahrungsbeschaffung, der Produktion von Produkten, an der 'allgemeinen' Arbeit teilhatte, also von einer Beschränkung auf die sogenannte häusliche Tätigkeit keine Rede sein konnte" (Wolf-Graaf 1981,134).

Auf Engels Grundannahmen basiert auch August Bebels "Die Frau und der Sozialismus" von 1879 (Bebel [61]1964). Bebel führt die Ursprünge der Frauenunterdrückung auf die Entstehung des Privateigentums, auf den Ausschluß der Frauen von der produktiven Arbeit und ihre damit entstehende ökonomische Abhängigkeit vom Mann zurück. Die Emanzipation der Frau stellte Bebel in direkten Zusammenhang mit der "sozialen Frage", und beide waren seiner Ansicht nach nur durch den Sozialismus zu lösen. Er trat für Frauenarbeit und Gleichberechtigung ein.

Ziel der sozialistischen Frauenbewegung war demnach die Einbeziehung der Arbeiterfrauen in die Produktion, um sie vom Ehemann unabhängig zu machen. Gleichzeitig sollte sie durch Aufklärung, Bildung und Erfahrung am Arbeitsplatz Fähigkeit und Bereitschaft für den Klassenkampf entwickeln. Führerinnen der sozialistischen Frauenbewegung waren u.a. Emma Ihrer, Ottilie Baader, Lily Braun, Luise Zietz und Clara Zetkin, die ab 1889 das Selbstverständnis der sozialistischen Frauenbewegung entscheidend prägte. Sie knüpfte an die Grundpositionen der sozialistischen Emanzipationstheorie (Marx, Engels, Bebel) an. Ihr Kampf richtete sich in erster Linie gegen den Kapitalismus und nicht gegen die "Herrscherstellung des Mannes" (zit.n.Niggemann (Hg.) 1981,20), womit sie sich ganz entschieden gegen die bürgerlichen Frauen abgrenzte. Die bürgerlichen Frauen ihrerseits hatten v.a. durch die Gründung des BDF ohne die sozialistischen Frauen zur Vertiefung der Kluft zwischen beiden Frauenlagern beigetragen.

Clara Zetkin erkannte, daß für die Arbeiterfrau "die Berufssklaverei" nicht minder öde war als das "Nichts-als-Hausfrauentum" (zit.n. Niggemann (Hg.)1981,16). So setzte sich die sozialistische Frauenbewegung v.a. für Reformen ein zur Abschaffung der Mißstände der Frauenarbeit (Arbeitsschutzgesetzgebung, Achtstundentag, Mutterschutz) und Entlastung der Frauen von Hausarbeit durch gesellschaftliche Institutionen und Mithilfe der Ehemänner.

Daneben spielte der Kampf um die politische und rechtliche Gleichstellung der Frau eine zentrale Rolle, während Gleichberechtigung im privaten Bereich als sekundäres Problem angesehen wurde. Der besonderen Lage der Frauen als Reproduktionsarbeiterinnen außerhalb der Produktion schenkte man wenig Aufmerksamkeit, man vertraute darauf, daß patriarchalische Verhaltensweisen, Vorurteile und Rollenfixierungen ganz von selbst als Folge der ökonomischen, politischen und rechtlichen Emanzipation der Frauen verschwinden würden.

Trotz Eintreten für die Abschaffung des Abtreibungsparagraphen blieb auch die sozialdemokratische Frauenbewegung insgesamt der traditionellen Sexualmoral und Vorstellung von Ehe verbunden.

Die Integration der Frauen in die Partei, die Wandlung der SPD von einer revolutionären zur staatstragenden Reformpartei, ihre Spaltung, Clara Zetkins Parteiaustritt - all diese Entwicklungen führten zur Aufspaltung und Schwächung der sozialdemokratischen Frauenbewegung, zur zunehmenden Anpassung an die männlich geprägte Parteiraison. Folge war, daß die Frauen sich immer mehr auf Sozialarbeit konzentrierten. So wurde die proletarische Frauenbewegung, ähnlich wie die bürgerliche, letztlich auch zur "sozialen Nothelferin" (Wieland/Lang 1979). Die sozialistische Frauenemanzipationstheorie war kein Maßstab politischen Handelns mehr, die "spannungsreiche Einheit von Sozialismus und Feminismus zerbrach" (Niggemann (Hg.) 1981,34).

Das politische Potential sowohl der bürgerlichen als auch der sozialistischen Frauenbewegung wurde letzten Endes in soziale Arbeit kanalisiert. Im Ersten Weltkrieg haben beide unter Gertrud Bäumers Leitung im "Nationalen Frauendienst" zusammengearbeitet, und beide haben nach Erfüllung der Wahlrechtsforderung und erreichten Fortschritten hinsichtlich der formellen Gleichberechtigung in der Weimarer Republik einen Gutteil ihrer Dynamik eingebüßt.

Sowohl die proletarische als auch die bürgerliche Frauenbewegung wurde im Dritten Reich zerstört. Es kam zur totalen Ausschaltung der Frauen aus allen wesentlichen politischen, sozialen und ökonomischen Bereichen. An die Stelle der alten Frauenvereine traten die NS-Frauenorganisationen, in denen ein Drittel der weiblichen Bevölkerung zusammengefaßt und gleichgeschaltet war. Die nationalsozialistische Ideologie legte Frauen auf Hausfrauen- und Mutterrolle fest. Ihre einzige Aufgabe bestand demgemäß - und in krassem Gegensatz zur gesellschaftlichen Realität - darin, der Rasse erbgesunden Nachwuchs, v.a. Soldaten zu gebären.

b) Die Neue Frauenbewegung (vgl. v.a.Schenk 1980)

Die Frauenbewegung, mehrere Jahrzehnte tot und vergessen, ist Ende der 60er Jahre neu erstanden. Sie ist weniger durch den Kampf um Frauenrechte (1949 im Grundgesetz der BRD verankert) als durch den Kampf gegen die gesellschaftlich definierte Frauenrolle gekennzeichnet. Es geht zwar auch um die konsequente Durchsetzung des formal erreichten, de facto jedoch keineswegs eingelösten Gleichberechtigungsprinzips in einzelnen isolierten Gebieten (Löhne, Ausbildungs- und Aufstiegschancen, Versicherungs- und Rentenrecht); den radikaleren Frauen, die sich als Feministinnen oder radikale Feministinnen bezeichnen, geht es jedoch - und das erinnert an die Vorstellungen des gemäßigten Flügels der ersten bürgerlichen Frauenbewegung - um eine "Kulturrevolution des Weiblichen": Wir wollen das Patriarchat zerstören, bevor es den Planeten zerstört" (Frauenjahrbuch 1976, 106). Radikale Feministinnen verstehen unter Emanzipation der Frau einen "psychologischen Befreiungsprozeß der Frau aus der Identifikation mit dem Mann und (...) die daraus resultierende neue (oft kulturrevolutionäre) Beurteilungsweise von Problemen des Menschen und der Gesellschaft durch Frauen" (Linnhoff, zit.n. Schenk 1980, 106). "Kernpunkt des Feminismus ist der Kampf *gegen die gesellschaftlich definierte Frauenrolle, das sogenannte Wesen der Frau"* (Frauenjahrbuch 1976,77 (Hervorhebung B.P.)).

Eine einheitliche Definition von Feminismus und Frauenemanzipation, eine einheitliche feministische Theorie besteht ebensowenig wie eine einheitliche feministische Strategie. Die Neue Frauenbewegung ist sehr heterogen, wenig formalisiert und nicht zentralisiert. Auf den "kleinsten gemeinsamen Nenner" gebracht könnte man mit Ursula Krechel Feminismus als eine "Grundstruktur des Bewußtseins" beschreiben, die sich darin manifestiert, daß sich Frauen in den Mittelpunkt ihrer Interessen stellen und zunächst für ihre Interessen und Bedürfnisse kämpfen.

Die Neue Frauenbewegung ist Ende der 60er Jahre im wesentlichen aus der Studentenbewegung hervorgegangen ("Weiberräte" innerhalb des Deutschen Studentenbundes). Wesentliche Impulse in der Diskussion um ein feministisches Selbstverständnis in der Bundesrepublik kamen aus der Rezeption feministischer theoretischer Literatur v.a. aus den USA und der Auseinandersetzung mit der sozialistischen Emanzipationstheorie. Die einzelnen, vorwiegend linken Frauengruppen tragen lebhafte Abgrenzungskämpfe aus, die sich an der Frage entzünden, ob die Arbeit der Frauengruppen - gemäß der sozialistischen Emanzipationstheorie - primär politisch oder vielmehr feministisch zu verstehen sei. Dabei bewegte sich die Diskussion zwischen dem Standpunkt, das "Frauenproblem" sei lediglich als Teil der generellen kapitalistischen Klassenunterdrükkung zu begreifen und auch nur in diesem Zusammenhang zu beheben, und dem radikalfeministischen Standpunkt, daß für eine feministische Politik der Klassenstandpunkt irrelevant sei.

Der linken Sichtweise von der Spaltung der Gesellschaft in ökonomische Klassen wurde die radikalfeministische Sichtweise von der Spaltung der Gesellschaft in Männer und Frauen entgegengestellt.

Formiert hat sich die Neue Frauenbewegung durch die bundesweiten Aktionen gegen den Abtreibungsparagraphen. Später, ab 1975 etwa, kommt es zum Rückzug "nach innen", es konstituieren sich verstärkt Selbsterfahrungs- und Therapiegruppen. Das feministische Interesse tritt zunehmend gegenüber dem politischen in den Vordergrund. Entscheidend ist die subjektive Betroffenheit; sie bildet den Ausgangspunkt der Selbsterfahrungsgruppen, in denen positives und negatives Erleben des weiblichen Lebenszusammenhangs diskutiert und aufgearbeitet werden soll. Häufig werden auch Selbsterfahrung und Lektüre feministischer Klassikerinnen kombiniert. In dieser Zeit erleben die Frauengruppen großen Zustrom. Ende der 70er Jahre entwickelt sich ein breites Spektrum von feministischen Projekten im gesundheits- und sozialpolitischen sowie im kulturellen Bereich (Frauenhäuser, feministische Gesundheitszentren, feministische Therapie, Frauenbuchläden und -verlage, Sommeruniversität). Es bildet sich eine feministische Subkultur heraus, die den Versuch darstellt, die in den Selbsterfahrungsgruppen und in der politischen Arbeit gewonnenen Erkenntnisse in einem größeren Rahmen zu leben. Mit dem Eindringen feministischer Gruppen in Volkshochschulen und kirchliche Bildungseinrichtungen, öffnet sich die Frauenbewegung - ursprünglich fast ausschließlich von Studentinnen und jüngeren, privilegierten Mittelschichtfrauen getragen - potentiell Frauen aller Lebensalter, Berufsgruppen und Schichten. Insgesamt hat die Frauenbewegung starke Ausbreitung erfahren; das Umfeld sympathisierender Frauen und Männer ist - auch wenn nur eine Minderheit entschieden feministische Positionen vertritt - relativ groß, v.a. in der Mittelschicht, die auch schon Hauptträger der ersten Frauenbewegung war.

Trotzdem bleibt der Grundsatz der Autonomie zentrales Kriterium für das Selbstverständnis der heutigen Frauenbewegung. Die Unabhängigkeit von kirchlichen und politischen Organisationen wird weitestgehend gewahrt, Männer werden konsequent ausgeschlossen. Am radikalsten vertreten die lesbischen Feministinnen dieses Prinzip.

Der feministische Lesbianismus ist zugleich als Protest gegen die sexuelle Verfügbarkeit und Ausbeutung der Frau in der heterosexuellen Beziehung zu verstehen. Der Zusammenhang zwischen Sexualität und Herrschaft ist allgemein ein wichtiges Thema der Neuen Frauenbewegung geworden. Einige radikalfeministische Theoretikerinnen stellen die sexuelle Herrschaft des Mannes über die Frau in den Mittelpunkt ihrer Analysen (z.B.Millett 1974; Firestone 1975). Selbstbestimmte Sexualität, Schwangerschaft und Mutterschaft sind ganz zentrale Anliegen der feministischen Bewegung. Die automatische Verbindung von weiblicher Sexualität mit Mutterschaft und Familie sowie der Automatismus, der Ehe und biologische Mutterschaft mit der alleinigen Verantwortung der Frau für Haushalt und Kindererziehung verknüpft, wird angegriffen. Die Forderung nach Abschaffung der geschlechtsspezifischen Arbeitsteilung in der Familie (und im Berufsleben) und von Alternativen zur Heterosexualität und zur Institution Familie sind neue Phänomene in der Geschichte der Frauenemanzipation.

Die Neue Frauenbewegung vertritt allerdings auch ganz alte traditionelle Vorstellungen von Weiblichkeit in neuem Gewand. Die seit mehreren Jahren zu beobachtende Hochschätzung der Mutterschaft - dominantes Merkmal der ersten Frauenbewegung und Anknüpfungspunkt für die nationalsozialistische Frauenideologie - ist bekanntlich herausragendes Charakteristikum konservativer Familienpolitik. Teils geradezu "reaktionäre Züge" trägt der "neue Weiblichkeitsmythos", wenn er sich als "schwärmerische Aufwertung der physischen Mutterschaft, in extensivem Körper- und Naturkult, in der Kokette-rie mit Irrationalität und Mystizismus", als radikale Ablehnung von männlichen Denkstrukturen, also von Rationalität und Wissenschaft , als "Interesse an Magie und Spiritualismus, an Mythen und Märchen, an vorgeschichtlichen Matriarchaten und Göttinnenkulten" äußert und sich dabei an den alten Vorstellungen vom wesensgemäß Weiblichen orientiert. Denn "so schleicht sich durch die Hintertür die alte biologistische Argumentation ein, die die Feministinnen gerade entlarven wollen" (Schenk 1980, 162).

3. Feminismus und Marxismus: Es geht auch um Begriffe und Symbole

Obwohl Sozialismus und Feminismus der gemeinsamen Wurzel der Idee der Menschenrechte entstammen und beide eine Utopie einer humaneren Welt entwerfen, war die Beziehung zwischen ihnen nie ganz unproblematisch.

Für die sozialistischen Haupttheoretiker der Frauenemanzipation, Engels, Bebel und Zetkin, sowie für marxistisch orientierte Feministinnen heute (z. B. Menschik) ist die Frauenunterdrückung nur ein *Nebenwiderspruch:*

> "Die untergeordnete Stellung der Frau ist ein Nebenwiderspruch innerhalb des Hauptwiderspruchs zwischen Kapital und Arbeit. Deshalb läßt sich die Frauenfrage nicht geschlechtsspezifisch lösen, sondern letztlich nur durch eine Umgestaltung der kapitalistischen Klassengesellschaft in eine sozialistische klassenlose." (Menschik, zit. n. Schenk 1980,140)

Das Privateigentum gilt als "letzte Ursache der Geschlechtssklaverei", und "einzig und allein die Aufhebung des Privateigentums an den Produktionsmitteln" könne die Frauenbefreiung sichern (Zetkin, zit. n. Schenk 1980,140). Nach dieser Auffassung schließt der Klassenkampf den Kampf um die Frauenbefreiung mit ein.

Während die Idee des Klassenkampfs den überwiegenden Teil der eher liberal gesonnenen bürgerlichen Frauen der ersten Frauenbewegung erschreckte und letztlich zur Aufspaltung in zwei unversöhnliche Blöcke führte, sind die Beziehungen der gegenwärtigen Frauenbewegung zum Sozialismus komplexer. Entscheidend prägend für die feministische Theoriebildung der letzten Jahrzehnte ist die Auseinandersetzung mit dem Marxismus. Die Mehrzahl der Theoretikerinnen hat eine gewisse Affinität zum Sozialismus, arbeitet mit marxistischen Kategorien, meist allerdings mit dem Anspruch, über Marx und Engels hinauszugehen. Die Frage nach dem Ursprung der Frauenunterdrückung wird von den feministischen und radikalfeministischen Theoretikerinnen primär in außerökonomischen Zusammenhängen gesucht. Sie setzen eine Ebene tiefer an als die Ökonomie, nämlich auf der Ebene der Bewußtseins- und Kommunikationsstrukturen, der Psychologie und der Biologie. Trotz vieler Parallelen und Affinitäten zur sozialistischen Emanzipationstheorie trennt das Dogma vom Haupt- und Nebenwiderspruch orthodoxe Marxistinnen und radikale Feministinnen. Für letztere ist das Verhältnis Mann/Frau der gesellschaftliche *Hauptwiderspruch*.

Kate Millett hat 1970 in "Sexual Politics" (Millett 1974) versucht, eine neue Theorie der Machtverhältnisse zu formulieren, wobei sie den Begriff Politik auf die Machtverhältnisse in persönlichen Beziehungen ausdehnt. Bei einer Auseinandersetzung mit der Kulturgeschichte erweist sich für Millett die sexuelle Herrschaft des Mannes als das grundlegendste, unerbittlichste und dauerhafteste Machtverhältnis. Das Patriarchat erscheint als "soziale Konstante", die sich durch alle Herrschaftsformen und sozialen Schichtungen zieht.

Für Sulamith Firestone ist die Sexualdichotomie ebenfalls d i e grundlegende Struktur aller Gesellschaft:

> "Die Teilung in Yin und Yang durchdringt alle Kulturen, die Geschichte, die Ökonomie, sogar die Natur; moderne westliche Versionen der geschlechtsbezogenen Diskriminierung sind lediglich ein neuer Aufguß." (Firestone 1975,9).

Marielouise Janssen-Jurreit unternimmt in "Sexismus. Über die Abtreibung der Frauenfrage" (Janssen-Jurreit ^{3}1978) den Versuch, den Feminismus gegen den Marxismus abzugrenzen, der nur Ausschnitte der Frauenunterdrückung erklären könne und außerökonomische Faktoren als Machtquelle nicht anerkenne. Gleichzeitig distanziert sich Janssen-Jurreit, v. a. durch ihre Einschätzung weiblicher Reproduktionsarbeit, von radikalfeministischen Autorinnen. Deshalb erscheint es mir interessant, ihre Position ausführlicher zu diskutieren.

Zentrales Anliegen ist der Autorin der Nachweis, daß es auch ohne Privateigentum und Teilung der Gesellschaft in ökonomische Klassen Frauenunterdrückung geben kann und umgekehrt.

Sie wendet sich gegen monokausale Erklärungsansätze. Aus der Bildung der ökonomischen Klassen und der Entstehung von Privateigentum sei die Frauenunterdrückung nicht zwangsläufig abzuleiten; ebensowenig seien aus der sexuellen Unterwerfung der Frau alle anderen Klassenteilungen und Herrschaftsformen ableitbar. Beide Erklärungsansätze hält sie für unbeweisbare evolutionistische Schemata. Sexismus tritt nach Janssen-Jurreit nicht automatisch und zwangsläufig in allen Gruppenkonstellationen auf, allerdings aber mit sehr viel größerer Wahrscheinlichkeit als Frauenherrschaft. Das Geschlechtsmerkmal bleibt auch für Janssen-Jurreit in jedweder Gesellschaft potentiell Grundlage der Interessen- und Machtpolitik, wobei ihr Frauenunterdrückung offensichtlich leichter durchsetzbar erscheint als die Unterdrückung der Männer.

Die Autorin versucht Engels Hauptthese vom historischen Zusammenfallen der Herausbildung des Privateigentums mit dem Beginn weiblicher Unterdrückung zu widerlegen, wofür sie verschiedene ethnologische und anthropologische Untersuchungen über Wildbeutergesellschaften und australische Ureinwohner heranzieht. Sie führt daraus mehrere Beispiele ihres Erachtens klassenloser und dennoch patriarchalischer Gesellschaften an, aus denen sie dann fünf außerökonomische Faktoren extrahiert, die für Männerherrschaft in klassenlosen Gesellschaften charakteristisch seien, die aber auch - und das ist der springende Punkt - in hierarchisch gegliederten Gesellschaften mit Überschußproduktion anzutreffen seien (ebd. 164 f).

Janssen-Jurreits Kritik richtet sich auch gegen die marxistische Klassentheorie, die nichtökonomische Widersprüche "von vornherein als Triebkraft des sozialen Geschehens" ausscheide; aus ihr gehe

> "nicht klar hervor, daß an der Spitze der Gesellschaft, an der Spitze der Klasse der Kapitalisten ein Mann steht, und schon gar nicht, daß sich an der Basis der gesellschaftlichen Pyramide immer Frauen befinden. Es ist das Merkmal Frau, das sie dort unten placiert. Klassenmerkmal plus Geschlechtsmerkmal machen sie zu dem niedrigsten und benachteiligtesten Wesen der Gesellschaft." (ebd. 215)

In einem weiteren zentralen Punkt stimmt Janssen-Jurreit nicht mit der sozialistischen Emanzipationstheorie überein.

Damit unterscheidet sie sich gleichzeitig von früheren feministischen Autorinnen, die mehr an Engels orientiert geblieben waren. Es geht um die Bewertung der Frauenarbeit und ihre Bedeutung für die (Geschichte der) Menschheit.

Beauvoir, Millett und Firestone [11] waren von der Annahme ausgegangen, daß die Frau (bis zur Entwicklung der Geburtenkontrolle oder sogar solange, wie es keine künstliche Fortpflanzung gibt) durch ihre biologische Fähigkeit, Kinder zu gebären, versklavt war (und ist). Durch permanente Schwangerschaft und Kinderaufzucht blieb sie ganz ihren biologischen Funktionen verhaftet, war abhängig vom Mann, der im wesentlichen die Nahrung beschaffte und sie beschützte. Sie verrichtete unwesentliche Arbeit, führte ein Leben ohne jeden "höheren" Sinn, hatte keinen Zugriff auf die Gestaltung der Weltgeschichte. Sie verharrte in der Immanenz - wie Beauvoir es existenzphilosophisch ausdrückt -, während der Mann sich als menschliche Existenz verwirklicht, Transzendenz erreicht, die Entwicklung der Kultur vollzieht. Der Mann vollbrachte die entscheidende, die "eigentliche" Arbeit.

Konstatiert wird von Beauvoir, Millett und Firestone die ungerechte Tatsache, daß die Frau Hausarbeit und Kindererziehung unbezahlt leistet, kritisiert werden auch die Bedingungen, unter denen sie diese Arbeiten verrichtet. Hausarbeit wird aber generell negativ bewertet, wird als stumpfsinnige, monotone Tätigkeit beschrieben, die die Frau nicht wesentlich vom Tier unterscheide, in der kein Entwurf, kein höheres Ziel liege und die am besten abgeschafft oder durch Maschinen verrichtet werden solle. Weibliche Selbstverwirklichung scheint ausschließlich außerhalb des Reproduktionsbereichs möglich.

Janssen-Jurreit löst sich von dieser einseitigen Fixierung des Arbeitsbegriffs auf die außerhäusliche Sphäre und kritisiert solche Herabsetzung weiblicher Arbeit (ebd. 379 f). Der weibliche Beitrag zur Menschheitsgeschichte sei dem männlichen zumindest gleichwertig: Frauen haben nicht nur die Re-

11 Millett 1974; Firestone 1975; Beauvoir 1975; ref. nach Wolf-Graaf 1981.

produktion der Gattung Mensch gewährleistet: durchaus keine minderwertige Tätigkeit ohne jeden "höheren" Sinn; Frauen hatten darüber hinaus an der "produktiven" Arbeit, auch an der Entwicklung von Werkzeugen und Techniken ganz wesentlichen Anteil. Die bei Feministinnen, Ethnologen und Anthropologen weitverbreitete Auffassung von der Unbeweglichkeit und Gebundenheit der Frau durch Kindergebären und Stillen, die sie an der "eigentlichen" Arbeit gehindert haben soll, hält Janssen-Jurreit für nicht besonders stichhaltig [12]. Auf eine Studie über 774 "primitive" Gesellschaften bezugnehmend, konstatiert sie, daß es eine Reihe von Gesellschaften gibt, in denen Frauen "nicht nur die Kinder großziehen und die Hausarbeit machen, sondern fast die gesamte Produktion der Gesellschaft tragen" (ebd. 363).

Janssen-Jurreit beschreibt die Unterbewertung und Nichtbezahlung weiblicher Reproduktionsarbeit - bei gleichzeitiger Verklärung zum freiwilligen Liebesdienst an Familie und Gesellschaft - als international verbreiteten sexistischen Mechanismus. Die "unbezahlte und gesellschaftlich nicht eintauschbare Dienstleistung der Frau im Haushalt und an den Kindern" wird als "das gemeinsame patriarchalische Fundament von sozialistischen und kapitalistischen Ländern" angeprangert (ebd. 388). Die gesamte Weltwirtschaftsordnung, so Janssen-Jurreit, beruhe auf der unbezahlt geleisteten Reproduktionsarbeit der Frauen. An Zahlenmaterial aus der UdSSR und westlichen Ländern belegt die Autorin, daß die Arbeitsbelastung der Frauen durch Hausarbeit in Ost und West vergleichbar hoch ist und daß Automatisierung im Haushalt und gesellschaftliche Einrichtungen zur Kinderbetreuung und zur Entlastung von Hausarbeit (- entgegen aller Prognosen sozialistischer wie feministischer Theoretiker/-innen -) letztendlich die Anforderungen an Frauen wenig oder gar nicht gemindert haben, zumal durch veränderte Konsumgewohnheiten, steigenden Lebensstandard und immer höhere Ansprüche an die

---

12 Die Bedeutung weiblicher Arbeit, insbesondere auch der "produktiven" für die Geschichte der Menschheit belegt überdeutlich und eindrucksvoll der historische Teil von Wolf-Graaf 1981.

Erziehung der Kinder die Anforderungen zugenommen haben.

Damit hat Janssen-Jurreit der in feministischen Theorien bis in die 70er Jahre weitverbreiteten Technologiegläubigkeit, die uns heute auch aus ökologischen Gründen fragwürdig scheint m.E. zurecht eine Absage erteilt.

Was die weitere Automatisierung der Hausarbeit betrifft, sehe ich darin noch ein gewisses Befreiungspotential für Frauen. Angesichts des Ausmaßes der ökologischen Krise und dem allerspätestens "seit Tschernobyl" notwendigen Umdenken im Umgang mit Energie, müssen die Nachteile und Gefahren wie auch die neuen Abhängigkeiten jedes weiteren Automatisierungsschritts bedacht werden. Darüber hinaus ist durch noch so perfektes technisches Gerät die gewiß aufwendigste Reproduktionsarbeit, die physische und psychische Versorgung der Kinder (und Erwachsenen), weder zu leisten noch zu wünschen.

Janssen-Jurreit stellt fest: Die Arbeitskraft der Frau wird und wurde nicht nur im Produktionsbetrieb ausgebeutet, sondern zusätzlich in der Familie. Unmittelbarer Nutznießer der weiblichen, Mehrwert produzierenden "Liebesdienste" ohne konkret definierten Tauschwert ist zunächst einmal der Ehemann:

> "Es ist nicht zu leugnen, daß die Hausfrau durch ihre Tätigkeit zusätzliche Werte schafft. Sie kauft zum Beispiel Nahrungsmittel im Rohzustand, die sie (...) weiterverarbeitet. Das so entstandene Produkt ist zu allen Zeiten verkäuflich gewesen (...). Lediglich im eigenen Haushalt ist dies anders." (ebd. 382)

Die Autorin sieht aber auch, daß von der gratis geleisteten Haus- und Erziehungsarbeit der Frau neben dem Ehemann Unternehmer und Staat profitieren (ebd. 390).

Janssen-Jurreits Kritik an der Unterbewertung weiblicher Arbeit trifft auch die sozialistischen Theoretiker. Durch ihre Ausblendung weiblicher Arbeit hätten sie die Ausbeutung der weiblichen Arbeitskraft in der Familie nicht registriert und den gesellschaftlichen Wert weiblicher Reproduktionsarbeit - genauso wie dies gegenwärtig in sozialistischen wie kapitalistischen Ländern de facto geschieht - nicht berücksichtigt.[13]

13 Vgl. dazu auch Janssen-Jurreit (Hg.) 1979, 369.

Statt Hausarbeit als konstitutive Grundlage jeden Lebens und damit jeder Gesellschaft in die ökonomische Analyse aufzunehmen, werde sie als "unbedeutende Beigabe" bewertet, die durch Kollektivierung und Automatisierung weitestgehend verschwinden könne. Der verbleibende Rest werde - selbstverständlich - schwesterlich geteilt (ebd. 388).

An diesem ganz zentralen Punkt feministischer Theoriebildung setzen die Lohn-für-Hausarbeit-Autorinnen (Dalla Costa, Biermann, Bock, Duden) an [14]. Sie rücken die Reproduktionsarbeit der Frau in den Mittelpunkt ihrer Sexismusanalyse und arbeiten die Funktion der Reproduktionsarbeit der Frau als Arbeit zur Herstellung und dauerhaften Erneuerung der Arbeitskraft als Ware auf. Sie haben den Zusammenhang zwischen der Mehrwertproduktion und der Schaffung der hierfür entscheidendsten Voraussetzung, nämlich des lebendigen Arbeiters mit seinem Arbeitsvermögen durch die Arbeit der Frau, aufgedeckt. Die daraus abgeleitete Forderung nach Lohn für Hausarbeit und die Strategie der Verweigerung von Hausarbeit, die mehrwertproduzierende patriarchalische Gesellschaftssysteme an einem ihrer neuralgischen Punkte trifft, wird von Janssen-Jurreit m. E. richtigerweise skeptisch beurteilt (Janssen-Jurreit 1979,366).

In der gegenwärtigen gesellschaftlichen Praxis scheint mir eine Forderung nach Lohn für Hausarbeit für ausnahmslos alle Frauen noch nicht sinnvoll. Man wird je nach sozialer und ökonomischer Situation und Selbstverständnis der einzelnen Frau differenzieren müssen. Solange es nicht mehr Hausmänner gibt und Hausarbeit so schlecht angesehen ist, werden viele Frauen Lohn für Hausarbeit als Fixierung oder Rückholung an den heimischen Herd und nicht als Befreiung empfinden. Nicht zufällig plädieren ja auch konservative Familienpolitiker für eine Entlohnung der Hausarbeit, wenngleich sie eher in der Größenordnung von Taschengeld denken.

Auch die Strategie der Verweigerung von Hausarbeit halte ich für keinen guten Weg - jedenfalls und v. a. dann nicht, wenn Kinder davon betroffen sind. Kindern die erforderliche Zu-

---

14 Vgl. Wolf-Graaf 1981, Teil I, Kap. 3.

wendung einfach zu verweigern und menschliche Beziehungen und damit verbundene Anstrengungen ausschließlich unter dem Gesichtspunkt unbezahlter Arbeit zu begreifen und zu verweigern, kann der Weisheit letzter Schluß nicht sein.

Noch einmal zurück zu Janssen-Jurreit. Aus ihrer Auseinandersetzung mit der marxistischen Position geht hervor, daß sie auch andere als ökonomische Faktoren für die Diskriminierung der Frau verantwortlich macht. Sie vertritt - im Gegensatz zu der gängigen, ihres Erachtens männlich geprägten These von der Harmonie der Geschlechter - die Auffassung, daß männliche und weibliche Seinsweise grundlegend verschieden und miteinander nicht versöhnbar sind. Aufgrund einer "fundamentalen natürlichen Ungleichheit", den unterschiedlichen Fortpflanzungsrollen von "Männchen" und "Weibchen" ("soziale Schicksale"), könne es "keine Interesseneinheit" zwischen ihnen geben (Janssen-Jurreit ³1978,424 f). Mit Ungleichheit meint Janssen-Jurreit konkret eine biologische Benachteiligung der Frau, die nicht wegzudiskutieren sei. Deshalb hält sie für die Zukunft eine "Biologie der Gerechtigkeit" für äußerst unwahrscheinlich (ebd. 429).

Während evolutionstheoretisch orientierte, meist männliche Wissenschaftler die ausschließlich beim Menschen vorkommende permanente sexuelle Verfügbarkeit der Frau (Sexualtrieb des Mannes losgelöst von Signalen der Partnerin, Wiedereinsetzen des weiblichen Zyklus kurz nach Geburten) als Fortschritt feiern, sieht Janssen-Jurreit darin einen ganz entscheidenden Nachteil für die Frau. Denn: Aufgrund dieser biologischen Gegebenheit, die dem Mann "ständige sexuelle Attacken" ermögliche, könne die Frau nicht selbst über Schwangerschaft und Geburt bestimmen (ebd. 461).

Die Existenz von Abtreibungspraktiken, Kindestötung und Verbot von Geschlechtsverkehr bis zu vier Jahren nach Geburten in "primitiven" Gesellschaften, die Janssen-Jurreit selbst beschreibt, sowie relativ gesichertes Wissen über Abtreibungs- und Verhütungspraktiken im Mittelalter (vgl. Wolf-Graaf 1981,358 ff) relativieren jedoch diese Behauptung der Autorin.

Aus der "biologischen Tragödie" der Frau zieht Janssen-Jurreit aber nicht wie Firestone die Schlußfolgerung, daß künstliche Fortpflanzung und das Eliminieren der Geschlechtsunterschiede die "Befreiung" sei. Im Gegenteil: Sie nimmt dazu kritisch Stellung und weist auf die Machtpositionen der Männer und mögliche Folgen einer künstlichen Fortpflanzung hin, die das "Ewig-Weibliche" auf eine chemische Formel zusammenschrumpfen lassen könnten. Ganz abgesehen von der ehtischen Fragwürdigkeit solcher Manipulation, wird man beim heutigen Stand der Gentechnologie und dem Stadium der Experimente mit künstlicher Befruchtung und extrauteriner Schwangerschaft (auch in der männlichen Bauchhöhle) die Skepsis der Autorin unbedingt teilen müssen. Denn letztlich laufen die Bemühungen darauf hinaus, den Frauen ihr einziges Monopol, das Gebärmonopol, zu nehmen und die Verfügungsgewalt v. a. für Männer zu erhöhen. Ein "Sieg" der Männer scheint gewiß, zumal die Gentechnologie - wie alle Technologien und Naturwissenschaften - noch vorwiegend in ihrer Hand ist.

Ein weiterer Faktor für die Herausbildung von Machtverhältnissen ist nach Janssen-Jurreit die vielfach empirisch belegte, möglicherweise genetisch fixierte größere Aggressionsbereitschaft beim Mann. Diesen beschreibt sie als ein "permanent sexuelle(s) Tier, das auch ohne die geringste sexuelle Erregung und biologische Bereitschaft seiner Partnerin, ja sogar gegen ihren Willen kopuliert" (ebd. 460).

Männlicher Sexualtrieb, physische Überlegenheit und Aggressivität des Mannes also als Wurzel allen Frauenleids? Nein:

> ""Die Gründe für die Unterlegenheit der Frau (...) liegen nicht im biologischen Bereich - dazu verhält sich der Mensch viel zu unbiologisch - sondern hängen mit unseren Denkmöglichkeiten und Kommunikationsstrukturen zusammen. Die sexuellen und ökonomischen Kämpfe zwischen den Geschlechtern ähneln Propagandakriegen - *es geht um Begriffe und Symbole*. (...) Die Herrschaft besitzt derjenige, der die Spielregeln der Kommunikation bestimmt" (ebd. 607; Hervorhebung B.P.).

Wichtigste Strategie zur Errichtung von Herrschaft ist für die Autorin die Kontrolle des Informations- und Kommunikationsprozesses in einer Gesellschaft; die tieferen Gründe für die Unterlegenheit der Frau hängen mit unseren Kommunikations- und Bewußtseinstrukturen zusammen.

Für Janssen-Jurreit sind die Geschlechtsrollen dialektisch geformte Produkte des Bewußtseins: männliche und weibliche Rolle - nicht in Freiheit, sondern in einer Machtauseinandersetzung entwickelt - werden vom Individuum durch das Erlernen von Symbolen und deren Gleichsetzung mit männlich und weiblich übernommen. Die Selbstkategorisierung oder Identifizierung des Ichs als männlich oder weiblich hält Janssen-Jurreit für das grundlegendste und wichtigste Moment bei der Herausbildung von Machtstrukturen, d. h. jenseits aller biologischen Ausrüstung und Klassenzugehörigkeit ist die Geschlechtsidentität im kollektiven Kampf der Geschlechter entscheidend.

> "Die 'Selbstkategorisierung' (Kohlberg) als Mädchen oder Junge gibt dem Ich Auskunft darüber, wer es ist und wer es immer sein wird, bei allem Wandel des Organismus und der Umwelt. Von allen sozialen Merkmalen und in allen Lebensaltern ist diese Identifizierung des Ichs als männlich oder weiblich deswegen grundlegend, weil es sich selbst inmitten all seiner vergänglichen Zustände an dieser Tatsache immer wieder neu als kontinuierlich existierend erfahren kann." (ebd. 604)

Kurz zusammengefaßt zeichnet die Autorin folgendes Bild von der Welt: Die menschliche Gesellschaft ist von einer ewigwährenden Dualität des Männlichen und Weiblichen geprägt. Das Geschlechtsmerkmal ist unaufhebbares biologisches Kennzeichen des Menschen, und es ist kein Mensch vorstellbar, der sich nicht selbst als männlich bzw. weiblich denkt. Damit ist für Janssen-Jurreit zugleich die Möglichkeit der Hierarchisierung gegeben: Sexismus - letztlich eine Grunddisposition jeder Gesellschaft und immer möglich. Sie scheint - ähnlich wie Beauvoir - von einem dem Menschen, genauer dem Mann, angeborenen Machtbedürfnis auszugehen, das sich, egal wie die politischen, sozialen, ökonomischen und sonstigen Bedingungen sind, immer durchsetzen wird, zumal der Mann obendrein - ebenfalls naturgegeben - der Stärkere und Aggressivere ist und auch durch seine Fortpflanzungsrolle im Vorteil ist.

Diese implizit biologistische Sichtweise der Autorin wird von ihrer zentralen These überlagert, daß das primär Entscheidende bei der Herausbildung von Machtstrukturen das Bedürfnis nach Selbstzuordnung, nach Identität ist. Damit verlegt sie den Geschlechterkampf letztlich in den Bereich von Denkstrukturen und Kommunikation, begreift ihn als "Propagandakrieg", bei dem es um Begriffe und Symbole sehr viel mehr geht als um ökonomische Interessen und materielle Vorteile.

Ich dagegen halte es für sehr wahrscheinlich, daß die Beziehungen der Geschlechter - ein vielschichtiges, komplexes und wandelbares Phänomen - von Anfang an von biologischen, psychologischen und kommunikativen Faktoren, aber auch ebenso von Gruppeninteressen und materiellen Überlegungen bestimmt waren. All diese Momente haben im Laufe der Menschheitsgeschichte in ständiger Wechselwirkung und gegenseitiger Durchdringung den Status von Frau und Mann bestimmt und das Geschlechterverhältnis zu je verschiedenen Zeiten jeweils unterschiedlich geprägt. Daß Janssen-Jurreit der Geschlechterökonomie insgesamt relativ wenig Interesse zollt und außerökonomische Faktoren möglicherweise überbewertet, könnte als Reaktion auf die marxistische Position gedeutet werden.

4. Weibliche Emanzipation und feministische Strategie

Auf der Grundlage des bisher aufgearbeiteten Materials will ich versuchen, "mein" *Emanzipationsideal* zu entwerfen, dessen einzelne Bausteine nicht als Punkte eines allgemeingültigen, a priori ein für allemal fixierten Programms zu verstehen sind:

- Frau und Mann sind zwei biologisch unterschiedliche Wesen. Weder Mann noch Frau werden aufgrund ihrer biologischen Ausstattung und Fortpflanzungsrolle, ihrer Eigenschaften und Fähigkeiten als höherwertig oder bevorzugt aufgefaßt.
- Das biologische Geschlecht legt nicht von vornherein und unverrückbar die sozialen Rollen von Mann und Frau fest.

Die Geschlechtsrollen werden als historisch geworden und veränderbar, weitgehend als Produkt der Sozialisation aufgefaßt. Die jeweils vorhandenen Interpretationsspielräume werden optimal ausgeschöpft und erweitert. Es besteht für Frau und Mann grundsätzlich die Wahlfreiheit zwischen verschiedenen Lebensmodellen: Hausfrau/Mutter und/oder Beruf; Hausmann/Vater und/oder Beruf.

- Die Spannung zwischen den kulturell gedachten Polen männlich und weiblich verringert sich: Frauen und Männer lernen, die sogenannt männlichen/weiblichen Qualitäten (Sachorientierung, Kompetenz/emotionale Expressivität, soziale Sensibilität) in ihr Persönlichkeits- und Handlungsmuster aufzunehmen bzw. als ohnehin vorhanden zu akzeptieren, um sie dann situationsspezifisch statt geschlechtsspezifisch zu aktualisieren.

- Sexualität wird weder an Mutterschaft/Vaterschaft noch an eine bestimmte Form des Zusammenlebens automatisch gekoppelt. Hetero- und Homosexualität werden für beide Geschlechter gleichermaßen als normale Ausdrucksformen eines menschlichen Grundbedürfnisses positiv bewertet; sie führen für keines der beiden Geschlechter zur Verfügung über den Körper des Partners/der Partnerin, zur Mißachtung seiner/ihrer Person und Gefühle. Verhütung und die damit verbundenen Nachteile und Gefahren werden von Mann und Frau ebenso gemeinsam und gleichberechtigt getragen wie die Entscheidung über Nachwuchs getroffen wird.

- Die nicht nur formalrechtliche, sondern praktische Gleichstellung, Gleichbewertung und Gleichbehandlung von Frau und Mann in allen Bereichen, die möglichst gleichberechtigte Teilhabe beider Geschlechter am öffentlichen Leben, eine annähernd ihrem Anteil an der Bevölkerung entsprechende Aufteilung aller Ämter und Positionen, auch der Machtpositionen in allen gesellschaftlichen Bereichen: Politik, Ökonomie, Industrie, Handel und Banken, Wissenschaft und Technologie, Bildung und Erziehung, Kulturbetrieb, Medien, Kirchen, Gesundheits- und Sozialwesen etc.

- Die faire Chance für alle Mädchen, Jungen, Frauen und Männer, die ihren individuellen Bedürfnissen und Fähigkeiten entsprechende Erziehung, Bildung und Ausbildung zu erhalten, und die ebenfalls weitestgehend ihren Wünschen und Qualifikationen entsprechende Möglichkeit, an der Haus- und Berufsarbeit, an der öffentlichen wie privaten Arbeit teilzunehmen.
- Die möglichst gerechte Aufteilung a l l e r für den Fortbestand der menschlichen Gattung, der Gesellschaft und der Volkswirtschaft notwendigen Arbeiten. Reproduktions- und Produktionsarbeit werden als grundsätzlich gleichwertige und gleichermaßen wichtige Arbeiten bewertet und werden möglichst gerecht, ohne jede Überdehnung der Fortpflanzungsrollen, auf alle Männer und Frauen aufgeteilt und bezahlt.
- Alle Diskussionen und Entscheidungen im öffentlichen und im privaten Leben werden von Männern und Frauen gleichverantwortlich und gleichberechtigt geführt und getragen. Dabei findet keine Dominanz eines der beiden Geschlechter in der Interaktion, keine Hierarchisierung oder einseitige Orientierung an weiblichen/männlichen Normen und Werten, am sogenannten männlichen oder weiblichen Prinzip statt.

Ich verstehe Emanzipation dabei nicht als einen durch einmaligen Kraftaufwand zu erreichenden, idealen Endpunkt, auch nicht als geradlinigen Weg aus der Finsternis ins Licht, sondern als mühsamen dialektischen Prozeß, der zu je verschiedenen Zeiten von je verschiedenen Frauen und Männern jeweils unterschiedlich gestaltet wird. Emanzipation wird hier als "eminent gesellschaftlicher Vorgang, als Vermittlungs- und Auseinandersetzungsprozeß in Permanenz" begriffen, der nur von "sozial lebensfähigen (...) entwicklungsoffenen Individuen" vorangetrieben werden kann; Emanzipation ist keine "fertige Anlage", auch kein zu einem bestimmten Zeitpunkt "sozusagen herausentwickelter Status" (Narr 1973, 210).

Für das Möglichwerden von Emanzipation ist grundsätzlich die *Veränderung materieller und struktureller Bedingungen* wie auch die *Veränderung von Bewußtsein und Kommunikationsstrukturen* unabdingbar. Ein kontinuierliches Zusammenwirken und wechselseitiges Beeinflussen beider Momente ist notwendig, wenn Emanzipationsprozesse nicht im Ansatz steckenbleiben sollen. Das Absolutsetzen jeweils eines Moments, das ausschließliche Postulieren von struktureller Umwälzung oder von herrschaftsbefreitem Bewußtsein oder emanzipiertem Geschlechtsrollenverhalten ist undialektisch und stellt ein "Warten auf Godot" dar. Denn: weder stellt strukturelle Umwälzung quasi automatisch emanzipierte Individuen her, noch ist die Befreiung des Bewußtseins von irrationaler Herrschaft ein Garant für strukturelle Veränderung (Narr 1973,209).

Es ist klar, daß die Durchsetzung des entworfenen Emanzipationsideals unter den gegenwärtigen Bedingungen auf beträchtliche Hindernisse stößt und nicht konfliktfrei vonstatten gehen kann; dafür sind die Interessenskollisionen sowohl mit der etablierten patriarchalischen Gesellschaft als teils auch mit anderen emanzipativen Bewegungen zu groß. Emanzipation ist ein *"sozialer Kampfbegriff"*; Emanzipation ergibt sich nicht durch sozialpolitische Zuweisungen und milde Gaben, durch individuelle Korrektive oder durch Austauschen von Eliten; Emanzipation kann "gewöhnlich nicht geräuschlos geschehen; sie besteht, hat man ihren Begriff erfaßt, in Kampf; freilich weder in Kampf bis aufs Messer noch in Kampf ohne Begriff, ohne Analyse, Ziel und Kostenkalkulation" (Narr 1973,214).

Um all die sehr unterschiedlichen, hochgesteckten Ziele zu erreichen, müssen auch die Veränderungsstrategien an verschiedenen Punkten ansetzen. Dabei darf nicht übersehen werden, daß innerhalb des weiblichen Geschlechts erhebliche Unterschiede bestehen, so daß nur in sehr begrenztem Umfang von d e n Interessen der Frau gesprochen werden kann. Die Gattin eines Universitätsprofessors oder Arztes befindet sich in einer qualitativ völlig anderen Situation als die Frau eines Hilfsarbeiters oder Taxifahrers. Im Vergleich zu Männern unterliegen sie gewiß ähnlichen Diskriminierungen, aber miteinander verglichen sind die Unterschiede wohl doch erheblich, u.U. größer als die Gemeinsamkeiten. Jede feministische Strategie muß deshalb *schichtspezifische* Faktoren mitberücksichtigen.

In der gegenwärtigen Frauenbewegung gibt es *drei Hauptstrategien*, die nebeneinander existieren und weiterverfolgt werden müssen.

- Die altbewährte Gleichberechtigungsstrategie: die dennoch nicht ganz unproblematisch ist. Mit den üblichen Mitteln politischer Auseinandersetzung, Kampfmittel wie Streik, Demonstration eingeschlossen, kann gleiches Recht für alle durchgesetzt, eine Lobby aufgebaut werden. Das Problem dabei liegt darin, daß, häufig unreflektiert und ungewollt, männliche Normen und Leitbilder der Maßstab politischen Handels bleiben.

- Autonome Frauensubkultur. Dem Autonomieprinzip liegt die bittere historische Erfahrung zugrunde, daß außerinstitutionelle und außerparlamentarische Emanzipationsbewegungen von ihrer politischen Sprengkraft immer dann einbüßen, wenn sie sich in bestehende Parteien und Institutionen integrieren. Umgekehrt bleibt natürlich die Tatsache bestehen, daß dauerhafte, institutionell verankerte, mit politisch-rechtlich sanktionierter Macht ausgestattete Positionen nur via Integration ins bestehende System erreichbar sind.

  Die feministische Subkultur der gegenwärtigen Frauenbewegung hat Hervorragendes geleistet. Sie hat vielen Frauen persönlich geholfen ,sie hat auch politischen Druck ausgeübt und sie hat ein gut funktionierendes Kommunikationsnetz aufgebaut, das langsam auch auf die Gesamtgesellschaft übergreift. Sie hat durch kontinuierliche Öffentlichkeitsarbeit die emanzipatorische Bewußtseinsbildung vorangetrieben, den Kampf gegen die Geschlechterideologie in viele Bereiche der Gesellschaft getragen. Leider zeigen sich staatstragende Parteien und Gewerkschaften, Legislative und Exekutive, Schulen, Massenmedien, Verlage, Autoren von Erwachsenen- wie Kinder- und Jugendliteratur sowie der Wissenschaftsbetrieb insgesamt davon bislang wenig angerührt. Die Frauenbewegung konnte auch

nicht verhindern, daß Teile des emanzipatorischen Potentials mehr oder weniger reibungslos in das bestehende System integriert (z.B. Frauenhäuser und andere soziale Dienste) oder hemmungslos vermarket wurden (z.B. Frauenliteratur).
Die Strategie der Frauensubkultur birgt mit ihrer radikalen Weigerung, sich an den Normen patriarchalischer Kultur zu orientieren außerdem die Gefahr, die sogenannten weiblichen Qualitäten überzubewerten, weibliche Interessen absolut zu setzen und damit den Geschlechterdualismus zu verstärken statt abzubauen. Die Vermittlung von in der Frauensubkultur erlernten Verhaltensweisen und Interaktionsmustern - manche sind möglicherweise nur im Frauengetto lebbar - hat sich als schwierig erwiesen.

- Die Strategie der individuellen Veränderung. Das Umsetzen von in der Frauengruppe oder durch Lektüre gewonnenen Einsichten im Alltag, in der Partnerbeziehung, in der Erziehung der Kinder, in Ausbildungsstätte und Arbeitsplatz, ist einer der kritischen Punkte, an dem über Erfolg oder Mißerfolg von Emanzipationsprozessen entschieden wird. Da Frauen in oft sehr engen emotionalen Beziehungen mit dem "Klassenfeind" leben, sind auch die privaten Beziehungen zwischen Frauen und Männern der Ort, an dem ein ganz entscheidender Teil der Konflikte ausgetragen wird. Der private Bereich ist auch der Ort, an dem grundlegende Veränderungen in der Erziehung der Nachfolgegeneration geleistet werden können. *Erziehung scheint ein Eckpfeiler feministischer Strategie zu sein.*

5. Emanzipatorische Pädagogik

Seit Ende der 60er Jahre, der Zeit der Studentenrevolte, der Kinderladen- und wiedererwachenden Frauenbewegung, findet eine Umorientierung in der Pädagogik statt: viele Erziehungswissenschaftler vollzogen die sogenannte "emanzipative Wendung" (Thiersch/Ruprecht/Herrmann 1978) und hinterfragen mit entschieden aufklärerischem Impetus traditionelle, bewußt oder unbewußt systemstabilisierende pädagogische Theorie und Praxis. Klaus Mollenhauer unternahm als einer der ersten den Versuch, den Ansatz einer "Kritischen Theorie" der Gesellschaft und den von Habermas entwickelten Emanzipationsbegriff auf die erziehungswissenschaftliche Ebene zu übertragen. In der Einleitung seines 1968 erschienenen Sammelbandes "Erziehung und Emanzipation" betrachtet Mollenhauer Sinn und Methode der Erziehungswissenschaften unter dem Aspekt des emanzipatorischen Erkenntnisinteresses und setzt damit eine umfassende Diskussion über Möglichkeiten und Aufgaben einer emanzipatorischen Pädagogik in Gang.

Habermas hatte der "Emanzipation von äußerer Naturgewalt" eine "Emanzipation vom Zwang der internen Natur" gegenübergestellt; "die Emanzipation vom Zwang der internen Natur gelingt im Maße der Ablösung gewalthabender Institutionen durch eine Organisation des gesellschaftlichen Verkehrs, die einzig an herrschaftsfreie Kommunikation gebunden ist" (Habermas 1973,71 f.). Emanzipation vom "Zwang der internen Natur", die auf Herstellung einer öffentlichen, uneingeschränkten und herrschaftsfreien Kommunikation abzielt, ist bestimmt durch einen "abnehmenden Grad der Repressivität" und Rigidität sowie durch "Annäherung an einen Typus der Verhaltenskontrolle, welche Rollendistanz und eine flexible Anwendung gut internalisierter, aber der Reflexion zugänglicher Normen erlauben würde" (Habermas 1968, 98 f). Selbstreflexion als Königsweg: "Ein Akt der Selbstreflexion, der 'ein Leben ändert', ist eine Bewegung der Emanzipation" (Habermas 1973, 261).

Mollenhauer geht von einer Kritik an der rein empirisch konzipierten Erziehungswissenschaft einerseits aus, der es um eine wertfreie Beschreibung und Erklärung des Erziehungsgeschehens geht, die aber de facto - indem sie ihr erkenntnisleitendes Interesse nicht reflektiert - nur scheinbar wertneutral verfährt und somit häufig Herrschaftsinteressen dient; andererseits weist Mollenhauer das Autonomieprinzip der geisteswissenschaftlichen Pädagogik zurück, wonach Erziehung als ein Vorgang begriffen wird, der sich abseits aller gesellschaftlichen Prozesse in einem Schonraum abzuspielen scheint.

Für Mollenhauer ist Erziehungswissenschaft eine Handlungswissenschaft, deren erkenntnisleitendes Interesse er so definiert:

> "Für die Erziehungswissenschaft konstitutiv ist das Prinzip, das besagt, daß Erziehung und Bildung ihren Zweck in der Mündigkeit des Subjektes haben; dem korrespondiert, daß das erkenntnisleitende Interesse der Erziehungswissenschaft das Interesse an Emanzipation ist. (...) Sie wendet sich (...) kritisch gegen all jene Erziehungsverhältnisse, die die Verdinglichung - die Unterdrückung der Vernunft im Dienste empirischer Heteronomien - weiterbetreiben, oder auch gegen solche, die ihr nicht entgegenzuwirken vermögen." (Mollenhauer [4]1970,10)

Seinen Emanzipationsbegriff expliziert Mollenhauer weiter:

> "Emanzipation heißt die Befreiung der Subjekte - in unserem Fall der Heranwachsenden in dieser Gesellschaft - aus Bedingungen, die ihre Rationalität und das mit ihr verbundene gesellschaftliche Handeln beschränken." (ebd. 11)

Diese Befreiung soll erreicht werden über die Befähigung des einzelnen zur "kritischen Rationalität" gegenüber dem Bestehenden; d.h., die Individuen sollen auf die gesellschaftlichen Bedingungen ihrer Fremdbestimmung hingewiesen werden, diese sollen ihnen transparent gemacht werden. In einer solchen, disfunktionalen Erziehung, in der der Educandus lernen soll, sich kritisch mit dem Vorgegebenen auseinanderzusetzen, kommt Konflikten eine positive Rolle zu. Das Ergebnis eines solchen Bildungsprozesses wäre dann eine heranwachsende Generation, die das "Potential gesellschaftlicher Veränderung" (ebd. 67) abgibt.

Die vermittelten Einsichten, "die Verneinung der konstatierten Unfreiheit", führen aber noch nicht ohne weiteres zu emanzipatorischem Handeln. Gesellschaftsverändernde Praxis entwickelt sich nicht allein aufgrund von Information, Kritik, Aufklärung und Reflexion: "Die rationale Erfassung politischer Sachverhalte setzt nicht zugleich auch Motive für das Handeln. Das Handeln folgt nicht aus der Rationalität selbst." (ebd. 166) Die herrschaftsnegierende Rationalität eröffnet "lediglich dem geschichtlichen Fortschritt, der Praxis der Vernunft eine neue Chance" (ebd. 69). Es müssen kultur- und gesellschaftspolitische Entwicklungen in Gang kommen, für die die Pädagogik höchstens die Richtung weisen kann. Aufgabe der Pädagogik ist nach Mollenhauers Verständnis nicht, "inhaltlich detaillierte Entwürfe einer besseren Erziehung vorzulegen, da diese, wollen sie nicht utopisch sein, ihrerseits ein Ausdruck bestimmter gesellschaftlicher Interessenlagen sein müßten"(ebd. 69).

Auch Wolfgang *Lempert* knüpft in seinem erstmals 1969 erschienen Aufsatz "Bildungsforschung und Emanzipation" (Lempert 1972) an Habermas an. Bei ihm heißt es:

> "Das emanzipatorische Interesse ist das Interesse des Menschen an der Erweiterung und Erhaltung der Verfügung über sich selbst. Es zielt auf die Aufhebung und Abwehr irrationaler Herrschaft, auf die Befreiung von Zwängen aller Art. Zwingend wirkt nicht nur materielle Gewalt, sondern auch die Befangenheit in Vorurteilen und Ideologien. Diese Befangenheit läßt sich, wenn nicht völlig lösen, so doch vermindern, durch die Analyse ihrer Genese, durch Kritik und Selbstreflexion." (ebd. 483)

Die Methoden eines solchen Emanzipationsvorgangs sind bei Lempert emanzipierende Kritik und Selbstreflexion. Er versteht sie als produktive Leistungen, die das Subjekt von seiner Abhängigkeit von hypostasierten Gewalten, Ideologien und Vorurteilen befreien können. Das bedeutet auch, daß emanzipierende Kritik nicht bei totaler Negation stehenbleibt, sondern daran anknüpfend auch neue Entwürfe entwickelt. Auch emanzipierende Selbstreflexion beschränkt sich nicht auf das Zurückholen von Vergessenem, sondern soll "die Unterdrückung vergessener und die Verdrängung stets unbewußt gehaltener Strebungen" erhellen, so daß sie als Antriebskräfte wirksam werden können. Kritik und Selbstreflexion führen "zur Freisetzung unterdrückter und verdrängter Motive und werden damit handlungsrelevant." (ebd. 484)

Die Aufgaben einer emanzipatorischen Erziehungswissenschaft umreißt Lempert so:

"- die faktische pädagogische Verdrängung sozial unterdrückter Bedürfnisse ermitteln und kausal analysieren,
- die derartig gewonnenen Gesetzesaussagen in den Verständnishorizont der Individuen, für die sie gelten, hinein interpretieren und
- den Einstellungswandel, den ihre Mitteilung bei diesen Individuen hervorruft, experimentell überprüfen." (ebd. 490)

Deutlich wird in diesen kurzen Ausführungen, daß auch Lempert über eine Aufklärung der "Verinnerlichung der Ideologien und Vorurteile im Laufe der Erziehung" und über eine "Aufklärung der Erzogenen über ihre Erziehung" nicht hinausgeht (ebd. 491 f).

Mollenhauer und Lempert bleiben auf der Stufe der kritischen Reflexion, der negierenden Analyse des status quo stehen. Der Pädagogik wird nicht der Entwurf einer besseren Zukunft aufgegeben, sondern die Kritik der vorgefundenen Erziehungspraxis und ihrer gesellschaftlichen Bedingungen. Die Kritik ist aber als konstruktiv zu verstehen, da sie der Befreiung des Menschen aus materiellen und nicht-materiellen Zwängen dienen soll und die psychische wie soziale Fähigkeit des Menschen zur Selbst- und Mitbestimmung bewirken kann.

Bei Mollenhauer und Lempert wird kein "revolutionäres Subjekt" benannt, die unterstellte Möglichkeit der besseren Zukunft wird nicht "als wirksame Tendenz in der Wirklichkeit von Erziehung und Gesellschaft aufgewiesen und ergriffen" (Keckeisen 1983,131); ihre Emanzipationspostulate sind allgemein und abstrakt formuliert. Es wurde zu bedenken gegeben, daß emanzipatorische Pädagogik,"als bloß abstrakte Negation des Bestehenden im Namen einer unbestimmt besseren Möglichkeit" verstanden, verändernde Praxis insgesamt schwerlich sinnvoll orientieren könne und daß sie letztlich in einem "Zirkel folgenloser Ideologiekritik" gefangen bleiben müsse. Andererseits könne sie "ohne Selbstpreisgabe nicht davon abgehen, daß das Bessere nicht inhaltlich vorweggenommen, sondern nur im wirklichen Emanzipationsschritt sichtbar werden kann" (Keckeisen 1983,131).

Das Fehlen konkreter Handlungsanweisungen für die Erziehungspraxis, das den "Praktiker letztlich der Ratlosigkeit" überlasse (Moser 1979,54), wird als Manko empfunden. Emanzipatorische Pädagogik müsse die Praxis reflektieren, diese Reflexion aber dann auch in Praxis umsetzen:

> "Wissenschaft und Praxis sind notwendig aufeinander verwiesen: Theoretische Reflexion, die handlungsbestimmend werden will, erfordert die Antizipation von Praxis, während Praxis nach theoretischer Reflexion verlangt." (Moser 1979,58)

Auf der anderen Seite wird vor "falscher Positivität" gewarnt, die die ideologische Verzerrtheit des eigenen Standpunkts und die Widerständigkeit der Verhältnisse unterschlägt und die Emanzipation mit der "Förderung einzelner Persönlichkeits- und Verhaltensvariablen oder mit der Vermittlung 'kritischen' Wissens verwechselt und zum jederzeit und individuell verwirklichbaren didaktischen Projekt umdeutet." (Keckeisen 1983,130, 134)

Der Fortschritt emanzipatorischer Erziehunswissenschaft und Erziehung bleibt selbstverständlich von gesamtgesellschaftlichen Veränderungen abhängig. Aus der Geschichte wissen wir, daß bisherige Emanzipationsprozesse kaum als Resultat bewußt emanzipatorischer Pädagogik gedeutet werden können. *Die Möglichkeiten von Erziehung, zumal die disfunktionaler Erziehung, bleiben begrenzt;* sie kann lediglich vorhandene, individuelle Spielräume ausschöpfen, eventuell erweitern helfen;

> "das Gewicht anderer, pädagogisch zwar zu reflektierender, keineswegs jedoch zu steuernder Einflüsse, Chancen und Erfahrungen verwehrt es, die Pädagodik als 'Herrin des Verfahrens', als strategisch planendes Subjekt der Veränderung auch nur zu phantasieren." (Keckeisen 1983,134).

6. Emanzipatorische Geschlechtsrollenerziehung

Eine Pädagogik, die "die Aufhebung und Abwehr irrationaler Herrschaft", "die Befreiung von Zwängen aller Art" (Lempert 1972) auf ihr Banner geschrieben hat, wird auch eine emanzipatorische Geschlechtsrollenerziehung als zentralen Aufgabenbereich betrachten. Die in unserer Gesellschaft konstatierte geschlechtsspezifische Sozialisation, die Verweigerung von

Entfaltungsmöglichkeiten und Diskriminierung beinhaltet, läuft in der Regel noch zu einseitig als Anpassungsvorgang ab. Vorurteile und Ideologien, verfestigte geschlechtsspezifische Rituale und Rollen spielen dabei neben ökonomischen Interessen eine ganz wesentliche Rolle. Daraus ergeben sich logisch zwei Hauptansatzpunkte für eine emanzipatorische Geschlechtsrollenerziehung:

- Förderung von Kreativität, Variabilität und Flexibilität bei der Ausgestaltung von Geschlechtsrollen und
- Abbau von Vorurteilsstrukturen und Geschlechterideologie.

a) "Role-making" statt "Role-taking"

Dreh- und Angelpunkt einer emanzipatorischen Geschlechtsrollenerziehung scheint - neben der unerläßlichen und heute in Ansätzen vorhandenen Modellwirkung alternativen Geschlechtsrollenverhaltens von Erziehern - eine bewußte, aktive, flexible Geschlechtsrollenerziehung, insbesondere in Familie, Kindergarten und Schule zu sein, die Kindern nicht aufgrund ihres biologischen Geschlechts ganz bestimmte, stereotyp zugewiesene geschlechtstypische Eigenschaften und Verhaltensweisen, Tätigkeitsbereiche und Lebensmodelle vorschreibt, sondern sie ermuntert und befähigt, auch die für ihr Geschlecht untypischen Qualitäten und Verhaltensweisen zu entwickeln.

Eine solche Erziehung ginge von einem Rollenverständnis aus, demzufolge nicht einseitig die funktionale Seite des Rollenerwerbs betont, Geschlechtsrollen also möglichst eindeutig definiert und als Integrationsinstrumente begriffen werden, sondern mehr die *kommunikativen und interaktionistischen Aspekte des Sozialisationsprozesses* und damit die immer auch vorhandenen und nutzbaren Spielräume in den Mittelpunkt gerückt werden. In der interaktionistischen Rollentheorie wird dem "role-taking" ein "role-making" zur Seite gestellt, da die funktionalistische Vorstellung, "Rollen könnten im Idealfall schlicht übernommen und auf eine vorab festlegbare, befriedigende Weise ausgeführt werden, der Grundproblematik sozialen Handelns nicht entspricht" (Krappmann 1983, 518).

Aus der Perspektive des Interaktionismus schließt der Umgang mit Rollenerwartungen immer auch *kreative und konstruktive Leistungen der Person* mit ihren jeweiligen Erfahrungen und Intentionen ein. Sozialisation, die natürlich immer auch in tradierte Rollenangebote einführt,

> "muß zugleich die Ausbildung der Qualifikationen zu reflektierendem Umgang mit zugemuteten Normen und überlieferten Rollen erreichen. Dies vollzieht sich in der Teilnahme an Interaktionen, in der die Partner um des Fortbestandes der Kooperation willen gezwungen sind, sich durch 'role-taking' und 'role-making' über Handlungsentwürfe zu verständigen, die allen Beteiligten ein gewisses Maß an Befriedigung bieten." (Krappmann 1983,520)

In der interaktionistisch orientierten Erziehungstheorie werden grundsätzlich alle am Erziehungsprozeß Beteiligten, auch Kinder, nicht als nur reagierende, sondern als auch agierende Wesen begriffen, die in "ständiger Konfrontation individueller Initiativen mit generellen Verhaltenserwartungen" personale und soziale Identität aushandeln und ausbalancieren (Mollenhauer/Brumlik/Wudtke 1975,93 f). Für das Gelingen solch "balancierender Identität" werden u.a. folgende Qualifikationen postuliert:

> "R o l l e n d i s t a n z als die Fähigkeit, in jeweils gespielten Rollen nicht aufzugehen, zu ihnen Stellung nehmen zu können, sich selbst als mit ihnen nicht identisch zu verstehen; A m b i g u i t ä t s t o l e r a n z als die Fähigkeit, sich gegenüber gleichzeitig mit gleicher Stärke sanktionierten, widersprüchlichen Rollenerwartungen handlungsfähig zu erhalten; E m p a t h i e als die Fähigkeit zur Antizipation oder zum Eingehen auf die und zum Erkennen der Rollenerwartungen anderer; I d e n t i t ä t s d a r s t e l l u n g als die Fähigkeit, die den kognitiven Dispositionen nach vorhandenen ersten drei Qualifikationen in Interaktionen tatsächlich zum Ausdruck zu bringen." (Krappmann, ref.n. Brumlik 1983,236)

Insbesondere in der *Familie*, die vielleicht den größten Anteil gerade auch an der geschlechtsspezifischen Erziehung hat, können Verhaltensweisen und Beziehungsmuster spontan und auch spielerisch erprobt werden; die Familie engt - etwa im Vergleich zur schulischen Lernsituation - wenig ein, bietet für kreatives "role-making", für das Umdefinieren tradierter Geschlechtsrollennormen relativ viel Freiraum. Solchem Erproben alternativen Rollenverhaltens in der Familie sind natürlich auch Grenzen gesetzt, vor allem durch das teils noch sehr starke Machtgefälle Mann-Frau und die naturgegebene Dominanz der Eltern über die Kinder (Mollenhauer/Brumlik/Wudtke 1975,94,96). Darüber hinaus sind die Spielräume in bildungsmäßig unterprivilegierten Schichten - einmal abgesehen vom dort praktizierten, vergleichsweise rigiden und konservativen Erziehungsstil auch und gerade was die Geschlechtsrollenerziehung angeht - eingeschränkt, weil der Erwerb der genannten, letztlich an Mittelschichtnormen orientierten Qualifikationen stark an Sprachkompetenz gebunden bleibt (vgl. Brumlik 1983).

Eine emanzipatorische Geschlechtsrollenerziehung wird neben kognitiven und handlungsbezogenen auch *affektive* Aspekte berücksichtigen. Es liegt auf der Hand, daß alle am Erziehungsgeschehen Beteiligten folgendes tun bzw. lernen sollten:

- ihre Zugehörigkeit zu einem der beiden Geschlechter positiv bewerten;
- die Vielfalt der Möglichkeiten der Geschlechterrollen positiv bewerten, für sich selbst akzeptieren und bei anderen tolerieren wollen (Claußen 1977,130-150).

Das Erreichen dieser Lernziele und der Erwerb der oben genannten Qualifikationen für gelingendes Rollenverhalten wird in einem Klima emotionaler Geborgenheit, gegenseitiger Toleranz und Verständigungsbereitschaft am besten gewährleistet sein. Auch diese Tatsache weist gerade der Familie oder familienähnlichen sozialen Gruppen - wo diese Voraussetzung immer noch vergleichsweise häufig erfüllt zu werden scheint - für die emanzipatorische Geschlechtsrollenerziehung der Kinder und für das Erlernen herrschaftsfreier Kommunikationsformen zwischen Mann und Frau eine besonders wichtige Rolle zu.

b) Abbau der Geschlechterideologie

Zweiter Schwerpunkt frauenemanzipatorischer Erziehung müßte der *Kampf gegen geschlechtsspezifische Inhalte, Vorurteile, Stereotypisierung und Diskriminierung in allen Bereichen gesellschaftlichen Lebens* sein. Die Aufklärungs- und Bildungskampagne der Frauenbewegung müßte mehr als bisher auch von gesellschaftlich einflußreichen Institutionen und Personen mitgetragen werden, um dem Bombardement mit geschlechtsspezifischen, teils diskriminierenden Inhalten von allen Seiten Einhalt zu gebieten. Insbesondere in Familie, Vorschule und Schule, in Fernsehen und Kinder- und Jugendliteratur wären Umorientierungen - teils in Ansätzen vorhanden - wichtig und wirkungsvoll.

In den Schulen beispielsweise durchzieht die Geschlechterideologie die Lerninhalte wie ein roter Faden, die gesellschaftliche Benachteiligung der Frau in Vergangenheit und Gegenwart ist kein Thema. Um wieviel aufschlußreicher und hilfreicher für Mädchen wäre ein Geschichtsunterricht, der auch über die Geschichte der Frauenunterdrückung und der Frauenbewegung etwas enthielte, oder ein Gemeinschaftskundeunterricht, der die weitgehend nur formalrechtlich zugestandene Gleichberechtigung von Mann und Frau thematisieren würde, ein Biologieunterricht, der die Vorurteile über Geschlechtsunterschiede abzubauen versuchte, oder ein Literaturunterricht, in dem die Rollenklischees in den Lese- und Sprachbüchern hinterfragt würden und auch emanzipatorische Frauenliteratur auf dem Plan stünde ...! Dies wäre ein weites und sicherlich ertragreiches Feld.

Das Durchbrechen von Vorurteilsstrukturen ist nicht appellativ zu leisten, sondern ist abhängig von viel sachlicher Gegeninformation, von *permanentem Reflektieren* des Aspekts geschlechtsspezifische Sozialisation im erzieherischen Handeln: Aufdecken der historischen und gesellschaftlichen Bedingtheit und damit Veränderbarkeit der Geschlechterrollen und deren Stabilisierung durch geschlechtsspezifische Vorurteile, Beschäftigung mit alternativem, flexiblem, variationsreichem Geschlechtsrollenverhalten beispielsweise anhand von biographischem Material oder Kinder- und Jugendbüchern, Inbezugsetzen persönlicher Konflikte mit patriarchalischen Gesellschaftsstrukturen, etc. Anhand solcher Informationen und Analysen, durch Kritik und Selbstreflexion kann die herrschaftsstabilisierende, frauendiskriminierende Funktion der Geschlechtsrollenideologie untergraben werden.

III. DIE ROLLE DER LITERATUR IM EMANZIPATIONSPROZESS

Nun ist der Frage nachzugehen, ob und wie Literatur und Literaturkritik Emanzipation befördern können. Zunächst zur möglichen Rolle der Literatur im Emanzipationsprozeß.

Die Beschäftigung mit der *Funktion von Literatur* ist so alt wie die Literatur selbst. Die Auseinandersetzung mit beobachtbaren Wirkungen von Literatur ist dagegen noch relativ jung. Das ist nicht erstaunlich, denn es ist verhältnismäßig einfach, Funktionsaussagen zu machen. Ihnen gesteht man Meinungscharakter zu; sie dürfen hypothetisch bleiben und haben auch ohne Überprüfbarkeit ihre Berechtigung; sie sind bloße Annahmen über "den wahrscheinlichen Sinn und möglichen Wert eines Textes für ein Publikum oder einzelne Leser"(Dahrendorf 1980a, 280 f), letztlich ein Stück Weltanschauung. Wenn man hingegen Aussagen über Wirkung von Literatur machen will, wird es schon bedeutend schwieriger. Wirkung meint nämlich "alle wissens-, einstellungs- und verhaltensbezogenen Resultate, die Texte bei Lesern hervorrufen" (Sahr 1981,3), alle Einflüsse und Veränderungen im Rezipienten, die Resultat eines vielschichtigen Prozesses sind, innerhalb dessen der Text nur einer von vielen Einflußgrößen ist. So findet sich denn auch ein breites "Angebot" von Funktionsaussagen für Literatur. Das Spektrum reicht von Gottfried Benn ("Kunstwerke sind phänomenal, historisch unwirksam, praktisch folgenlos. Das ist ihre Größe"(Benn 1973,177)) bis zu Peter Weiss ("Jedes

Wort, das ich niederschreibe und der Veröffentlichung übergebe, ist politisch, d.h., es zielt auf einen Kontakt mit größeren Bevölkerungsgruppen hin, um dort eine bestimmte Wirkung zu erlangen" (Weiss 1973, 241)), um nur zwei Positionen herauszugreifen, die gleichsam die beiden Pole markieren, zwischen denen sich die Einschätzung der Funktion von Literatur bewegt.

Seit der Epoche des Naturalismus beobachten wir grosso modo eine zunehmende Tendenz, Literatur als gesellschaftliches Phänomen mit gesellschaftlicher Funktion zu begreifen (Pinkerneil 1973). Heute geht man sowohl in Schriftsteller- als auch in Wissenschaftlerkreisen ganz überwiegend davon aus, daß Literatur und die visuellen Medien auf gesellschaftliche Prozesse Einfluß nehmen. Wie selbstverständlich wir generell a priori eine Einflußnahme literarischer und visueller Medien unterstellen, bezeugen beispielsweise die Existenz von Zensur (z.B. durch die Bundesprüfstelle für jugendgefährende Schriften) und Empfehlungslisten (z.B. Deutscher Jugendbuchpreis).

Mit soziologisch orientierten Literaturwissenschaftlern, die ihr Interesse nicht allein auf literarische Produkte und deren textimmanente Interpretation richten, sondern auf den Gesamtzusammenhang, in dem diese entstehen und wirken, begreife ich *Literatur* als gesellschaftlich vermitteltes Phänomen, *als "agierend reagierendes Moment gesellschaftlicher Praxis"* (Bürger 1975, 10 (Hervorhebung B.P.)); als solches kann Literatur gesellschaftliches Bewußtsein beeinflussen. Das gilt natürlich auch für Kinder- und Jugendliteratur (vgl. Dahrendorf 1975 und Richter/Vogt (Hgg.) 1974), für die darüber hinaus festzuhalten ist, daß sie seit ihrem Entstehen im 18. Jahrhundert - wenn auch mehr oder minder bewußt, gezielt und offen - als Sozialisationsinstrument begriffen und eingesetzt wird (vgl. Dahrendorf 1980b, 27ff). *Kinder- und Jugendbücher* vermitteln ihren Lesern bestimmte Einstellungen, Werte und Verhaltensweisen - eben die in der betreffenden Gesellschaft herrschenden Einstellungen, Werte und Verhaltensweisen. Somit sind sie *"heimliche Erzieher"*, Instrumente der kindlichen Sozialisation (Richter 1974,9). Vielen ist das Kinder- und Jugendbuch gar nicht mehr wegzudenken aus dem Sozialisationsprozeß (vgl. Gärtner (Hg.) 1978 (Vorwort)). Es besteht heute, auch wenn die Frage nach der erzieherischen Relevanz von Texten in concreto überaus kontrovers beantwortet wird, ein breiter Grundkonsens darüber, daß Kinder- und Jugendliteratur- wie stark und indirekt auch immer - eine Funktion im Sozialisationsprozeß hat.

Der besondere sozialisatorische Charakter der Kinder- und Jugendliteratur fordert zwingend dazu auf, sich mit ihrer Funktion und Wirkung zu befassen. Konsequenterweise ist dies der Kinder- und Jugendliteratur-Forschung traditionell ein Hauptanliegen (vgl.Hurrelmann 1980,1). Auch der Germanistik ist die gesellschaftliche Funktion und die Rezeption von Literatur ein wichtiges Anliegen geworden, das nun schon seit Jahren die theoretische Diskussion entscheidend bestimmt. Außerdem befassen sich mit dieser Fragestellung eine Reihe benachbarter, an Kinder- und Jugendliteratur generell interessierter Disziplinen. So gibt es eine Vielzahl unterschiedlicher Forschungsansätze und eine schier unüberschaubare Fülle unterschiedlicher Ergebnisse. Diese alle zu sichten und zu bewerten ist schon sehr schwierig; und sie alle in eine *übergreifende empirisch bewährte Theorie literarischer Wirkung* zu integrieren, ist ein äußerst schwieriges, vielleicht sogar unmögliches Unterfangen. Jedenfalls ist es *bis dato nicht gelungen* (vgl. Groeben/Vorderer 1986,137).

Ich will nun versuchen,

- einen Überblick über wichtige Resultate der Wirkungsforschung zu geben;
- daraus Aussagen über Möglichkeiten der Emanzipation durch Literatur abzuleiten;
- die Chancen emanzipatorischer Lektüre heute einzuschätzen und
- Konsequenzen für die literaturwissenschaftliche Praxis bezüglich der Möglichkeit von verläßlichen Wirkungsaussagen zu ziehen (im Analyseteil, Methodologische Vorüberlegungen).

1. Forschungsergebnisse zur Wirkung von Literatur

a) Rezeptionsforschung

Es liegt nahe, zuerst die literaturwissenschaftliche Disziplin zu befragen, die sich "hauptamtlich" mit der Aufnahme literarischer Texte durch den Leser beschäftigt, die Rezeptionsforschung. Die zentrale These von Wolfgang Iser lautet: "Bedeutungen literarischer Texte werden (...) erst im Lesevorgang generiert, sie sind das Produkt einer Interaktion von Text und Leser." (Iser 1970,7) Jeder Text "arbeitet" mit ganz bestimmten Wirkungsmitteln, enthält ein je spezifisches Wirkungspotential und legt dem Leser eine bestimmte Rezeption nahe und steuert ihn. Der Text ist eine "Anweisung" (Iser 1976,7). Da Leser jedoch keine bloßen Empfänger sind, sondern Individuen mit je bestimmten Prädispositionen (Erfahrungen, Reife, Motivation, Erwartungshorizont), sei nicht vorhersehbar, welchen Gebrauch sie jeweils von einem bestimmten Text machen, ob sie "adäquat" rezipieren, d.h., in dem vom Text je gesteckten Rahmen, oder nicht. Im Prinzip sei von ebensovielen Rezeptionsarten wie Rezipienten auszugehen, weshalb es müßig sei, Rezeptionsprognosen zu stellen.

Da Rezeption von Literatur immer auch gesellschaftlich vorgeprägt ist, wird man die hier behauptete, *totale Unbestimmbarkeit und Freiheit der Rezeption* als überzogen betrachten müssen (vgl. Groeben/Vorderer 1986, 122 ff; Heuermann et al. 1975,97; Link/Link-Heer 1980). Trotzdem leitet sich aus den zentralen Annahmen dieser literaturwissenschaftlichen Disziplin eine unumstößliche Grundwahrheit ab, die auf die empirische Literaturwissenschaft verweist:

> "Welche Aktualisierungen tatsächlich vorkommen und wieweit sie sich tatsächlich innerhalb (des vom Text gesteckten) Rahmens halten, bedarf jeweils der empirischen Überprüfung." (Link/Link-Heer 1980,172).

b) Empirische Literaturwissenschaft[15]

Diese Disziplin grenzt sich von jeder literaturwissenschaftlichen Methode ab, die ohne empirische Belege Wirkungsaussagen wagt. Entsprechend dem in den Naturwissenschaften vertretenen Anspruch, mit verifizierbaren und falsifizierbaren Theorien zu operieren, werden Wirkungshypothesen empirisch überprüft. Die dazu erhobenen Rezeptionsdaten werden in der Regel nach folgender "Formel" statistisch ausgewertet: "Wenn der/die Leser LG die Textbedeutung TB realisiert/en, dann hat das die Rezeptionskonsequenzen/ -wirkungen RKi ...n." (Groeben 1982,289 f).

Gängige Methoden zur Datenerhebung sind v.a. Fragebogen, Einschätzskalen, Paraphrase und freie Assoziation sowie Interview.

Empirische Wirkungsanalysen (z.B. Geiger 1975) haben zu einzelnen Aspekten interessante Ergebnisse gebracht, aus denen sich jedoch *keine Gesetzmäßigkeiten für Wirkungsvoraussagen* ableiten lassen. Denn: Die Bedingungen einer künstlich geschaffenen Experimentalsituation, in der eine ganz bestimmte Textsorte ganz spezifisch eingesetzt wird, um an bestimmten Rezipientengruppen ganz bestimmte Reaktionen zu beobachten, sind nicht unbedingt auf die "Normal"-Lesesituation übertragbar. In diesem Zusammenhang wird insbesondere auf das Problem der Steuerung des Rezipienten hingewiesen, die in den einschlägigen Erhebungsmethoden mehr oder weniger stark enthalten ist und die zu artifiziellen Ergebnissen führen kann.[16]

c) Kommunikationswissenschaft

Zwei psychologische Disziplinen befassen sich intensiv mit Wirkungsfragen: Zum einen die Kommunikationswissenschaft,

---

15 Vgl. v.a. Groeben 1977; Groeben 1982. Als grundlegend für die empirische Literaturwissenschaft wird Schmidts Theorie der literarischen Kommunikation angesehen (vgl. Schmidt 1980).

16 Vgl. Link 1976; ähnlich skeptisch äußert sich auch Reese 1980.

die seit etwa vier Jahrzehnten v.a. der Frage nachgeht, welchen Einfluß (Massen-) Medien auf Wissen, Einstellung und Verhalten der Rezipienten haben; zum anderen die Lerntheorie. *Michael Sahr* hat, Lesen als kommunikativen und als Lernakt begreifend, die Ergebnisse dieser beiden Forschungsrichtungen systematisch aufgearbeitet.[17]

Aus kommunikationstheoretischer Sicht sind demnach folgende Aussagen interessant: Das dreipolige, auf literarische Wirkungsprozesse anwendbare Kommunikationsmodell (über ein Medium (Buch) - kommuniziert der Kommunikator (Autor) - mit dem Rezipienten (Leser)) muß für den Bereich der Kinder- und Jugendliteratur um eine vierte Größe ergänzt werden, um den "personalen Vermittler", dem bei Auswahl, Rezeption und Nachbereitung der Lektüre eine wichtige Rolle zukommt (24 f). Da jede der vier an diesem Modell beteiligten Grössen wiederum eine komplizierte Struktur aufweist, handelt es sich beim Buchwirkungsprozeß "um eine mehrpolige, äusserst komplexe Angelegenheit, an der eine Vielzahl intervenierender Variablen maßgeblich beteiligt sind." (27).

Sahr begreift das *Wirkungsgeschehen* als einen Prozeß, "der *weder zwangsläufig noch unberechenbar* verläuft, sondern der (...) bis zu einem gewissen Grade auch steuerbar ist;" wobei nicht übersehen werden dürfe, daß Lesewirkung, wie jede Art von Kommunikation, grundsätzlich störanfällig ist (33 f (Hervorhebung B.P.)). Als ganz entscheidender Wirkungsfaktor wird nach Sahr die *Kumulation* angesehen, d.h., die Konfrontation des Rezipienten über einen längeren Zeitraum hinweg mit bestimmten inhaltlichen und formalen Elementen oder mit übereinstimmenden Aussagen durch andere Medien (55 f).

Als wichtige Erklärungsmodelle für die Wirkung von Büchern führt Sahr an:

1. *die These vom Selektionsverhalten des Lesers,*
2. *die These von der sozialen Realität,*
3. *die These von der kognitiven Dissonanz.*

---

17 Sahr 1981. Die in der Folge im Text in Klammern gesetzten Zahlen sind Seitenangaben dieser Arbeit.

These 1 besagt: Weil der *Leser* stets seine Einstellungen bestätigt finden möchte, wählt er vorzugsweise Texte, die er für geeignet hält, dies zu leisten. Beim Lesen *konzentriert* er *sich auf übereinstimmende Aussage-Elemente*, die er sich dann auch bevorzugt merken wird, während er entgegengesezte Aussage-Elemente ignoriert oder uminterpretiert (64 f).

These 2: Da Gruppennormen in der Regel immun gegen Modifikationsversuche durch Texte sind, werde der Leser höchstwahrscheinlich Textaussagen, die mit dem Meinungsbild seiner sozialen Gruppe übereinstimmen, annehmen. Textaussagen hingegen, die mit den Normen seiner Gruppe nicht in Einklang zu bringen sind, werden nicht adäquat rezipiert werden (65 f).

These 3: Auch die These von der kognitiven Dissonanz, die besagt, daß der "menschliche Organismus bestrebt ist, eine *Harmonie*, Konsistenz oder Kongruenz zwischen seinen Meinungen, Attitüden, Kenntnissen und Wertvorstellungen herzustellen", wird in der Wirkungsforschung nach Sahr meist in Richtung "Anpassung" und "Stabilisierung" interpretiert (67).

Einstellungs- und Verhaltensänderungen seien nur dann zu erwarten, wenn Texte nicht wesentlich von den Erwartungen, Interessen, Informationsbedürfnissen und Wünschen des Lesers abweichen ("Vorsichtiges, allmähliches Abweichen vom Vertrauten, Bekannten und Erwarteten") (78 f)).

Sahr vermerkt weiter, daß zum Überwinden von Rezeptionsbarrieren insbesondere Texte geeignet seien, die "vom Thema, vom Inhalt, vom Stil und von der Ausgestaltung her zum Lesen 'anlocken'", sowie Texte, die Impulse geben, Alternativen und Lösungen anbieten (79). Auch die Leseraktivität besitzt nach Sahr Wirkungsrelevanz. "Wirkung wird dann besonders mobilisiert (...), wenn die Texte eine Aktivierung des Lesers auslösen und ihnen anteilnehmendes, eingreifendes Verhalten ermöglichen," - etwa durch offene Schlüsse oder explizite Diskussionsanreize (79 f).

Ferner sei die Aktivität des Vermittlers ein entscheidender Wirkungsfaktor. Da er die Rezipienten in der Regel kennt, könne er die Rezeption gezielt vorbereiten, eine "wirkungsgünstige Atmosphäre" schaffen sowie für eine "didaktisch optimale metakommunikative Auseinandersetzung" mit dem Text sorgen (76).

d) Lerntheorie

Nun zu den von Sahr zusammengestellten, aus der Lerntheorie ableitbaren Lesewirkungen. Drei Formen von Lernen können als besonders geeignet gelten, Lesewirkungsprozesse aufzuhellen:
1. *das Bekräftigungslernen,*
2. *das Modellernen,*
3. *das kognitive Lernen.*
Zu 1: Lesewirkungen stellen sich "am wahrscheinlichsten als 'Bekräftigung' oder zumindest als 'Gleichbleiben' bereits bestehender Meinungen, *am wenigsten wahrscheinlich als 'Umkehr' von Meinungen"* ein (104). "Neue Reaktionsmuster (...) bilden sich, sofern sie durch Texte nahegelegt und bekräftigt und zusammen mit sozialen Verstärkern ausgeformt werden." (105) Somit bestätigt die Lerntheorie, was auch aus kommunikationstheoretischer Sicht behauptet wird.

Zu 2: Lernen am Modell stelle eine "besonders schnelle und effiziente Lernmöglichkeit" dar und biete, im Gegensatz zum Bekräftigungslernen, die Möglichkeit, "völlig neue Einstellungen und Verhaltensweisen herbeizuführen." (108) Für Modelllernen durch Bücher gilt nach Sahr, daß Literatur aufgrund ihres fiktionalen Charakters das menschliche Verhalten zwar in grundsätzlich gleicher Weise beeinflussen kann (110), daß "symbolische Modelle" jedoch nicht so wirksam zu sein scheinen wie reale (117). Durch visuelle Hervorhebung, Spannung, Anschaulichkeit und Redundanz könne man Modellernen unterstützen und vorantreiben. Auch der Vermittler habe die Möglichkeit, die Wirkung von Buchmodellen zu erhöhen durch Unterstützung von Aufmerksamkeits-, Gedächtnis-, Reproduktions- und Verstärkungsprozessen (119 f).

Sahr nennt folgende Bedingungsfaktoren für Modellernen:

- Alter, Geschlecht, Macht und Status des Modells (113);
- Entwicklungsstand, Selbstwert- und Abhängigkeitsgefühl, bisherige Lernerfahrungen und Erwartungen des Lesers (114).

Hervorzuheben in diesem Zusammenhang sind vier vor allem für die Wirkung von Kinder- und Jugendliteratur wichtige Resultate:

- Bei Heranwachsenden sei die Neigung zur Identifikation mit Buchmodellen besonders ausgeprägt (105) (Höhepunkt zwischen sechs und zwölf Jahren); sie nimmt mit zunehmendem Alter ab (114).
- Personen mit geringem Selbstwert- und ausgeprägtem Abhängigkeitsgefühl scheinen besonders offen zu sein für Modelllernen (115).
- Wirkung durch Beobachten von "neuen", dem Leser bisher unbekannten Modellen werde insbesondere bei jungen Lesern und v.a. in den Lebenssituationen zu erwarten sein, wo diese verunsichert sind.
- Gleichaltrige oder etwas ältere Helden, gleichgeschlechtliche und mächtige Modelle sowie Modelle mit hohem Sozialstatus scheinen beim Leser den Vorzug zu haben. Eine Aussage Piagets relativiert allerdings dieses Ergebnis: "Ein Erwachsener, der persönliche Autorität besitzt, oder ein bewundertes älteres Kind werden nachgeahmt, während ein gleich altes und vor allem ein jüngeres Kind nicht nachgeahmt werden" (116).

Insgesamt scheint die Quantität der allein durch Beobachtung von Buchmodellen erzielten Lerneffekte wohl nicht sonderlich hoch anzusetzen zu sein; besser scheinen die Aussichten auf Wirkung, wenn Modellernen und Bekräftigungslernen gekoppelt sind (123). Sahr bezweifelt die Eignung von Modellernen für eine Erziehung zu mündigem Sozialverhalten, obwohl nicht zu leugnen sei, daß es auch kognitive Elemente beinhalte und damit eine "kritische Komponente" im Spiel sei, "durch die ein reflektiertes, kontrolliertes Modellernen erreicht werden kann" (124).

Zu 3: Eine entscheidende Rolle bei komplexeren Lernprozessen, wozu auch das Lesen gehört, komme dem kognitiven Lernen zu. Piagets Äquilibrationstheorie bedeute für die Rezeptionssituation, daß der Leser entweder die Textinhalte seinen kognitiven Schemata angleicht, oder seine, für einen bestimmten Text unzulänglichen kognitiven Schemata erweitert. Im ersten Fall werde er nicht textgerecht rezipieren, im zweiten Fall werde er sich - seine individuellen Bedürfnisse hintanstellend - dem Text anpassen (Auch dies ist ein Befund, der mit Aussagen der Kommunikationsforschung in Einklang steht (Dissonanztheorie)). Im Sinne einer Erziehung zum aktiven und kritisch reflektierenden Leser, sei der Idealfall kognitiven Lernens durch Literatur dann gegeben, wenn der Leser "einen Text rezipiert, ohne sich ihm zu unterwerfen, aber auch ohne sich über dessen spezifische Widerstände hinwegzusetzen" (130 f). Wohl ganz zentrale Grundvoraussetzung dafür sind "gemäßigtes Abweichen" von gewohnten Strukturen und Herausfordern zur Mitgestaltung statt Anbieten fertiger, als einzig richtig ausgegebener Lösungen (131).

Teils die *Ergebnisse aller drei Lerntheorien berücksichtigend*, macht Sahr abschließend u.a. folgende Aussagen:

- Lesewirkung vollzieht sich nicht "als ein starrer, von vornherein festgelegter (Reiz-Reaktions-) Mechanismus", sondern ist als Lernprozeß zu verstehen, "dessen Verlauf von Aktivitäten des Lesers und der Vermittler mitbestimmt wird und einer potentiellen Kontrolle und Steuerung durch beide Personengruppen unterliegt" (134).
- Kindheit und Jugend sind besonders "sensible Phasen für Lesewirkung, d.h. Perioden, in denen Einstellungs- und Verhaltensveränderungen aufgrund von Texten am ehesten stattfinden können" (134).
- Buchwirkungen, d.h. Einstellungs- und Verhaltensmodifikationen sind vorzugsweise dort zu erwarten, wo alle drei Arten des Lernens, also Bekräftigungs-, Modell- und kognitives Lernen, zusammengehen (137).

- Es muß angenommen werden, daß Änderungen im Wissensbereich eher erreichbar sind als im Handlungsbereich und daß Modifikationen im kognitiven und affektiven Bereich nicht notwendigerweise Veränderungen des Handelns nach sich ziehen (140); sie können aber Veränderungsprozesse erleichtern und abkürzen (141).
- "Die Wirkung von Texten wird sich vergrößern, wenn sie emotionale Appelle beinhalten." (...) "Mäßig emotionalisierte Texte" wirken stärker als "stark emotionalisierte" (145).
- Leser mit unterschiedlicher Persönlichkeitsstruktur werden sich auch in ihrer Beeinflußbarkeit durch Texte unterscheiden. Der Grad der Beeinflußbarkeit hängt von Erziehungsstil, Lernfähigkeit, Intelligenz, Geschlechtszugehörigkeit und Alter ab (148 f).
- "Die eigentliche Entscheidung darüber, ob Bücher eine Einstellungsänderung verursachen oder nicht, fällt im situativen und sozialen Kontext des Lesers" (150). Spielzeug, Schallplatten und Massenmedien liefern neben Büchern eine derartige Fülle von verschiedenartigen Anregungen, Meinungen und Informationen, daß das Buch dagegen nur ein "relativ wenig potenter Faktor im Einstellungsbildungsprozeß" sein kann (151).
- Ein Buch, das Alternativen zum Gewohnten aufzeigt, wird bei Kindern, die eine offene, freie Erziehung genießen, ungleich wirksamer sein als bei Kindern, die in einer "rigiden und stark dirigistischen elterlichen Umgebung" aufwachsen (152). Die Dominanz des elterlichen Einflusses verringert sich mit zunehmendem Alter des Lesers, so daß dann andere Einflußgrößen wie Schule, Gleichaltrige, Medien und auch Bücher stärker zum Tragen kommen (152).

Die Konsequenz aus der Tatsache, daß Wirkung von Literatur nur interdisziplinär zu klären ist, hat auch schon *Dahrendorf* (1980 b) gezogen. Er hat den Versuch unternommen, Ergebnisse aus Literatur- und Erziehungswissenschaft sowie aus Psychologie und Jungleserforschung in ein Wirkungsmodell zu integrieren. Nur einige der wichtigsten "Bausteine" seien herausgegriffen:

- "Lesen (...) ist abhängig von Entwicklung (kognitiv, moralisch-interaktiv, Fähigkeit zur Rollenübernahme, sprachlich, Fähigkeit zur Objekt- und Selbstwahrnehmung, etc.), und Lesen nimmt, da es Erfahrungen vermittelt (...), selber Einfluß auf Entwicklung" (ebd. 235). Entwicklungsimpulse werden vor allem diejenigen Lektüren geben, die "entweder kognitiv ein wenig höher (komplexer) strukturiert sind als der Leser auf seiner gegenwärtigen Stufe oder die selber Entwicklungen zur nächsthöheren Stufe darstellen" (ebd. 236).
- Problemvermeidende, kompensatorische Literatur verzichtet in der Regel zugunsten leichterer Konsumierbarkeit auf solche Entwicklungsimpulse (ebd.236)
- Die Sozialschicht, eine wesentliche Determinante der Sozialisation, beeinflußt das Leseverhalten entscheidend - "bis hin zur Entmutigung, überhaupt zu lesen, bzw. nur kompensatorisch oder überwiegend bildbestimmt zu lesen" (ebd. 236).
- Die Art der angebotenen Konfliktlösung der Lektüre muß als hochgradig wirkungsrelevant angesetzt werden. Lesend wird der junge Mensch "zum Mitspieler von Problemlösungsspielen", wodurch sich ihm jeweils neue Handlungsmöglichkeiten eröffnen können bzw. verschlossen bleiben. Individuelle/solidarische Lösung gesellschaftlich verursachter Konflikte bspw. sowie Fluchtverhalten, Schicksalsergebenheit oder Selbstveränderung wie auch aktive/passive Konfliktbewältigung werden auf je verschiedene Weise wirken, abhängig selbstverständlich auch vom Entwicklungsstand des Lesers (ebd.237).
- Ein weiterer grundlegender Wirkungsfaktor ist die sprachliche Ausgestaltung der Texte, denn sprachliche, kognitiv-moralische Entwicklung und die Entwicklung der Lernfähigkeit sind eng miteinander verknüpft (ebd.138).

- Des weiteren sind alle inhaltlichen und formalen Elemente eines Textes, wie sprachliche Mittel, Aufbau, Wirklichkeitsdarstellung, Weltbild, Figurendarstellung, Erzählperspektive, Bewertung des Erzählten durch den Erzähler wirkungsrelevant. Aus den beschreibbaren Textmerkmalen läßt sich jeweils das Wirkungspotential erschließen (ebd. 238).

Abschließend seien zwei Punkte aus Dahrendorfs Argumentation angeführt, die in Übereinstimmung mit der oben vorgebrachten Kritik, die zentrale Aussage der Rezeptionsforschung relativieren. Zum einen sei beim Leseanfänger nicht von einer totalen Undeterminierbarkeit der Rezeption auszugehen, weil dieser weitgehend identifikatorisch liest, das Gelesene gleichsam als Realität wahrnimmt (ebd. 239). Zum anderen *stecke jedes Textangebot einen Rahmen ab*, innerhalb dessen Wirkungen stattfinden. Deshalb dürfe man wohl in der Regel bestimmte Wirkungen als wahrscheinlich oder häufig annehmen. Auch dürfe nicht übersehen werden, daß Rezeption immer auch gesellschaftlich vorgeprägt ist und damit in einem jeweils bestimmten Rahmen bleibt.

Die hier gesichteten Befunde machen deutlich, daß wir schon sehr viel über einzelne Wirkaspekte wissen. Auf drei ganz grundlegende Fragen allerdings ist die Antwort noch offen:

- Man hat bis heute

  > "so gut wie keine gesicherten Erkenntnisse darüber, wie die Einzelfaktoren zu isolieren sind, um ihren jeweiligen Wirkungsanteil exakt zu ermitteln, wie eine sich zeigende Wirkung mit bestimmten Wirkfaktoren zu parallelisieren ist, wie Forschungsbefunde, die für einen Ausschnitt des Wirkungsfeldes oder für einen Einzelfaktor ermittelt wurden, angesichts der Dependenz und Verschränkung im gesamten Wirkungsnetz zu modifizieren sind" (Sahr 1981,45).

- Trotz aller weitgehenden Übereinstimmung darüber, daß Lesen Spuren hinterläßt und Wirkungen nach sich zieht, ist es bislang nicht gelungen, "systematisch zu erforschen und empirisch gesichert zu belegen, wie diese Buchwirkungen zustandekommen" (Sahr 1981,160).
- Auch hat man noch keine geeigneten Forschungstechniken ge-

funden, um das wesentliche Moment der Dauer und Intensität einer Wirkung zu bestimmen (Silbermann 1981,55; Sahr 1981,160).

So ist es angesichts dieser offenen Fragen und der Vielzahl von Einflußfaktoren im Wirkungsprozeß, die zu berücksichtigen sind, "so gut wie unmöglich (...) eine bestimmte Wirkung auf bestimmte, genau meßbare Kausalfaktoren zurückzuführen. Eben um dieser Multikausalität willen ist es *angebracht, anstelle von Wirkungen von möglichen Wirkungen zu sprechen.*" (Silbermann 1981,55).

Und damit ist ganz klar, daß die Frage nach dem Beitrag der Literatur zur (weiblichen) Emanzipation nicht pauschal zu beantworten ist. Es lassen sich aber folgende Überlegungen anstellen und Thesen formulieren.

2. Literatur und Emanzipation?

- *Von Literatur gehen Lerneffekte aus.*
  Literarische Handlungen und Figuren sind Modelle, die auf den Leser einwirken, an denen er lernt, genau wie an allen anderen Umweltreizen auch, die auf ihn einwirken. Lernen durch Literatur geschieht ohne Druck von seiten des Textes, durchaus gelenkt jedoch von den jeweiligen Impulsen, die vom Text ausgehen. *Von einem Stimulus-Response-Schema,* d.h. von der naturwissenschaftlichen Vorstellung, daß der Lerneffekt dem vom Text ausgehenden Lernangebot plan entsprechen müsse , *darf dabei selbstverständlich nicht ausgegangen werden.*

- *Von Literatur können auch emanzipatorische Lerneffekte ausgehen.* Literatur kann unter bestimmten Voraussetzungen emanzipatorisches Bewußtsein aufbauen helfen; denn sie ermöglicht Erfahrungen und Einsichten, hebt bislang unbemerkte Dinge ins Bewußtsein und kann damit bewußtseinsverändernd wirken; verändertes Bewußtsein seinerseits kann Lebenspraxis verändern.

- *Besonders beim jungen Leser* besteht die Möglichkeit, Emanzipationsprozesse durch Literatur zu beeinflussen. Denn je jünger der Leser ist, desto offener und stärker beeinflußbar ist er, desto stärker liest er in bezug auf sich selbst, desto stärker neigt er zur Nachahmung und Identifikation mit Buchhelden, desto stärker kann er also auch in seinem Denken, Fühlen und Handeln beeinflußt werden. Diese Offenheit gilt für Kinder und wohl auch noch für Jugendliche (Dahrendorf 1975 und 1978; Doderer 1972,233). Für Jugendliche kommt hinzu, daß die Wirkungsmöglichkeit emanzipativer Lektüre sich auch deshalb erhöhen kann, weil im Jugendalter der stark prägende elterliche Einfluß an Dominanz verliert und damit andere Einflußfaktoren, z.B. eben auch emanzipative Lektüre, an Bedeutung gewinnen.

- Man darf jedoch die Emanzipationsmöglichkeit durch Literatur nicht überschätzen. Literatur kann selbstverständlich nicht die Welt verändern, *Emanzipation* "herstellen", denn diese *ist von gesellschaftlichen Rahmenbedingungen abhängig, in die Literatur niemals direkt einzugreifen vermag.* Sie kann erst im Kontext sozialer Beziehungen ihren Einfluß geltend machen. Man darf nicht übersehen, daß Literatur nur ein Sozialisationsfaktor unter vielen anderen ist und daß *Texte von den jeweiligen Lesern* nicht widerstandslos und passiv aufgenommen, sondern individuell gebrochen und *aktiv verarbeitet* werden (vgl. Groeben/Vorderer 1986,136 f).

- *Von Literatur ist in der Hauptsache eine verstärkende Wirkung zu erwarten;* sie ist "immer nur ein zusätzlicher Wirkfaktor" im Sozialisationsprozeß (Dahrendorf 1972,23) und kann "keine kompensatorische Funktion gegen konträre Umwelterfahrungen" (Richter 1974,60) wahrnehmen. Sahr weist nachdrücklich auf die Übermacht der personalen Kommunikation hin, so daß ihr gegenüber die Chancen der Literatur "fast ausschließlich in der verstärkenden Richtung zu finden, kaum jedoch in der abschwächenden und schon gar nicht in der umkehrenden Richtung zu suchen sind." (Sahr 1981,51). Sahr vertritt die Ansicht, daß Kinderbücher "viel eher geeignet sind, als Instrumente der gesellschaftlichen und sozialen Anpassung und Arrangierung mit den herrschenden Zuständen zu wirken". Er leitet diese desillusionierende Ansicht aus den drei Thesen vom Selektionsverhalten des Lesers, von der sozialen Realität und von der kognitiven Dissonanz ab. Was das Selektionsverhalten des Lesers angeht, sei eine Wirkung "im Sinne einer psychologischen und gesellschaftlichen Stabilisierung und Integration" zu erwarten, wodurch "alle Versuche, über Literatur emanzipatorische und aufklärerische Effekte zu erzielen" beeinträchtigt werden (Sahr 1981, 65). Ebenso pessimistisch äußert sich Sahr zur Dissonanztheorie:

> "Obgleich sich die Theorie der kognitiven Dissonanz als Erklärmodell für beide Richtungen, für die anpassungsorientierte als auch für die emanzipatorische Textrezeption verwenden läßt, legt sie doch nahe und ist ihr doch zu entnehmen, daß sich Leser bevorzugt solchen Texten aussetzen werden, die bisher gepflegte und gewohnte Überzeugungen bestätigen, und solche Texte meiden, die Überzeugungen in Frage stellen und Dissonanzen vergrößern." (Sahr 1981,68).

Eine etwas größere Chance räumt Sahr der Literatur im Emanzipationsprozeß dann ein,

- wenn dem Leser ein möglichst breites Buchangebot zur Verfügung steht;
- wenn nicht nur auf den Leser selbst, sondern auch auf seine soziale Bezugsgruppe meinungsverändernd eingewirkt wird, oder wenn es gelingt, den Leser an eine andere "emanzipiertere" Gruppe anzubinden;
- wenn die kognitive Dissonanz "ein mittelschweres, dosiertes Ausmaß annimmt." (Sahr 1981,69; Dahrendorf 1980 b,240)

Indirekt ist damit schon die wichtige Funktion des *Literaturpädagogen* angesprochen:

> "Wenn man die kritische Potenz von Literatur nicht im Leseakt verschwinden sehen, sondern für den Leser wirksam und brauchbar machen will, so müßte - da ja die vorliegende Literatur das aus eigener Kraft nur selten schafft - ihr eine Literaturpädagogik an die Seite treten. Ihre Aufgabe wäre es, sowohl dem Leser gegenüber dem Text zu seinem Recht zu verhelfen, wie auch dem Text gegenüber dem Leser, allerdings nicht um des Textes, sondern um des Lesers willen." (Hillmann 1974,235)

Da der "Chance einer emanzipativen Lektüre grundsätzlich die Gefahr der Ideologisierung durch Lektüre" gegenübersteht (Dahrendorf 1980b,243) sehe ich die Hauptaufgabe des Literaturpädagogen darin, den Leser für manipulative Absichten und Ideologisierungsversuche durch Texte zu sensibilisieren. Er muß dem Leser helfen, kritisch distanziert lesen zu lernen, sich vom Text zu "emanzipieren". Denn Lesen ohne kritische Distanz, stark identifikatorisches Lesen, auch Lesen als Flucht aus der Realität, als Ersatzbefriedigung, verhindert Emanzipation; es verstärkt die Abhängigkeit und die Nachahmung von vorgegebenen Leitbildern und Klischees, anstatt das Entwickeln eigener Lebensmodelle zu fördern (Oestreich 1975,44). Es widerspräche der Idee von Emanzipation, wäre der Literaturpädagoge beim Umgang mit emanzipativen Texten einzig an deren Wirkung und an der Optimierung ihrer Wirkung interessiert. Er kann lediglich versuchen, dem jungen Leser textadäquate Rezeption zu erleichtern; ob dieser sein Angebot und die emanzipatorischen Inhalte eines Textes annimmt/annehmen kann, ob er diese für seine Lebenspraxis nutzt/nutzen kann oder nicht und wie er dies gegebenenfalls tut, muß offen bleiben.

3. Wirkungschancen emanzipatorischer Lektüre heute

Unter den heute gegebenen gesellschaftlichen Verhältnissen hat emanzipative Lektüre *generell wohl relativ schlechte* Wirkungschancen. Es gibt dafür eine ganze Reihe von Ursachen. Die Übermacht antiemanzipatorischer Sozialisationseinflüsse in Elternhaus, Kindergarten und Schule durch Spielzeug, Massenmedien und Literatur sowie die Disposition des Menschen, damit nicht in Einklang zu bringende Sozialisationseinflüsse abzuwehren, wurden oben schon angesprochen (vgl. Kap. I.2.und III.). Zudem spielt *Bücherlesen heute teilweise nur noch eine bescheidene Rolle* als Sozialisationsfaktor im Verhältnis zu anderen Medien. Für Kinder nimmt vor allem das Fernsehen häufig einen wichtigeren Platz ein, für Jugendliche die auditiven Medien (Radio, Schallplatte, Kassette) (Zinnecker 1985). Schlagzeilen wie "Nur jeder fünfte liest noch Bücher" (RNZ, Okt. 1986 , Ausschnitte aus dem Bericht des Deutschen Bibliotheksverbands) zeugen von der Leseunlust der Jugend: Knapp ein Fünftel der 14- bis 29jährigen lesen noch regelmäßig Bücher. In der Freizeitgestaltung von Kindern und Jugendlichen macht Bücherlesen nur 10% aus (Kaminski 1982,80). Zurückgegangen ist der Anteil der gern Lesenden v.a. bei männlichen Jugendlichen, die - wenn sie denn lesen - dies vorwiegend ausbildungs- und sachbezogen tun, während Mädchen und junge Frauen weiterhin starkes Interesse an Erzählungen und Romanen zeigen (Zinnecker 1985,190 ff). Außerdem darf nicht übersehen werden, daß aufklärerisch gemeinte Bücher auch auf Widerspruch bei jugendlichen Lesern stoßen können. So manche Jugendliche monieren, daß problemorientierte Jugendbücher nur widerspiegeln, "was sie ohnehin schon wüßten und täglich erlebten; obendrein wollten sie nicht belehrt werden." Wenn Jugendliche Belletristik lesen, dann wollen sie in erster Linie *unterhalten* werden (Kaminski 1982,117).

Ein weiterer, die Chancen emanzipativer Lektüre einschränkender Faktor: Dem momentanen *"Zeitgeist"* entsprechen anscheinend eher phantastische oder mystische Erzählungen wie Michael Endes "Die unendliche Geschichte" oder "Momo", Literatur, die "eingebettet ist in eine große und stetig wachsende Zahl vernunftkritischer Schriften". "Zauberei, Geheimnis, Wunderbares, Antirationalität" sind angesagt; nicht Desillusionierung wie in Brechts epischem Theater, sondern Illusionierung und romantischer Gestus, Poetisierung statt Politisierung kommen beim Leser und Zuschauer an. Manch einer deutet die überaus positive Reaktion der Leser auf die "Unendliche Geschichte" und "Momo" als Resultat "der Übersättigung an emanzipatorischer Kinder- und Jugendliteratur, deren politische Grenzen bald zu literarischen wurden. Ihre Kritik der Wirklichkeit blieb Begriff, aber sie ergriff niemanden. Hier konnte Ende ansetzen" (vgl. Kaminski 1985,75).

Immerhin und trotz alledem existieren auch solide Ansätze für eine *emanzipatorische Gegenöffentlichkeit.* Es gibt eine mittlerweile teils gut funktionierende feministische Subkultur mit autonomer Buch- und Zeitschriftenproduktion und Frauenbuchläden, und es erscheint auch in etablierten Verlagen emanzipatorische Literatur. Auch gibt es emanzipatorisches Kinder- und Jugendtheater, wie es GRIPS, BIRNE und ROTE GRÜTZE sowie viele kleinere Bühnen seit Ende der 60er Jahre veranstalten - mit Erfolg. Sie betreiben es nicht nur mit großem sozialpolitischem Engagement, sondern auch mit viel Schwung, Witz, Spielfreude und Phantasie. In zwei Stücken des GRIPS-Theaters beispielsweise, in "Mannomann" und "Mensch Mädchen", geht es - auf höchst vergnügliche und ernsthafte Weise zugleich - um das Aufzeigen und Infragestellen von geschlechtsspezifischen Rollenerwartungen. Songs mit Kernstrophen wie

> "Mädchen, laßt euch nichts erzählen!
> wehrt euch, traut euch, bis es glückt!
> Laßt euch länger nicht befehlen,
> was sich für ein Mädchen schickt!" (aus: "Mensch Mädchen")

vermitteln eingängig zentrale Botschaften feministischer Strategie. Doch auch die Wirkungschancen solchen Kinder- und Jugendtheaters dürfen, genau wie die von Kinder- und Jugendliteratur, nicht überschätzt werden angesichts der Übermacht andersartiger Medieneinflüsse: "Kindertheater, wie jede ernstzunehmende Kunst, zeigt allenfalls Widersprüche auf, macht sie durchschaubar, löst sie aber nicht auf" (Bauer 1980,149). Eine reelle Wirkungschance hätten emanzipatorisches Kinder- und Jugendbuch und -theater nur, wenn es gelingen sollte, eine Gegenöffentlichkeit zu etablieren, die ein Äquivalent zur Faszination der kommerziellen, meist antiemanzipatorischen Freizeit- und Unterhaltungsangebote darstellt.

IV. IDEOLOGIEKRITIK IM DIENSTE WEIBLICHER EMANZIPATION

1. Kinder- und Jugendliteratur als geschlechtsspezifisches Sozialisationsinstrument: Ideal und Wirklichkeit

Die oben gewonnenen Einsichten berechtigen zu der Annahme, daß Literatur, insbesondere *Kinder- und Jugendliteratur*, die von der Gesellschaft vorgeprägten Verhaltensmuster, also auch das in unserer Gesellschaft vorherrschende *traditionelle Geschlechtsrollenverhalten, fixieren helfen*. Kinder- und Jugendbücher können aber auch - wenngleich diese Wirkungsrichtung als weniger wahrscheinlich eingeschätzt werden muß - zur Loslösung vom traditionellen Geschlechtsrollenverständnis beitragen. Und sie sollten das auch tun bzw. versuchen. Damit wird aber weder für eine direkte Instrumentalisierung von Kinder- und Jugendliteratur im Kampf gegen das Patriarchat eingetreten, noch soll ein Absolutheitsanspruch erhoben werden, der von vornherein jedes Buch, das nicht potentiell emanzipatorisch ist, abqualifiziert.

Wie Kinder- und Jugendliteratur idealiter beschaffen sein müßte, um möglicherweise einen Beitrag zur Emanzipation der Frau zu leisten, wird im folgenden thesenartig formuliert. Diese Idealvorstellungen wurden in Anlehnung an vorhandene Lernzielkataloge (vgl. z.B. Richter/Vogt (Hgg.) 1974; Oestreich 1973; Gmelin 1977; Becker 1977; Grebe 1973) und auf der Folie des oben entworfenen Emanzipationsideals entwikkelt.

Weiblicher Emanzipation verpflichtete Kinder- und Jugendliteratur würde demnach:

- nicht passive, schwache, unselbständige Frauen und aktive, starke, autonome Männer "erzeugen" helfen, sondern aufgeweckte, selbstbewußte, selbständige, kritische, mündige, emanzipierte Männer u n d Frauen;
- nicht nur unterhalten und zum Lesen erziehen, sondern auch Gegenstand der Auseinandersetzung sein; rationales Denken,

Diskussionsfähigkeit, Entscheidungs- und Kritik-Fähigkeit entwickeln sowie Einstellungsänderungen ermöglichen helfen;

- nicht Flucht aus, sondern Auseinandersetzung mit der Realität fördern; an den Erfahrungsbereich der Kinder und Jugendlichen anknüpfend, neue, realitätsbezogene Inhalte vermitteln; nicht von der Wirklichkeit ablenken oder sie verschleiern; nicht durch illusionäre Bedürfnisbefriedigung, die eigene Handlungsantriebe unterdrückt und Anpassung begünstigt, Flucht und Rückzug aus der Realität fördern[18], sondern vielmehr zu aktiver Auseinandersetzung mit dieser herausfordern;
- wahrnehmen helfen, daß Machtverhältnisse und Rollenverteilung in unserer Gesellschaft Mädchen und Frauen eklatant benachteiligen, ihre Eigeninteressen unterdrücken, ihre Entwicklungschancen beschneiden;
- erkennen helfen, daß dies nicht naturgesetzlich ist; Geschlechtsunterschiede nicht als angeboren, sondern als Ergebnis weiblicher/männlicher Sozialisation darstellen;
- durchschauen helfen, daß die Behauptung von der naturgegebenen Andersartigkeit und der Minderwertigkeit des weiblichen "Wesens" ein gesellschaftlich bedingtes Vorurteil ist und dazu dient, weibliche Unterdrückung und männliche Dominanz zu legitimieren und zu stabilisieren ("Weiblichkeitsideologie");
- Rollenverteilung und weibliche Diskriminierung als historisch entstanden, gesellschaftlich bedingt und damit von Menschen veränderbar darstellen;
- gesellschaftlich bedingte weibliche Diskriminierung und Geschlechtsrollenkonflikte nicht ideologisch verzerrt darstellen, indem sie naturalisiert, harmonisiert, verharmlost, vermieden, verschleiert, geleugnet, individualisiert, enthistorisiert werden;

---

18 Damit soll eskapistische Lektüre nicht generell diskreditiert werden!

- einsehen helfen, daß eine Lockerung der starren geschlechtsspezifischen Rollenverteilung in unserer Gesellschaft nur durch einen langwierigen Prozeß erreicht werden kann, bei dem sowohl Einstellungen und Vorurteile als auch gesellschaftliche Strukturen geändert werden müssen;
- bei der Wahrnehmung und Vertretung auch weiblicher Bedürfnisse helfen; nicht passives Abwarten und Erdulden, sondern Widerstandswillen fördern; zum Austragen und Bewältigen von Konflikten befähigen helfen;
- weibliche Selbstbestimmung im Kreis der Familie sowie soziales Engagement auf gesamtgesellschaftlicher Ebene zur Durchsetzung weiblicher Gleichberechtigung unterstützen; dabei Solidarität von Frauen und Männern fördern;
- kritische Auseinandersetzung mit den traditionellen Geschlechtsrollen begünstigen; den status quo nicht wahrheitsgetreu und kritiklos abbilden (und damit billigen) oder gar hinter diesen zurückfallen, sondern hinterfragen;
- emanzipatorische Tendenzen nicht diskreditieren, sondern bejahen;
- Alternativen zum traditionellen Geschlechtsrollenverhalten (auch utopische) aufzeigen; zum Entwickeln und Erproben individueller, gleichberechtigter Lebensmodelle ermutigen;
- Mädchen und Frauen nicht verbal diskriminieren;
- Vorurteile gegenüber Frauen, antiemanzipatorische Normen und Wertorientierungen nicht ungefragt transportieren, sondern abbauen helfen;
- stereotype geschlechtsspezifische Zuordnungen (z.B. Junge, Mann: stark, aktiv, Auto, Beruf, Politik, Macht; Mädchen, Frau: schwach, passiv, Puppe, Hausfrau, Familie, Opferbereitschaft) nicht unreflektiert verwenden, sondern auch Abweichungen vom Geschlechterstereotyp einbringen und positiv bewerten;
- bei alledem nicht ideologisch verzerren und indoktrinieren - und mit Genuß lesbar bleiben.

Es erübrigt sich beinahe festzustellen, daß die Wirklichkeit dem skizzierten Ideal nicht einmal auch nur annähernd entspricht. Bisher vorliegende Forschungsergebnisse (z.B. Dahrendorf 1978; Oestreich 1973; Matthiae 1986) und persönliche Lektüre bestätigen es uns zur Genüge: der bei weitem überwiegende Teil der Kinder- und Jugendliteratur, auch der aktuellen Produktion, bleibt geprägt von traditionellen Rollenvorstellungen, von einem antiemanzipatorischen Frauenbild.

Da ja vor allem die Mädchen die Leidtragenden dieses Leseangebots sind, interessiert besonders die Literatur, die speziell für die Zielgruppe Mädchen produziert wird, das Mädchenbuch nämlich. Es spielt seit seiner Entstehung am Ausgang des 18. Jahrhunderts eine ganz besondere Rolle bei der Tradierung ausgeprägt geschlechtsspezifischer Rollenvorstellungen (vgl. Dahrendorf 1978). Heute ist das Mädchenbuch immer noch ein Sozialisationsinstrument ersten Ranges für "spezifisch weibliche Tugenden". Es ist zwar nicht mehr reines "Unterweisungsbuch in der Hausfrauen-, Mutter- und Gatinnenrolle", beschränkt sich aber immer noch weitgehend - wenn auch "zeitgerechter 'verpackt'" - auf die Propagierung traditioneller Verhaltensnormen (Kuhn/Merkel 1977,77). Auch wenn der Ende der 60er Jahre einsetzende Trend erfreulicherweise anhält, vor allem im Mädchenbuch auch emanzipatorische Mädchenbilder zu entwerfen, bilden Bücher dieser Kategorie immer noch die obendrein meist relativ kostspielige Ausnahme. Sie werden mengenmäßig dominiert von auflagenstarken Billigausgaben, die das gleiche traditionelle Mädchenbild reproduzieren, das Dahrendorf schon für den Jahrgang 1967 ausgemacht hat (Dahrendorf 1978), oder - was fast noch schlimmer ist - ein pseudomodernes Mädchenbild vermarkten. Es kommt hinzu, daß seit einigen Jahren hierzulande die Welle der neuen alten Weiblichkeit und der Nostalgie rollt und daß sich die guten alten, traditionellen Mädchenbücher wie "Trotzkopf", "Pucki" und "Nesthäkchen" wieder wachsender Beliebtheit erfreuen. Eine recht unerfreuliche Bilanz, wie ich meine. Wir brauchen eine *andere* Kinder- und Jugendliteratur, ein *anderes* Mädchenbuch!

2. Für eine emanzipatorische Kinder- und Jugendliteraturforschung

Ich begreife Literaturproduktion und -rezeption als gesellschaftlich bedingt und gehe von einer wechselweisen Beeinflussung dieser beiden Phänomene aus. Damit ist auch Kinder- und Jugendliteraturforschung, die ja Teil der Rezeption ist, ein Stück *gesellschaftlich bedingte und relevante Praxis*. Die Auswirkungen ihrer Aussagen auf die Textproduktion dürfen jedoch nicht überschätzt werden. Was oben über die Wirkungsmöglichkeit der Literatur auf den Rezipienten gesagt wurde, gilt auch hier: Literaturkritik wird nicht direkt und isoliert Einfluß nehmen können auf die Literaturproduktion. Sie ist nur ein - relativ unbedeutender - Wirkfaktor im gesellschaftlichen Gesamtzusammenhang und innerhalb des komplexen und vielschichtigen literarischen Produktions- und Rezeptionsgeschehens.

Da unsere Literatur überwiegend die Diskriminierung der Frau zementieren hilft, und da gerade Kinder- und Jugendbücher in besonders hohem Maß geschlechtsrollenfixierend wirken können, sehe ich es als vorrangige Aufgabe der Kinder- und Jugendliteraturforschung an, im Rahmen ihrer Möglichkeiten, zur Veränderung unserer überwiegend antiemanzipatorischen Kinder- und Jugendliteratur beizutragen: *Feministische Literaturkritik*[19] *interessiert sich zentral dafür, welches Geschlechtsrollenverständnis Literatur transportiert;* sie versucht, durch kritisches Hinterfragen geschlechtsrollenfixierender Texte, durch geduldiges Aufzeigen und Bewußtmachen antiemanzipatorischer/emanzipatorischer Wirkfaktoren zur Produktion von Büchern beizutragen, die sich dem oben entworfenen Ideal annähern.

---

19 Zu ersten Ansätzen einer feministischen Germanistik vgl. Möhrmann, in: Heuser (Hg.) 1982.

V. ZUSAMMENFASSUNG

Ich bin von der Beobachtung ausgegangen, daß die meisten Kinder- und Jugendbücher ein m.E. sehr fragwürdiges traditionelles Geschlechtsrollenverständnis perpetuieren, für dessen detaillierte, kritische Analyse jedoch *kein adäquates Instrumentarium* zur Verfügung steht. Ich habe versucht, diese Lücke zu schließen.

Die dafür erarbeiteten theoretischen Grundlagen lassen sich so zusammenfassen: Zunächst wurde festgestellt, daß das im Grundgesetz verankerte *Gleichberechtigungsgebot* in der Wirklichkeit der Bundesrepublik Deutschland nicht eingelöst ist. Aufgrund des Fortbestehens der traditionellen Arbeitsteilung zwischen den Geschlechtern hat die Frau keine Wahlfreiheit zwischen Beruf und Familie. Sie bleibt primär auf Haushalt und Kinderbetreuung fixiert und hat nicht die Möglichkeit, am beruflich-öffentlichen Leben gleichberechtigt teilzunehmen. Beschäftigungssystem und -praxis benachteiligen Frauen in vielfacher Hinsicht; Einflußpositionen in Politik, Wirtschaft, Verwaltung, Justiz, Kultur und Wissenschaft bleiben in Männerhand. So haben Frauen kaum eine Möglichkeit - und Männer zu wenig Interesse - daran etwas zu ändern.

Als Hauptursache für diese Chancenungleichheit war die *traditionelle Arbeitsteilung* auszumachen, die aber - zahlreiche wissenschaftliche Untersuchungen v.a. aus Psychologie, Sozialpsychologie, Soziologie und Sozialgeschichte belegen es - keineswegs in der heute bei uns praktizierten Form naturgegeben ist. Frauen und Männer sind zwar sehr unterschiedlich in ihren Eigenschaften, Fähigkeiten und Verhaltensweisen; sie sind es aber nicht schon von Natur aus, sondern weitestgehend infolge einer stark *geschlechtsspezifischen Sozialisation*, die Mädchen von vornherein primär auf die Hausfrauen- und Mutterrolle, Jungen auf die Berufsrolle festlegt und mit geschlechtsspezifischen Inhalten und Erwartungen bombardiert (Familie, Schule, Spielzeug, Medien, Literatur). Die so erzeugten Eigenschaften und Verhaltensweisen werden dann stereotyp jedem Mann/jeder Frau zugeschrieben. Kein Wunder, daß die Geschlechtsrollen zu den am stärksten, oft ganz unbewußt und von Geburt an verinnerlichten Rollen gehören, die allerdings die biologische Determinierung von Mann und Frau weit überdehnen und beiden in der Regel wenig Distanzierungs- und Interpretationsspielräume gewähren. Die Behauptung, die in Wahrheit historisch entstandene Arbeitsteilung zwischen den Geschlechtern und die dabei erzeugten Unterschiede seien naturgegeben, ist ideologisch: sie verschleiert die ökonomische, das Patriarchat stabilisierende Funktion der traditionellen Geschlechtsrollen. Es gilt, so müßte die Konsequenz lauten, die gesellschaftlich "produzierte" Diskriminierung der Frau, die Geschlechterideologie, die zu ihrer Stabilisierung beiträgt, zu bekämpfen.

Wie und mit welchen Zielen das geschehen könnte, wurde im Abschnitt "Weibliche Emanzipation und Erziehung" erörtert. Es schien angezeigt, zuerst einen Überblick über Inhalte und Zielsetzungen der *Frauenbewegung* und der feministischen Theoriebildung zu geben. Dabei zeigte sich, daß zu je verschiedenen Zeiten von je verschiedenen Gruppierungen sehr unterschiedliche Vorstellungen von Frauenemanzipation vertreten werden. Die bürgerlichen Frauen der ersten Frauenbewegung strebten Gleichberechtigung an (Recht auf Bildung, adäquate Berufsausübung, gleiche Staatsbürgerrechte) und hofften, durch einen spezifisch weiblichen Kulturbeitrag gesellschaftliche Mißstände und Klassengegensätze lindern zu helfen. Die sozialistische Frauenbewegung hingegen stellte die Herrschaftsverhältnisse grundsätzlich in Frage und sah die Befreiung der Frau nur im Rahmen der Befreiung des Proletariats realisierbar. Die Ende der 60er Jahre wiedererstandene Neue Frauenbewegung ist insgesamt weniger durch den Kampf um Frauenrechte als durch den Kampf gegen die gesellschaftlich definierte Frauenrolle, das sogenannte "Wesen" der Frau und die damit verbundenen Nachteile gekennzeichnet.

Wesentliche Impulse für die *feministische Theoriebildung* gingen von der Auseinandersetzung mit der sozialistischen Emanzipationstheorie (Engels, Bebel, Zetkin) aus. Der marxistischen Sichtweise von der Spaltung der Gesellschaft in ökonomische Klassen, innerhalb derer die Frauenunterdrückung ein Nebenwiderspruch ist, wird die radikalfeministische Sichtweise von der Spaltung der Gesellschaft in Frauen und Männer gegenübergestellt: Das Verhältnis Mann/Frau wird als der grundlegendste gesellschaftliche Widerspruch angesehen (Millett, Firestone). Der Ursprung der Frauenunterdrückung wird von Beauvoir, Millett, Firestone und Janssen-Jurreit - im Gegenzug zu Hegel - primär in außerökonomischen Zusammenhängen gesucht (Biologie, Bewußtseinsstrukturen, Psychologie).

Janssen-Jurreit grenzt sich sowohl von der radikalfeministischen Position als auch von den marxistischen Theoretikern ab. Aus der Bildung von ökonomischen Klassen sei Frauenunterdrückung nicht zwangsläufig abzuleiten und umgekehrt aus der sexuellen Unterwerfung der Frau nicht alle anderen Herrschaftsformen. Sexismus sei jedoch in jeder Gesellschaft grundsätzlich möglich. Dafür sei die biologische Benachteiligung der Frau durch ihre Fortpflanzungsrolle und die als natürlich angenommene, höhere Aggressionsbereitschaft beim Mann verantwortlich (implizit biologistische Sichtweise); letztendlich ausschlaggebend seien aber Bewußtseins- und Kommunikationsstrukturen. Janssen-Jurreit arbeitet zwar die Wichtigkeit weiblicher Produktions- und Reproduktionsarbeit für Fortbestand und Entwicklung der Menschheit heraus; sie weist auch auf die ökonomische Bedeutung weiblicher Reproduktionsarbeit hin. Insgesamt jedoch schenkt sie der Geschlechterökonomie relativ wenig Aufmerksamkeit und überbewertet m. E. außerökonomische Faktoren.

Weitere wichtige Anstöße für die feministische Theoriebildung gab die Debatte um Lohn für Hausarbeit (Dalla Costa, Biermann, Bock, Duden). Erstmals wird die ökonomische, weil mehrwertschaffende, Bedeutung der weiblichen Reproduktionsarbeit konsequent in den Mittelpunkt der Sexismusanalyse gestellt.

Auf der Grundlage der bis an diese Stelle ausgewerteten Literatur versuchte ich, ein *Emanzipationsideal* zu entwerfen: Mann und Frau, biologisch zwar unterschiedliche, aber gleichwertige Wesen, nutzen die Interpretationsspielräume ihrer Geschlechtsrollen optimal aus und versuchen, diese dahingehend zu erweitern, daß sie nicht automatisch qua Geschlecht auf bestimmte, als männlich/weiblich definierte Qualitäten, Verhaltensweisen, Tätigkeitsbereiche und biographische Muster festgelegt werden; alle für den Fortbestand der Gesellschaft notwendigen Produktions- und Reproduktionsarbeiten werden auf alle Frauen und Männer möglichst gerecht, ohne Überdehnung der Fortpflanzungsrollen, aufgeteilt, bewertet und entlohnt; bei der Vergabe von Bildungschancen, Funktionen, Machtpositionen und Ressourcen, bei der Teilnahme an privaten wie öffentlichen Entscheidungen wird kein Geschlecht bevorzugt, findet keine einseitige Orientierung an weiblichen oder männlichen Normen statt.

Frauenemanzipation wird dabei nicht als individueller oder durch einmalige Kraftanstrengung und kampflos zu verwirklichender Befreiungsakt begriffen, sondern als sozial-kollektiver, langwieriger dialektischer Prozeß, der sowohl ökonomische und strukturelle als auch individuelle und gesellschaftliche Bewußtseinsveränderungen voraussetzt, und dessen Ziel nicht a priori ein für allemal definiert werden kann. Der hier verwendete Emanzipationsbegriff ist nicht mehr ein rein politischer, sondern auch ein pädagogischer Begriff: Emanzipation gleichsam als lebenslanger Lern- und Bildungsprozeß für alle Frauen und Männer, Erziehung und Bildung als Eckpfeiler feministischer Strategie - was aber nicht bedeutet, daß "Emanzipation jederzeit - Erzieher strengt euch an! - Ereignis werden könnte" (Narr 1973,196). Um dem skizzierten Ideal näherzukommen, was aus heutiger Sicht immerhin nicht völlig utopisch scheint, müßten die drei Hauptstrategien der Frauenbewegung (Gleichberechtigung, autonome Subkultur, individuelle Veränderung) unter Berücksichtigung schichtspezifischer Unterschiede auf breiter Basis weiterverfolgt werden.

Frauenemanzipatorische Aufklärung, Bildung und Erziehung bleiben integrativer Bestandteil des Gesamterziehungs- und Bildungsprozesses. Dieser ist seit Ende der 60er Jahre teilweise in Bewegung geraten: Die *emanzipatorische Pädagogik* - stellvertretend wurden Mollenhauer und Lempert kurz besprochen - hinterfragt mit entschieden aufklärerischem Impetus status quo stabilisierende Erziehungspraxis- und -theorie, postuliert Emanzipation als erkenntnisleitendes Prinzip. Die heranwachsende Generation soll vor allem durch Aufklärung, Kritik und Selbstreflexion dazu befähigt werden, sich kritisch mit Vorgegebenem auseinanderzusetzen, sich von materiell-struktureller Herrschaft, von äußerem Zwang zu befreien, sich aber auch von internen Zwängen, aus der Befangenheit in Vorurteilen und Ideologien zu lösen. Die Freisetzung unterdrückter Motive kann handlungsrelevant, die nachwachsende Generation zum Potential gesellschaftlicher Veränderung werden.

Einer emanzipatorischen Pädagogik sollte auch zentral an einer *emanzipatorischen Geschlechtsrollenerziehung* gelegen sein, deren Schwerpunkte zum einen auf der Förderung kreativen, flexiblen, variantenreichen Geschlechtsrollenverhaltens, zum anderen am Abbau von Vorurteilsstrukturen und Geschlechterideologie liegen. Ausgehend von einem interaktionistischen Rollenbegriff und Erziehungsverständnis wird dann Kindern (und Erwachsenen) kein geschlechtstypisches Rollenverhalten unbefragt zugemutet, sie werden vielmehr ermutigt und befähigt, sich davon auch zu distanzieren, Qualitäten und Verhaltensweisen unabhängig vom biologischen Geschlecht zu erwerben und sie situationsspezifisch statt geschlechtsspezifisch zu aktualisieren. Insbesondere die Familie scheint aufgerufen und geeignet - wenngleich nicht in allen sozialen Schichten gleichermaßen -, vom Stereotyp abweichendes Geschlechtsrollenverhalten zu erproben. Zum Durchbrechen von Vorurteilsstrukturen und zum Abbau der Geschlechterideologie ist in allen gesellschaftlichen Bereichen (insbesondere in Familie, Schule und Vorschule, in Massenmedien und Kinder- und Jugendliteratur) ein hohes Maß an Aufklärung, Funktionsanalyse, Kritik und Selbstreflexion zu leisten, ein permanentes Reflektieren und Infragestellen der geschlechtsspezifischen Sozialisation im erzieherischen Handeln, eine Auseinandersetzung auch mit (geglücktem) alternativem, flexiblem Geschlechtsrollenverhalten, etwa anhand von biographischen oder literarischen Texten.

Die Antwort auf die insbesondere für Kinder- und Jugendliteraturforschung zentrale Frage, inwieweit Literatur und Literaturkritik zur Emanzipation der Frau beitragen können, wurde aus verschiedenen *Befunden zur Buch- und Medienwirkung* abgeleitet. Die empirische Literaturwissenschaft hat ergebnisse zu Teilaspekten erbracht, aus denen aber keine Gesetzmäßigkeiten für Wirkungsvoraussagen abzulesen sind. Die zentrale Aussage der Rezeptionsforschung, wonach die Rezeption eines Textes nicht vorhersehbar ist, wurde durch Ergebnisse aus anderen Disziplinen bestätigt, aber auch relativiert. Aus kommunikationstheoretischer Sicht heißt es zwar, von Büchern und Medien gehen keine unmittelbar berechenbaren Stimulus-Response-Wirkungen aus, jeder Rezeptionsvorgang und jedes Rezeptionsverhalten seien aber immer durch ihre jeweilige soziale Umwelt vorgeprägt. Das Wirkungsgeschehen sei zwar ein äußerst komplexer, mehrpoliger, auch störanfälliger, aber bis zu einem gewissen Grad steuerbarer Prozeß. Als ganz entscheidender Wirkungsfaktor wird die Kumulation angesehen. Da jeder Leser stets seine Einstellungen und die seiner sozialen Gruppe bestätigt sehen möchte, um Dissonanzen zu vermeiden, seien Einstellungs- oder Verhaltensänderungen nur dann zu erwarten, wenn Texte nicht wesentlich von den Erwartungen, Interessen und Bedürfnissen des Lesers abweichen. Die aus der Lerntheorie abgeleiteten Aussagen zur Wirkung von Literatur weisen in ähnliche Richtung: Lesewirkungen stellen sich am wahrscheinlichsten als Bekräftigung vorhandener Meinungen ein, am wenigsten wahrscheinlich als Umkehr von Meinungen. Die vom Modellernen ausgehenden Effekte scheinen weder quantitativ noch qualitativ sonderlich hoch einzuschätzen zu sein. Zwar ist die Neigung zur Identifikation mit Buchmodellen insbesondere bei Heranwachsenden noch relativ ausgeprägt, doch muß die Eignung von Modellernen für emanzipatorische Prozesse grundsätzlich ambivalent beurteilt werden. Kognitives Lernen durch Literatur wird sich nur dann einstellen, wenn der Leser in seinen kognitiven Fähigkeiten nicht überfordert, sondern nur moderat gefordert wird. Einstellungs- und Verhaltensmodifikationen durch Texte, die am ehesten im Kindes- und Jugendalter stattfinden, sind vorzugsweise dort zu erwarten, wo Bekräftigungs-, Modell- und kognitives Lernen zusammengehen. Änderungen im kognitiven und affektiven Bereich sind selbstredend sehr viel wahrscheinlicher als im Handlungsbereich, wobei v. a. gemäßigte emotionale Appelle die Wirkungschancen zu erhöhen scheinen. Die letzte Entscheidung darüber, ob Bücher Einstellungsveränderungen bewirken oder nicht, fällt im situativen Kontext des Lesers; die von Literatur ausgehenden Lern- und Entwicklungsimpulse "konkurrieren" mit einer Fülle von anderen Medien ausgehenden (andersartigen) Anregungen. Wichtige Wirkungsvariablen sind u. a. Erziehungsstil, Alter, Persönlichkeitsstruktur, Intelligenz, Geschlecht, Sozialschicht, Lesehaltung. Als besonders wirkungsrelevante Faktoren von Texten werden sprachliche Ausgestaltung, die Art der angebotenen Konfliktlösung, Wirklichkeits- und Figurendarstellung, Erzählerperspektive und -kommentar genannt. Jeder Text steckt einen Rahmen ab, innerhalb dessen Wirkungen stattfinden. Da der Leser nicht als eine bloße vom Text abhängige Variable zu begreifen ist, sondern als kreatives, mit dem Text in Interaktion tretendes Individuum, läßt sich Wirkung von Literatur nie exakt und verbindlich vorhersagen. Es können immer nur in einem bestimmten gesellschaftlichen und situativen Kontext bestimmte Wirkungen als wahrscheinlich oder häufig angenommen werden.

Die *emanzipatorischen Wirkungsmöglichkeiten von Literatur* würde ich insgesamt so einschätzen: Obwohl von Literatur sicherlich hauptsächlich verstärkende, an die sozial-kulturellen Gegebenheiten anpassende Wirkung ausgeht, kann sie auch Lern- und Entwicklungsimpulse geben, also auch emanzipatorisch wirken. Über den Rahmen von Bewußtseinsveränderungen wird diese Wirkung kaum hinausgehen; Literatur wird nicht direkt und schon gar nicht isoliert in die Veränderung gesellschaftlicher Praxis eingreifen; sie wird nur sehr begrenzt verhaltensmodifizierend wirken können. Ihre emanzipatorische Potenz darf generell und insbesondere unter den heutigen gesellschaftlichen Verhältnissen nicht überschätzt werden.

Wenn Literatur menschliches Bewußtsein beeinflussen und damit auch das Geschlechtsrollenverständnis mitprägen, d. h. die geschlechtsspezifische Sozialisation unterstützen oder in Frage stellen kann, liegt es nahe, sich zuerst den Büchern zuzuwenden, die für junge Menschen geschrieben werden bzw. gegeschrieben werden sollten. Die überwiegende Mehrzahl der Kinder- und Jugendbücher entspricht dem in dieser Arbeit skizzierten, auf weibliche Emanzipation ausgerichteten *Literaturideal* nicht einmal auch nur annähernd. Dies zu verändern scheint dringend geboten. Wir brauchen eine Kinder- und Jugendliteratur die gesellschaftliche Widersprüche und Konflikte zwischen Mann und Frau nicht ideologisch verzerrt, naturalisiert, harmonisiert, vermeidet, verschleiert, leugnet, oder individualisiert und enthistorisiert. Wir brauchen eine Kinder- und Jugendliteratur, die nicht durch zeit- und raumenthobene entlastende Abenteuer und Freizeitsituationen ablenkt und reale Ohnmacht kompensiert, sondern die sich mit den traditionellen Geschlechtsrollen kritisch auseinandersetzt, die weibliche Benachteiligung als historisch entstanden, gesellschaftlich bedingt und damit von Menschen veränderbar darstellt. Eine Kinder- und Jugendliteratur ist gemeint, die Alternativen (auch utopische) gleichberechtigter Lebensgestaltung aufzeigt und keine Vorurteile und starren geschlechtsspezifischen Zuordnungen (Mädchen: passiv, Puppe, phantasielos; Junge: aktiv, Auto, pfiffig) transportiert und die bei alledem nicht indoktriniert und ideologisch verzerrt und mit Genuß lesbar bleibt.

Ich vertrete die These, daß die Kinder- und Jugendliteraturforschung zur Produktion solcher Literatur anregen kann. Dazu müßte sie - stärker als bisher berücksichtigend, daß durch Kinder- und Jugendbücher auch die Geschlechterideologie tradiert wird - die potentiell sexistischen Texte einer fundierten Kritik unterziehen, die potentiell emanzipativen Bücher immer wieder ins Bewußtsein heben, - in der stillen Hoffnung, daß möglichst viele Eltern, Pädagogen, Autoren und Verlage Notiz davon nehmen. *Emanzipatorisch motivierte Literaturkritik* wird sich ganz zentral mit der Darstellung der weiblichen und männlichen Buchfiguren befassen und das dahinterstehende Bild von Mann und Frau aufdecken. Sie wird das Wirkungspotential von Texten herausarbeiten und feststellen, ob und wodurch diese jeweils traditionelles Geschlechtsrollenverhalten nahelegen und/oder die Fixierung von Geschlechterstereotypen aufbrechen könnten.

A N A L Y S E T E I L

METHODOLOGISCHE VORÜBERLEGUNGEN

I. HERMENEUTISCHES VERFAHREN UND EMPIRISCH-ANALYTISCHE METHODE ZUR INTERPRETATION/BESCHREIBUNG VON LITERARISCHEN GESCHLECHTSROLLENDARSTELLUNGEN

1. "Bekämpfen Sie das häßliche Laster der Interpretation"[20]

Seit Anfang der 70er Jahre wird die traditionell hermeneutisch ausgerichtete Literaturwissenschaft provoziert und irritiert durch Linguistisierungs-, Empirisierungs- und "Versozialwissenschaftlichungs"tendenzen. In der seitdem andauernden Methodologiedebatte, die teilweise Züge eines Glaubenskriegs angenommen hat, belegten Vertreter der empirisch-analytischen Methode die hermeneutische Interpretation immer wieder mit dem Verdikt des Subjektivismus und der Vorwissenschaftlichkeit, anerkannten sie lediglich als Heuristik der Hypothesenbildung.

Die Hermeneutiker, die sich teilweise jeglicher Empirisierung hartnäckig verschließen, kontern mit dem Einwand der Gegenstandsinadäquatheit empirischer Methodik, mit den Vorwürfen des Objektivismus, der Atomisierung und des Reduktionismus. Der zentrale Einwand ist folgender:

> "Die modernen formalistischen und empirisch-deskriptiven Theorien werden dem komplexen Phänomen 'Literatur'

20 Enzensberger, H.M. 1977

nur sehr bedingt, seinem ästhetischen Bedeutungsgehalt zumeist überhaupt nicht gerecht. Für die Praxis einer notwendigen differenzierten Textinterpretation sind diese Konzepte kaum eine Hilfe. Das Phänomen 'Literatur' - so scheint es - entzieht sich auf Grund seiner Eigenart als widerständig Individuelles und auf Verstehen angewiesenes Gebilde dem naturwissenschaftlichen 'Erklärungs- und Evidenzprinzip'" (Harth/vom Hofe, in: Harth/Gebhardt (Hgg.) 1982,9).

Eine Reihe von Literaturwissenschaftlern, so z. B. N. Mecklenburg und H. Müller, räumen ein, daß 'erklärende' Verfahren in der Literaturwissenschaft notwendig sind, unterstreichen aber gleichzeitig, daß auf "die Basisfunktion des Verstehens" (- nicht als bloße Heuristik verstanden -) nicht verzichtet werden könne, und zwar mit dem ebenso einfachen wie einleuchtenden Argument, daß Texte Objektivationen von Sinnintentionen seien und als solche zunächst einmal verstanden werden müssen. Das bedeute aber nicht automatisch, daß "das Verstehen dem Erklären übergeordnet" sei. Genausowenig aber sei das Erklären dem Verstehen überzuordnen; vielmehr müsse von einem "dialektischen Vermittlungszusammenhang" ausgegangen werden (Mecklenburg/Müller 1974,83 f).

Neben einer intensiv geführten theoretischen Methodologiediskussion nimmt sich der methodologische Reflexionsgrad der hermeneutischen Interpretationspraxis insgesamt noch relativ bescheiden aus. Es finden sich auch heute noch zahlreiche Arbeiten, die "in so ungeregelter und wissenschaftstheoretisch unreflektierter Form" abgefaßt sind, daß unklar bleibt, ob die Intention des Autors rekonstruiert oder ein Textobjekt beschrieben werden sollte, ob die Wirkungen des Textes auf Geist und Empfinden des Interpreten eingefangen werden sollten, oder ob "dies alles unversehens zum unter Umständen in erlesenem Stil präsentierten gemischten Salat gediehen" ist (Rusterholz, in: Nassen (Hg.) 1979, 234).

Seit einigen Jahren nun scheint aber zum einen die methodologische Reflexion und "Disziplinierung der Hermeneutik" zuzunehmen, mit der Intention, "das materiale Fundament des hermeneutischen Geschäfts freizulegen", die hermeneutischen Verstehens- und Interpretationsleistungen so zu explizieren, daß sie möglichst weitgehend nachprüfbar bleiben (Nassen (Hg) 1979,8; vgl. dazu auch Blaudzun/Staszak 1987). Es wird eine "Hermeneutik jenseits der abgetakelten 'Kunst der Interpretation'" gefordert (Barck 1987), die Interpretationen nicht hochstilisiert zu einem gefühlsmäßig-intuitiven, künstlerisch-kongenialen Schaffensprozeß, wie dies v. a. in der Nachfolge der Vertreter der textimmanenten Interpretation der Nachkriegszeit (z. B. E. Staiger 1955) geschieht.

Zum anderen werden zunehmend vermittelnde Positionen vertreten, die gegen eine forschungsmethodologische Trennung von hermeneutischen und empirischen Verfahren gerichtet sind (z. B. Kimpel, in: Nassen (Hg) 1979; Eibl ebd.), oder es wird zumindest für eine sinnvolle Arbeitsteilung plädiert (z. B. Harth/Gebharth (Hg) 1982).

Auch sind einige empirische Methoden, z. B. die Inhaltsanalyse (s. unten) oder verschiedene linguistische Textbeschreibungsverfahren (vgl. z. B. Harth/Gebharth (Hg) 1982), heute so weit entwickelt, daß sie für bestimmte begrenzte Fragestellungen gut einsetzbar sind und damit eine Alternative bzw. sinnvolle Ergänzung zur hermeneutischen Interpretation darstellen.

So ist für die in der vorliegenden Arbeit gestellte Aufgabe, nämlich die Beschreibung, Bewertung und Funktionsanalyse des in Literatur gezeichneten Bildes von Frau und Mann, sowohl ein hermeneutisches Verfahren einsetzbar als auch die vorwiegend empirisch verfahrende Methode der Inhaltsanalyse, oder auch eine Kombination aus beiden. Da das von mir angewandte Verfahren stark von der Methode der Inhaltsanalyse inspiriert ist, soll zunächst diese Methode kurz besprochen werden.

2. Das Konzept der Inhaltsanalyse [21]

Eine hermeneutisch verfahrende Literaturanalyse zielt auf die verstehende Auslegung eines gesamten Textes (oder bestim-

21 Vgl. dazu z.B. Ritsert 1972; Lisch/Kriz 1978; Rust 1981; Mayring 1983; Vorderer/Groeben (Hg) 1987.

mter zentraler Teile, Themenkomplexe und Motive eines Textes) ab, d. h. es wird versucht, anhand von themen- und textadäquaten, inhaltlichen und formalen Kriterien das Bedeutungspotential eines gesamten Textes möglichst umfassend abzubilden; in nicht lediglich textimmanenten hermeneutischen Arbeiten wird darüberhinaus explizit der literarische und/ oder gesellschaftliche Kontext thematisiert.

Demgegenüber "beschränkt sich die empirische Methodik in ihrem Anspruch vergleichsweise drastisch". Denn: Nach der wissenschaftstheoretischen Konzeption empirischer Wissenschaften kann mit keiner Methode ein zu untersuchender Gegenstand vollumfänglich erfaßt werden, kann jede Methode - also auch die Inhaltsanalyse - nur bestimmte zentrale Merkmale systematisch intersubjektiv untersuchen. Deshalb konzentriert sich die Inhaltsanalyse - bewußt reduzierend - "auf die intersubjektive Beschreibung bestimmter, für eine jeweilige Fragestellung zentraler Bedeutungsaspekte ausgewählter Texte" (Groeben, in: Vorderer/Groeben (Hg) 1987, 1), also z. B. auf die Beschreibung und Bewertung rassistischer oder sexistischer Ideologeme in Literatur.

Die Inhaltsanalyse ist heute eine zentrale sozialwissenschaftliche Methode zur "möglichst objektiven verstehenden Beschreibung" (Groeben, in: Vorderer/Groeben (Hg) 1987, 1) des Bedeutungsgehalts von Mitteilungen aller Art, genauer: von symbolischem Material in fixierter Form (Texte, Bilder, Noten, etc.) (Mayring 1983, 10). Meist handelt es sich um repräsentative Quer- oder Längsschnittanalysen von umfangreichen Textbeständen, wie z. B. Zeitungen und Zeitschriften, politisches Propagandamaterial, Werbetexte, Trivialliteratur, Schulbücher oder Kinder- und Jugendmedien. Die Inhaltsanalyse wurde in den USA in den 20er und 30er Jahren v. a. aber ab 1940 entwickelt, angestoßen durch die rapide Entwicklung von Presse, Film und Rundfunk und durch die damit einhergehende massenhafte Verbreitung von politischer Propaganda und kommerzieller Werbung [22].

---

22 Zur Entstehungsgeschichte der Inhaltsanalyse vgl. z. B. Silbermann, in: König (Hg) 1974, Bd. 4.

Parallel zur inhaltsanalytischen Praxis wurde eine intensive methodologische Debatte geführt. Es wurden teilweise recht unterschiedliche Ansätze entwickelt, immer neue und exaktere Definitions- und Operationalisierungsversuche unternommen, verschiedene Kontroversen (auch Scheinkontroversen) ausgetragen (quantitativ versus qualitativ, latent versus manifest; s. unten). Wenn ich es richtig sehe, treten aber alle inhaltsanalytischen Ansätze bzw. deren Vertreter - im Gegensatz zu den hermeneutisch arbeitenden Literaturwissenschaftlern, die ihren Gegenstand als nur beschränkt objektivierbar und intersubjektiv und systematisch beschreibbar begreifen - mit dem Anspruch auf, "die potentielle Subjektivität hermeneutischer Verfahren" zu überwinden. Intendiert ist ein "systematisch methodisches Vorgehen" beim "Verstehen sinnvollen Materials", das "Objektivität qua Intersubjektivität sozialwissenschaftlicher Methoden konstituieren soll" (Groeben, in: Vorderer/Groeben (Hg) 1987, 1).

Nach Mayring (1983, 10 f) läßt sich die gemeinsame Zielsetzung der unterschiedlichen inhaltsanalytischen Ansätze wie folgt charakterisieren. Inhaltsanalyse will:

- Kommunikation in fixierter Form analysieren;
- dabei systematisch vorgehen (Abgrenzung gegen freie Interpretation, gegen impressionistische Ausdeutung und damit gegen den Großteil hermeneutischer Verfahren);
- das heißt regelgeleitet vorgehen und damit intersubjektive Nachprüfbarkeit gewährleisten;
- das heißt auch theoriegeleitet vorgehen (Analyse des Materials und Interpretation der Ergebnisse erfolgen unter einer theoretisch ausgewiesenen Fragestellung ohne dabei vom konkreten Material völlig abzuheben);
- mit dem Ziel, Rückschlüsse auf bestimmte Aspekte der Kommunikation zu ziehen (z. B. Aussagen über Absichten des "Senders" oder Wirkungen beim "Empfänger").

Das methodische Kernstück, die beiden zentralen Schritte jeder Inhaltsanalyse sind nach Groeben (in: Vorderer/Groeben (Hg) 1987, 1 f):

1. die Formulierung von Fragestellungen bzw. Hypothesen (z. B.: Die aktuelle Science-Fiction-Literatur transportiert ein vorurteilsbehaftetes Frauenbild),
2. die davon ausgehende theoretische Ableitung der entsprechenden Bedeutungsaspekte, genannt Kategorien (z. B. Aussehen, Intelligenz, gesellschaftliche Stellung).

Weitere Analyseschritte sind [23]:

- Bestimmung der Materialstichprobe;
- Bestimmung der Analyseeinheiten, d. h. Festlegen, was als minimaler/maximaler Textbestandteil unter eine Kategorie fallen kann (z. B. 1 Satz, 1 Abschnitt, 1 Buch);
- für Valenz- und Intensitätsanalysen [24]: Bestimmung der Skalenpunkte (plus - minus, stark - mittel, gar nicht);
- Kodierung, d. h. Durcharbeiten des Materials mit Hilfe des Kategoriensystems, um Auftreten der Kategorien aufzuzeichnen (Frequenz- und Kontingenzanalyse) oder Skalierung der Auswertungseinheiten nach dem Kategoriensystem (Valenz- und Intensitätsanalyse); die Kodierung wird häufig durch einen oder mehrere Kodierer nach Anweisungen des Wissenschaftler(team)s vorgenommen;
- Feststellen und Vergleichen der Häufigkeiten (Frequenzanalyse)/ Untersuchung des gemeinsamen Auftretens der Kategorien (Kontingenzanalyse)/ Feststellen und Vergleichen der Häufigkeiten der Skalierungen (Valenz- und Intensitätsanalyse);
- Zusammenstellung und Interpretation der Ergebnisse.

---

23 Ref. nach Mayring 1983, 11 - 13.

24 Es gibt drei Grundformen von Inhaltsanalyse (hier nach Mayring 1983, 11 ff): 1. Frequenzanalyse (Häufigkeitsanalyse): Auszählen der Häufigkeit bestimmter Textelemente; 2. Valenz- und Intensitätsanalyse: Skalierung bestimmter Textelemente nach einer zwei- oder mehrstufigen Einschätzskala; 3. Kontingenzanalyse: Feststellen, ob bestimmte Textelemente in bestimmten Zusammenhängen besonders häufig auftreten.

Aus der Auflistung der Analyseschritte, von der Formulierung von Hypothesen über die Ableitung und Operationalisierung der Kategorien bis hin zur Interpretation der Ergebnisse, wird folgendes deutlich: Jede Inhaltsanalyse enthält neben quantifizierenden Analyse- und Auswertungstechniken, die - nach der klassischen Definition von Berelson (1954, 489) - lediglich die manifeste Bedeutung von Mitteilungen objektiv beschreiben sollen, notwendig und immer auch qualitative Schritte, d. h. am latenten Bedeutungsgehalt interessierte und am Gesamttext/-kontext orientierte Interpretationsleistungen. Schon Kracauer, der sein ideologiekritisch hermeneutisch ausgerichtetes Konzept einer qualitativen Inhaltsanalyse (zuerst 1952) als "Herausforderung" für die damals vorherrschende Tendenz zur Quantifizierung verstand, betonte,

> "daß die Begriffe 'qualitative Analyse' und 'quantitative Analyse' nicht auf radikal verschiedene Ansätze verweisen. Quantitative Analyse umfaßt qualitative Aspekte, denn beider Ursprung und Ziel liegt in qualitativen Überlegungen. Andererseits erfordert die eigentliche qualitative Analyse im Interesse erschöpfender Behandlung oft Quantifizierung." (Kracauer 1972; ähnlich auch Ritsert 1972)

Heute, nach nunmehr gut 30 Jahren kontroverser Diskussion, wird die prinzipielle Unterscheidung in qualitative und quantitative Inhaltsanalyse "relativ übereinstimmend" als nicht weiterführend abgelehnt (zuletzt von Groeben, in: Vorderer/ Groeben (Hg) 1987, 3).

Auch zur 'Manifest-Latent'-Kontroverse, die weitgehend parallel zur Kontroverse qualitativ versus quantitativ geführt wurde, wird in jüngster Zeit die These vertreten, "daß es sich dabei gar nicht um einen echten Gegensatz handelt, sondern höchstens um idealtypische Endpunkte eines Kontinuums" (Groeben, in: Vorderer/Groeben (Hg) 1987, 5). Denn: In der Praxis richtet sich Inhaltsanalyse "immer auf die Mehrschichtigkeit eines Textes und handelt deshalb immer Manifestes und Verborgenes ab" (Rust 1981, 64), - ohne allerdings deshalb "das Objektivitätspostulat (qua Zielkriterium der Intersubjektivität) aufzugeben". Also: Auch die latenten, Interpretation erfordernden Textinhalte sollen "soweit als möglich intersubjektiv" abgebildet werden, d. h. "soweit sie intersubjektiv faßbar sind" (Groeben, in: Vorderer/Groeben (Hg) 1987, 5).

3. Interpretative primär sozialwissenschaftliche Text- und Kontextanalyse: Begründung und Explikation des angewandten Verfahrens

Mit Hilfe der Inhaltsanalyse sind auch im Bereich der Kinder- und Jugendmedien interessante Arbeiten zu verschiedenen abgegrenzten sozialwissenschaftlichen Fragestellungen entstanden. Zum Beispiel [25]: die Mädchenbuchanalysen von M. Dahrendorf (Dahrendorf 1978), die Rassismusanalysen von J. Becker (Becker 1977), die Arbeit von G. Karsten über das Mädchen- und Frauenbild in Grundschullesebüchern oder die Analysen des Erscheinungsbilds und der Inhaltsstruktur von Jugendzeitschriften (M. Knoche/ M. Lindgens 1983).

Einige der genannten Titel waren für die vorliegende Arbeit sowohl thematisch als auch methodisch von Interesse. Mein Analyseansatz, der ein vorwiegend hermeneutischer ist, wurde nämlich in teilweiser Anlehnung an das Verfahren der Inhaltsanalyse entwickelt, d. h. es wurde versucht, die vorwiegend sozialwissenschaftliche Fragerichtung der Inhaltsanalyse, ihr systematisch verstehendes Beschreiben von Texten anhand sozialwissenschaftlicher Kategorien zu integrieren in ein mehr "ganzheitliches", ideologiekritisch-hermeneutisches Verfahren, das auch an der ästhetischen Qualität von Literatur interessiert bleibt.

Das bedeutet, daß das soziologische Moment von Literatur nicht isoliert betrachtet, sondern der Funktionszusammen-

---

25 Folgende Anmerkung, die n i c h t als Kritik gemeint ist, scheint angebracht: Manche dieser Arbeiten würden den heutigen methodologischen Ansprüchen an systematische Inhaltsanalyse gar nicht oder nur noch teilweise gerecht werden.

hang von Inhalt und Form berücksichtigt bleibt. Darüberhinaus ist intendiert, das literarische Werk in seinen historisch-gesellschaftlichen Kontext einzubetten und mit einer gesellschaftskritischen Theorie zu konfrontieren, um so schließlich zu einer möglichst realistischen Einschätzung seiner gesellschaftlichen Funktion zu gelangen.

Ein verbindliches methodisches Konzept gibt es für eine solch komplexe Form von Literaturanalyse noch nicht - wird es wohl auch nicht geben können -, da die Analysemethode in je konkreter Anlehnung an den jeweiligen Text und unter Bezugnahme auf den jeweiligen literarischen und gesellschaftlichen Kontext und die theoretische Position des Interpreten erstellt werden muß.

Das bedeutet aber nicht, daß der Interpret rein intuitiv und willkürlich verfahren darf. Er muß selbstverständlich darum bemüht sein, den Analysegang so weit wie möglich und so exakt wie möglich zu explizieren, damit dieser so weit wie möglich nachprüfbar bleibt. Interpretationsanweisungen aber, die zu einem vom jeweiligen Interpreten völlig unabhängigen, intersubjektiv nachprüfbaren Interpretationsergebnis führen, sind hier wohl nicht möglich.

Damit ist das Grundproblem jeder hermeneutischen Literaturanalyse berührt: der nie restlos zu tilgende *subjektive Faktor*. Denn: Erkenntnisinteresse und -fähigkeit, historisch-gesellschaftlicher Standort, Vorwissen und Vorverständnis, wissenschafts-, gesellschafts- und literaturtheoretische Position des Wissenschaftlers gehen immer in seine Interpretation mit ein. Der Interpret "geht an den zu verstehenden Text mit Vorurteilen heran und er legt diesen im Hinblick auf seine eigene Situation aus". "Ob er es will oder nicht, bezieht (er) ... innerhalb der gesellschaftlichen Auseinandersetzung seiner Zeit Stellung (Bürger 1979, 149 f). Er ist als "Verständigungswissenschaftler" zugleich Beobachter und "engagierter Mitspieler" seiner wissenschaftlichen Kommunikationsgemeinschaft (Mecklenburg/ Müller 1974, 57).

Die hermeneutische These vom nie gänzlich zu tilgenden Rest von subjektiver Erfahrung läßt sich auch vom Gegenstand her formulieren: Literatur ist Zeugnis und Faktor des historischen Prozesses, Literatur ist ein historisch vermitteltes Sinnpotential mit ganz spezifischen ästhetischen Qualitäten. Das bedeutet: Von Literatur gehen keine eindeutigen Impulse aus, Literatur ist nicht einfach ein beobachtbares Datum, ist also nur beschränkt objektivierbar. Und: Literatur muß bei der Literaturanalyse immer in ihren geschichtlichen und literaturgeschichtlichen Kontext eingebettet werden.

Eine vollkommen objektive Literaturanalyse bleibt ein unerreichbares Ideal, denn in Interpretationen gehen neben empirischen Sätzen, die aus einer Beobachterperspektive gewonnen sind und "eindeutig nach den Kriterien richtig - falsch entschieden werden können", auch interpretative und normative Sätze ein, die sich wesentlich aus der Funktion des Wissenschaftlers als "engagierter Mitspieler" der wissenschaftlichen Kommunikationsgemeinschaft ergeben und deren Wahrheitswert "jeweils nur im Diskurs erläutert und plausibel gemacht werden kann" (Mecklenburg/ Müller 1974, 58). Das bedeutet, daß der Interpret vorläufige wissenschaftlich begründete Sinnvorschläge (Sinnhypothesen) unterbreitet, über deren Wahrheitswert und Relevanz für die Lebenspraxis im Laufe des fortschreitenden Wissenschaftsprozesses entschieden wird. Interpretationen stellen "momentane Fixierungen dar, sind aber stets für eine weitere, präzisere Konfirmierung offen", können aber auch "später falsifiziert oder in ihrer Geltung entscheidend eingeschränkt werden" (Mecklenburg/ Müller 1974, 59).

Nach Mecklenburg/ Müller (ebd. S. 78-81) enthalten Literaturanalysen notwendig immer die drei oben genannten Satzklassen, also empirische, interpretative und normative Sätze, die sie wie folgt beschreiben. Empirische Sätze werden durch deskriptives Verfahren gewonnen und können "ohne Einschränkung intersubjektiv bewahrheitet werden". Zum Beispiel: "Der Roman von D. Chidolue 'Aber ich werde alles anders machen'

besteht aus 9 unterschiedlich langen Erzählabschnitten und wird in der Ich-Form erzählt".
Schwieriger ist es mit interpretativen Sätzen. Diese sind zwar "generell wahrheitsfähig, erhalten ihren Geltungscharakter aber wesentlich durch d i s k u r s i v e B e g r ü n d u n g ". Interpretative Sätze lassen sich beschreiben als "Deutungshypothesen, mit deren Hilfe Sinnzusammenhänge strukturiert werden"; sie basieren auf "sachlichen Beobachtungen", die aber mit "Deutungs- und Wertperspektiven" verbunden werden (79).
Normative Sätze in Literaturanalysen können literarisch-ästhetisch, ethisch, geschichtsphilosophisch oder gesellschaftstheoretisch begründet sein. Sie sind zwar in empirischen und in interpretativen Sätzen fundiert, können aus diesen aber nicht einfach abgeleitet werden. Sie müssen im wissenschaftlich argumentierenden Diskurs benannt, begründet und einsichtig gemacht werden und legitimieren sich letztlich von allgemeinen vernünftigen Prinzipien aus (80 f).

Mecklenburg/ Müller stellen zwei methodologische Grundregeln für den Umgang mit interpretativen Sätzen auf:

> "1. Interpretative Sätze sollten - sei es auch nur probeweise - soweit wie möglich in empirische und normative aufgelöst werden, denn so kann verhindert werden, daß eine 'faule' Interpretation auftritt, welche die Möglichkeit empirischer Analysen nicht hinreichend ausgeschöpft hat, oder eine 'dogmatische' Interpretation, welche die Notwendigkeit diskursiver Offenlegung und Ausweisung ihrer normativen Elemente nicht hinreichend befolgt hat.
>
> 2. Interpretative Sätze sind Wahrscheinlichkeitsurteile. Je größer ihre empirische Basis ist, desto eher ist die Richtigkeit der Deutungshypothese gewährleistet." (ebd. S. 81)

Ziel meines Analyseansatzes ist eine möglichst systematische Interpretation, Bewertung und Funktionsanalyse von literarischen Geschlechtsrollendarstellungen. Es handelt sich um eine vorwiegend, aber nicht ausschließlich sozialwissenschaftlich orientierte, ideologiekritische Text- und Kontextanalyse anhand von themen- und textadäquaten inhaltlichen und formalen

Kriterien, wobei das gesamte Bedeutungspotential des jeweiligen Buches möglichst umfassend mitberücksichtigt werden soll.

Es kommt mir vor allem auf zweierlei an: Erstens auf das Herauspräparieren des vom Autor/ von der Autorin in Szene gesetzten Bildes von Frau und Mann, auf das Offenlegen, wie, d. h. mit welchen inhaltlichen und formalen Mitteln, direkten und indirekten Aussagen er/sie "sein"/"ihr" Bild von den Geschlechtern zusammengefügt hat. Darüberhinaus stellt sich die Frage, in welchen Punkten dieses Bild der literarischen und gesellschaftlichen Tradition verhaftet bleibt, also weibliche Benachteiligung fortschreibt, und wo es dagegen innovative Momente und damit ein emanzipatorisches Wirkungspotential enthält.

Bei der Analyse nur eines oder einiger weniger Bücher wird es nicht darum gehen, repräsentative, also auch quantitativ relevante Ergebnisse zu erzielen. Es interessiert weniger, wie viele aktive/passive Mädchen und Jungen pro Buch vorkommen oder wie oft Mädchen/Jungen geschlechtsspezifische Tätigkeiten ausüben, sondern mehr, w i e solche Eigenschaften, Tätigkeiten und dgl. in den Gesamtkontext der Fiktion eingebaut sind, welche Funktion ihnen darin zukommt und wie sie darüberhinaus im gesellschaftlichen und literarischen Kontext (Verhältnis zur gesellschaftlichen und literarischen Tradition und mögliche Wirkung) zu bewerten sind. Dabei können auch kleinste singuläre Textmerkmale äußerst bedeutsam sein - etwa ein exponiert plaziertes resignatives, der Umwelt aber verschwiegenes "Ah ja" aus dem Munde eines sich benachteiligt fühlenden Mädchens, das damit auf eine vom Vater behauptete Chancengleichheit für Mädchen und Jungen still reagiert bzw. nicht reagiert.

Es interessieren bei einer solchen Analyse selbstverständlich nicht nur die explizit genannten Normen, Werte und Geschlechtsrollenvorstellungen, sondern insbesondere die Art, wie diese sich auch implizit niederschlagen und aus der Charakterisierung und Bewertung der Hauptfiguren, aus Konfliktlösung und Gestaltung des Romanschlusses oder aus der Aufladung bestimmter Begriffe, Symbole und Verhaltensweisen mit positiven bzw. negativen Konnotationen zu erschließen sind.

Eine ideologiekritisch informierte Untersuchung von literarischen Geschlechtsrollendarstellungen wäre im Prinzip auch inhaltsanalytisch, und zwar v. a. kontingenzanalytisch zu bewerkstelligen. Wollte man in einen solchen Ansatz alle von mir berücksichtigten Bewertungsaspekte aufnehmen, müßte man zunächst ein hochkomplexes Kategoriensystem ausarbeiten. Dieses wäre dann aber nicht für die hier intendierte Analyse e i n e s Buches zu verwenden, sondern nur für eine (extrem zeitaufwendige) Analyse eines größeren Samples von Büchern. Denn: Aufgrund der Komplexität meines Ansatzes, der inhaltliche und formale, text- und kontextorientierte Bewertungsaspekte enthält und auch verschiedene singuläre (im Gesamtkontext oft höchst signifikante) Textmerkmale berücksichtigt, wäre bei der Analyse eines oder einiger weniger Bücher die Anzahl der jeweils einer Kategorie zuzuordnenden Beispiele teilweise so gering, daß eine statistische, kontingenzanalytische Auswertung weder sinnvoll noch zulässig wäre.

Für eine interpretative ideologiekritische Text- und Kontextanalyse von Geschlechtsrollendarstellungen in einem oder einigen wenigen Büchern, lassen sich nun in einer ersten Annäherung und auf der Grundlage der im Theorieteil formulierten gesellschaftstheoretischen, pädagogischen und literaturpädagogischen Position folgende Analyseschritte zusammenstellen, wobei Emanzipations- und Literaturideal als Interpretationsfolie verstanden werden und nicht als Deduktionsbasis, von der die einzelnen Analyseschritte nun streng logisch ableitbar wären.

Die hier vorgeschlagenen Analyseinstruktionen und Fragen an den Text und Kontext müßten in dieser allgemein gehaltenen Formulierung für die Analyse jedes literarischen Textes anwendbar sein:

- Eigenschaften, Fähigkeiten, Verhaltensweisen und Tätigkeitsbereiche der handlungstragenden Buchfiguren beschreiben;
- feststellen, ob diese als angeboren oder gesellschaftlich bedingt dargestellt sind;

- Vergleiche mit den gesellschaftlich verbreiteten Geschlechtsrollenstereotypen anstellen, um Übereinstimmungen bzw. Abweichungen festzustellen;
- prüfen, wie Übereinstimmen/Abweichen der Charaktere und Verhaltensweisen vom traditionellen Geschlechtsrollenmuster bewertet werden;
- prüfen, welche Funktion den geschlechtsspezifischen/unspezifischen Verhaltensweisen im Gesamtzusammenhang der Fiktion zukommt, welche Rolle sie bei der Lösung des Konfliktes spielen;
- berücksichtigen, daß Funktionalisierung, Darstellungsweise und Bewertung der fiktionalen Charaktere durch den Autor/die Autorin gesellschaftlich bedingt sind;
- die gesellschaftliche Funktion, das geschlechtsspezifische Wirkungspotential der dargestellten Charaktere und ihrer Handlungsweise reflektieren (Ermuntern sie zu Ablösung oder zum Festhalten an traditionellem Geschlechtsrollenverhalten?);
- untersuchen, welche gestalterischen Mittel zur Darstellung, Bewertung und Funktionalisierung der Eigenschaften, Fähigkeiten und Verhaltensweisen der Buchfiguren eingesetzt wurden;
- den Funktionszusammenhang von Form und Inhalt berücksichtigen;
- herausarbeiten, inwiefern das analysierte Buch mit der literarischen Tradition übereinstimmt, in welchen Punkten und wie es sich von dieser abhebt;
- reflektieren, durch welche inhaltlichen und formalen Elemente das Buch innovativ wirken könnte, d. h. gesellschaftlich und literarisch verbreitete Geschlechtsrollenmuster aufbrechen könnte.

Da gute Ausbildung und berufliche Orientierung von Mädchen und Frauen ein Grundpfeiler ist für ihre gleichberechtigte Teilnahme am gesellschaftlichen Leben, für ihr Heraustreten aus dem Bannkreis der traditionellen Angebote weiblicher Selbstverwirklichung, wird es ein zentrales Anliegen jeder literarischen Mädchenbildanalyse sein, die Berufsorientiertheit der Buchmädchen und -frauen genauer zu untersuchen. Folgende Fragestellungen wären dabei zu berücksichtigen:

- Welche Rolle spielt die Berufsorientiertheit der Protagonistin innerhalb der gesamten Erzählung?
- Welchen Stellenwert haben Ausbildung, Berufswahl und Beruf im Leben der Protagonistin?
- Welchen Beruf wünscht/wählt/übt die Heldin aus? Welche beruflichen Ziele steckt sie sich? Wie kommt ihre Berufswahl zustande?
- Weicht das Mädchen vom traditionell weiblichen "Berufsverhalten" ab oder nicht, und wie wird das dargestellt (angeboren/gesellschaftlich bedingt) und bewertet?
- Welches Wirkungspotential enthält das "Berufsverhalten" der Protagonistin? Könnte es Mut machen zu selbstbestimmter Lebensgestaltung, basierend auf solider Berufsausbildung, oder legt es eher Verharren in traditionellem Hintansetzen weiblicher Berufstätigkeit nahe?

Nun konkreter zur Durchführung der Analyse selbst:

Gliederung und Gang der Analyse richten sich nicht einseitig nach den an den Text angelegten, ihm übergestülpten Bewertungsaspekten, sondern werden in konkreter Anlehnung an Thema, Inhalt und Ausgestaltung des jeweiligen Buchs entwickelt. In der hier vorgelegten Analyse beispielsweise wird im wesentlichen den einzelnen Etappen des Emanzipationsprozesses der Protagonistin gefolgt.

Bei Text- und Kontextanalyse wird im einzelnen folgendermaßen verfahren.

(Textanalyse.) Der Text soll anhand von inhaltlichen sozialwissenschaftlichen, v. a. rollentheoretischen Bewertungsaspekten analysiert werden, die im Theorieteil erarbeitet und als für die Geschlechtsrollenerziehung/weibliche Emanzipation durch Literatur relevant bezeichnet wurden. Es wird versucht, diese so auszuwählen, daß der Text möglichst umfassend und möglichst systematisch damit erfaßt werden kann. Der gesamte Text wird dann anhand der gewählten inhaltlichen Bewertungsaspekte - z. B. "Geschlechtsrollenerziehung der Protagonistin in der Familie" - durchgesehen. Alle dafür explizit und implizit relevanten Textstellen werden gesammelt, geordnet und möglichst textnah, d. h. mit möglichst vielen Textbelegen und empirischen Sätzen, inhaltlich interpretiert. Dabei wird gleichzeitig auf die im Theorieteil begründeten und explizierten normativen Momente Bezug genommen.

Neben dieser primär inhaltsorientierten Analyse werden auch formalästhetische Gesichtspunkte berücksichtigt: v. a. wichtige literarische Gestaltungs- und Kompositionsprinzipien (z. B. Phaseneinteilung, Erzählerperspektive, Gestaltung des Romanschlusses, Konfliktlösung) sowie der Niederschlag inhaltlicher Momente auf die literarische Struktur der Erzählung (z. B. Zusammenhang von Lebensgefühl der Heldin und Erzählrhythmus). Diese formalen Gesichtspunkte werden aber in der Gliederung nicht im einzelnen bzw. nur teilweise ausgewiesen, weil die formale Analyse an die inhaltliche gebunden bleibt und dieser untergeordnet wird.

Es besteht kein Interesse an literarischen Techniken um ihrer selbst willen, sondern es geht um den vom Inhalt nicht abzutrennenden Bedeutungsgehalt der Form, der sich nach P. Bürger aus dreierlei ergibt:

- aus der Funktion der formalen Elemente innerhalb des Gesamttextes,
- aus deren Verhältnis (Übereinstimmung/Opposition) zu ihrer bisherigen Verwendung,
- aus dem Stellenwert und der gesellschaftlichen Funktion des Gesamtwerks innerhalb der Gesellschaft.

Formelemente, durch die von der literarischen Tradition abgegangen wird (z.B. ein offener Schluß statt einem "happy end" im Mädchenbuch) können als besonders signifikant angesehen werden (Bürger, in: Bürger (Hg) 1975).

Trotz Berücksichtigung formalästhetischer Momente liegt der Schwerpunkt meiner Analyse eindeutig auf den Inhalten. Dies geschieht in bewußter Abgrenzung von der bis etwa 1970 eindeutig dominierenden und bis heute sich fortsetzenden Richtung der Kinder- und Jugendliteraturforschung (z. B. R. Bamberger, H. Schaller oder K. E. Maier), die - in der Tradition der Kunsterziehungsbewegung der Jahrhundertwende stehend - von einem "guten" Jugendbuch zuallererst ästhetische Hochwertigkeit fordert(e). Das Jugendbuch soll(te) den jungen Leser zur Teilnahme an einer anspruchsvollen Lesekultur befähigen helfen, an die sogenannte Hochliteratur heranführen. Der sich ab 1970 entwickelnden emanzipatorischen Kinder- und Jugendliteraturforschung (verbunden z. B. mit den Namen M. Dahrendorf, D. Richter und J. Vogt) geht es - im Gegenzug vielleicht zunächst manchmal einseitig - primär um Inhalte, v. a. um die Offenlegung und Reflexion von potentiell repressiven Momenten, die von der älteren, traditionell ausgerichteten Forschung stillschweigend akzeptiert oder explizit gutgeheißen wurden, kaum aber kritisch hinterfragt wurden. Ein "gutes" Jugendbuch sollte nämlich auch "Schmutz und Schund" bekämpfen helfen, d. h. zur Vergeistigung und Triebkontrolle beitragen. Es sollte bürgerliche Normen und Werte, insbesondere die repressive Sexualmoral transportieren, und möglichst in einer "heilen Welt", in einem Schonraum spielen. Es sollte also durchaus auch moralisierende Funktion übernehmen, die man dem Kinder- und Jugendbuch im übrigen schon immer, seit seinem Entstehen im Zeitalter der Aufklärung, zusprach (vgl. dazu z. B. Dahrendorf 1980 b).

(Kontextanalyse.) Neben der inhaltlichen und formalen Textanalyse geht es darum, den Text in seinen gesellschaftlichen und literarischen Kontext zu stellen. Für die von mir vorgenommene Mädchenbuchanalyse bedeutet das konkret:

- Fragen, inwiefern sich Inhalte und Formen des analysierten Buchs von der literarischen Tradition unterscheiden / nicht unterscheiden. Dabei konnte ich mich auf die Mädchenbuchanalysen von M. Dahrendorf stützen, habe aber auch eigene Leseerfahrungen zum Vergleich mit herangezogen.

- Feststellen, in welchen Punkten das im Buch gezeichnete Geschlechtsrollenverständnis mit dem gesellschaftlich erreichten Bewußtseinsstand, auf den es trifft, übereinstimmt bzw. nicht übereinstimmt, d. h. inwiefern es möglicherweise unsere - im Theorieteil aufgezeigte - Mädchen und Frauen benachteiligende gesellschaftliche Realität fortschreiben bzw. überwinden hilft.

(<u>Normative Momente</u>) Gleichzeitig wird das analysierte Buch gemessen an einer kritischen Gesellschaftstheorie, hier an dem im Theorieteil explizierten und begründeten Emanzipationsideal, und darüberhinaus an einem bestimmten literarästhetischen Ideal, hier an einem ebenfalls im Theorieteil entworfenen Ideal emanzipatorischer Kinder- und Jugendlektüre. Es wird also - explizit und im wissenschaftlichen Diskurs begründet - inhaltlich und ästhetisch normativ verfahren.

Im Anschluß an all diese Analyseschritte sollte eine zusammenfassende <u>Einschätzung des Wirkungspotentials</u> des jeweiligen Buchs möglich sein:

- Ob und wenn ja inwiefern es der gesellschaftlichen und der literarischen Tradition verhaftet bleibt und damit potentiell die Geschlechtsrollenfixierung und die Benachteiligung der Frau fortschreiben hilft;

- Ob und wenn ja wo es innovative Momente im Vergleich zur gesellschaftlichen und literarischen Tradition enthält, wodurch es potentiell Rezeptionsgewohnheiten und Denkmuster aufbrechen und zum Aufbau emanzipatorischen Bewußtseins beitragen könnte.

Die Möglichkeiten, im Rahmen solcher Text- und Kontextanalysen Wirkungsvoraussagen zu machen, müssen - nach den Ergebnissen der Wirkungsforschung und den oben angestellten Überlegungen zur Emanzipation durch Literatur - als sehr begrenzt angesehen werden. Die Konsequenzen, die sich daraus für die Interpretationspraxis ergeben, sollen nun andiskutiert werden.

II. MÖGLICHKEIT / SCHWIERIGKEIT VON WIRKUNGSAUSSAGEN

Ganz allgemein sehe ich für Literaturanalysen vier Möglichkeiten, mit dem Wirkungsproblem umzugehen, ohne sich dem Vorwurf der unüberprüfbaren Willkür auszusetzen:

- Verzicht auf Wirkungsaussagen,
- Beschränkung auf das im Text angelegte Wirkungspotential,
- vorsichtige Wirkungsaussagen zu einzelnen Aspekten aufgrund bisheriger Ergebnisse der Wirkungsforschung oder
- Aufstellen von Wirkungshypothesen und empirische Überprüfung derselben.

Der völlige Verzicht auf Wirkungsaussagen im Rahmen einer ideologiekritischen Arbeit wäre ein Widerspruch in sich, geht es ihr doch ganz zentral gerade um die Funktion und die mögliche Wirkung der im Text ausgemachten, inhaltlichen und formalen Elemente. Diese Möglichkeit wird deshalb meist nicht in Frage kommen.

Das empirische Überprüfen der aufgestellten Wirkungshypothesen wird im Rahmen einer ideologiekritischen Literaturanalyse schon aus Zeitgründen nur bedingt möglich sein. Außerdem werfen die Erhebung und die Auswertung von Rezeptionsdaten eine Fülle von zusätzlichen methodologischen Problemen auf.

Vorsichtige Wirkungsaussagen zu einzelnen Aspekten aufgrund bisheriger Forschungsergebnisse zu machen, wäre der dritte mögliche Weg, der jedoch ebenfalls nicht unproblematisch ist. Die Wirkung von isoliert gesehenen Faktoren kann zwar u. U. aufgrund vorliegender Ergebnisse vorhergesagt werden, doch stellen diese Vorhersagen nur Teilwahrheiten dar. Denn abgesehen davon, daß diese Teilaussagen andere Wirkungsfaktoren ausblenden (müssen), gibt es keine gesicherten Erkenntnisse darüber, wie sie in den Gesamtwirkungsprozeß zu integrieren wären (Sahr 1981, 45). Wenn man sich dieser Problematik bewußt bleibt und sie nicht verschleiert, wäre die Beschränkung auf Teilaspekte ein legitimer Weg, vorsichtige Wirkungsaussagen zu machen. Allerdings werden sie immer nur von geringer Reichweite sein.

Schließlich gibt es noch die Möglichkeit, sich auf die Beschreibung des im Text angelegten Wirkungspotentials zu beschränken. Damit enthielte man sich der unzulässigen Überinterpretation, die man ideologiekritischen Literaturanalysen immer wieder zum Vorwurf macht, wenn auf der doch recht schmaschmalen Basis der Textanalyse Wirkungsaussagen gemacht werden, und damit der Leser deterministisch als direkt abhängige Variable vom Textinhalt begriffen wird (Groeben 1977). Falls man Mutmaßungen über unter je bestimmten Voraussetzungen vielleicht mögliche Wirkungen anstellt, müßte man sich immer der starken Verkürzung bewußt bleiben und sie nicht zu verdecken suchen.

DAS MÄDCHENBILD IN "ABER ICH WERDE ALLES ANDERS MACHEN" VON DAGMAR CHIDOLUE
INTERPRETATIVE SOZIALWISSENSCHAFTLICHE TEXT- UND KONTEXTANALYSE

Begründung der Textwahl

Das oben explizierte und begründete Verfahren zur ideologiekritischen Analyse von literarischen Geschlechtsrollendarstellungen soll nun an einem Jugendbuch einer heute erfolgreichen Autorin exemplarisch erprobt werden. Es wurde Dagmar Chidolues Roman mit dem programmatischen Titel "Aber ich werde alles anders machen" (Chidolue 1981) gewählt, eines jener Mädchenbücher, die zu den erfreulichen, sich von der Masse wohltuend abhebenden Erscheinungen auf dem deutschsprachigen Buchmarkt gehören und eine Alternative zum traditionellen Mädchenbuch darstellen.

Der Grund für diese Wahl ist folgender. Die Analyse und (möglicherweise vernichtende) Kritik eines antiemanzipatorischen Mädchenbuchs traditioneller Machart würde wahrscheinlich lediglich schon vorhandene Forschungsergebnisse in großen Teilen wiederholen und bestätigen, bestenfalls leicht variieren oder ergänzen. Deshalb schien es mir sinnvoller zu sein, einen offensichtlich emanzipatorisch gemeinten Text kritisch zu analysieren, ihn sowohl am skizzierten Kinder- und Jugendbuchideal zu messen, als auch seine Fortschritte gegenüber dem traditionellen Mädchenbuch herauszuarbeiten und aufzuzeigen, wo er gegebenenfalls von traditionellen Mustern geprägt bleibt und in welchen Punkten er nach meinem heutigen, oben explizierten Verständnis von weiblicher Emanzipation innovative Potenzen beinhalten könnte. Durch eine solche Analyse, die auch zunächst unauffällige Abweichungen von konsequent emanzipatorischer Darstellungsweise und kleine Qualitätsunterschiede herausarbeitet, läßt sich m.E. emanzipatorisches Bewußtsein besser schärfen als durch Aufzeigen der ohnehin schon recht gut bekannten, plump antiemanzipatorischen Tendenzen.

Titel, Thema und Inhalt

Titel und Titelbild weisen das Buch als Mädchenbuch für die Altersstufe ab 14 Jahren aus, ohne daß nähere Angaben über geschlechts- oder altersspezifischen Adressatenkreis gemacht sind.

Thema des Buches ist das langsame mühevolle Erwachen eines Mädchens aus dem "Dornröschenschlaf" und sein Ausbrechen aus traditionell weiblichen Verhaltensmustern: Ein "typisches" Mädchen, dessen Lieblingsbeschäftigung das Träumen ist, löst sich allmählich von seiner illusionistischen, passiven, traditionell weiblichen Lebenseinstellung und beginnt, sein Leben aktiv und selbständig zu gestalten.

Auslösendes Moment dieses Entwicklungsprozesses ist die anstehende Berufswahl des Mädchens. Statt diese - wie das "typische" Mädchen das tut - schon auf den späteren Partner ("Märchenprinzen") und ein Leben als Hausfrau und Mutter auszurichten, ringt sich die Heldin zu einer eigenständigen Berufswahl durch. Sie entscheidet sich für eine anspruchsvolle Ausbildung und eine von der Fixierung auf den männlichen Beschützer und Versorger losgelösten Lebensgestaltung.

Schon der programmatische *Titel* "Aber ich werde alles anders machen" und das Titelbild kündigen den Entschluß eines Mädchens an, aus traditionellen Verhaltensmustern auszubrechen.

Das *Titelbild* fängt den Grundtenor des Buches geschickt ein: Wir sehen das Brustbild eines etwa 15jährigen Mädchens, das noch im Regen, "in der Traufe steht", "in der Patsche sitzt" sozusagen, das dabei aber schon zuversichtlich zögernd, melancholisch, unsicher und hoffnungsvoll zugleich nach oben schaut -, dem Licht, einer besseren Zukunft entgegen? Die blasse, in Punkte aufgelöste, der Zeitungsbilddrucktechnik entlehnte Art der Abbildung drückt die Unsicherheit des Mädchens aus. Der grau-grüne Farbton des Titelbilds und der Buchaufschrift symbolisiert Hoffnungslosigkeit, Melancholie und Tristesse, zugleich aber auch erste Hoffnungsschimmer und Aufbruchstimmung.

Zum *Inhalt* des Buches, das in neun Abschnitte unterschiedlicher Länge unterteilt ist:

Der erste Abschnitt (ca. 22 Seiten) enthält die Einführung in Lebensumstände, Charakterzüge und Hauptkonflikt der Heldin: Die 16jährige Christina Hegewald, genannt Kiki, die die Ereignisse in der Ich-Form erzählt und reflektiert, lebt mit ihren Eltern in deren Eigenheim in der Nähe einer mittelgrossen Stadt. Die Eltern führen eine Ehe nach traditionellem Muster: Oberhaupt der Familie ist der Vater, der als Speditionskaufmann das Geld für den Lebensunterhalt der Familie verdient. Dafür wird er zu Hause von seiner Frau verwöhnt, die die gesamte Hausarbeit und die Erziehung der Tochter allein bewerkstelligt. Christina schätzt ihr sorgenloses, wohlversorgtes Dasein im Schoß der Familie, doch langweilt sie das gesicherte, wohlgeordnete, banale Leben der Eltern ohne Höhepunkte, wie überhaupt der Alltag in der Wohnsiedlung und in der Schule. Sie flüchtet häufig in eine abenteuerliche, poetische Traumwelt, eine Kontrastwelt zur engstirnigen, abgestumpften kleinbürgerlichen Selbstzufriedenheit ihrer realen Umwelt. Christina steht kurz vor dem Realschulabschluß und soll sich nun - so wollen es Vater und Mutter - für ein paar Jahre, bis zu ihrer Heirat, vielleicht auch für später "zum Einspringen" für einen der üblichen Ausbildungsberufe für Realschulabsolventinnen entscheiden. Das für Realschüler ohnehin recht begrenzte Ausbildungsplatzangebot innerhalb der Stadt ist wegen allgemeiner Lehrstellenknappheit zusätzlich reduziert. Deshalb und auch weil Christina ihren Eltern nicht länger "auf der Tasche" liegen soll, drängen diese die Tochter zu einer Entscheidung. Sie versuchen redlich, sie irgendwo unterzubringen. Christina, die die Aktivitäten der Eltern sowie die der Berufsberatung ziemlich unbeteiligt über sich ergehen läßt, gerät in einen Konflikt: Sie soll sich für einen Beruf entscheiden. Das kann sie aber nicht, weil sie noch gar nicht weiß, was sie will. Sie hat Angst vor einem geregelten Leben im Stil der Eltern und fühlt sich von keinem der zur Auswahl stehenden Berufe, wie etwa Speditionskaufmann oder Versicherungskaufmann, irgendwie angesprochen. Während ihre Eltern für eine subalterne Bürotätigkeit plädieren, könnte sie sich nur für etwas Großes, Wichtiges begeistern. Vielleicht sollte sie ein berühmter Fotograf werden? Doch dafür bietet die Stadt keine Lehrstelle an.

Zweiter Abschnitt (S. 27 - 51). Auf Wunsch der sehr praktisch denkenden Mutter besucht Christina ohne innere Anteilnahme einen Stenografie- und Schreibmaschinenlehrgang. Gegen ihren Willen wird auch eine Grundausbildung im Gesellschaftstanz für sie von den Eltern beschlossen. Christina, die bisher getrennt von Jungen, auch in der Schule, aufgewachsen ist, reagiert in den ersten Tanzstunden sehr aufgeregt, unsicher, passiv und still; bis sie Engelbert entdeckt, einen unscheinbaren, schmalen Jungen mit traurigen Augen, der irgendwie anders ist als die anderen Jungen, der lieb ist und "Gedanken" hat. Sie verliebt sich Hals über Kopf in ihn, schwärmt von ihm, ist glückselig. Doch stößt sie nicht auf die erhoffte Gegenliebe. Um diese große Enttäuschung zu kompensieren, flüchtet sie sich in ihre Traumwelt. Auf Drängen der Mutter verfaßt Christina lustlos mehrere Bewerbungsschreiben nach dem üblichen Schema, mit denen sie sich aber nicht identifiziert. "Am liebsten träume ich", würde sie schreiben, statt "Meine Lieblingsfächer sind Deutsch, Englisch und Mathematik. In meiner freien Zeit lese ich gern" . Auf die bald eintreffenden Absagen reagiert die Heldin mit der altbewährten Flucht ins Reich der Phantasie.

Dritter Abschnitt (S. 52 - 63). Christina nimmt den Vorschlag der Mutter dankbar an, in den Ferien für eine Woche zu einer Tante an die Nordsee zu fahren. Doch noch ist es nicht so weit. Da ist erst noch die Abschlußfeier in der Schule, die die orientierungslose Heldin mit Unbehagen erlebt. Dann die zunächst sehr erschöpfende Ferienarbeit am Fließband in einer Nudelfabrik (die sie v.a. deshalb antritt, um eine Landhausjacke erstehen zu können, die sich die Eltern weigern zu bezahlen). Dank Christinas Fähigkeit, durch Träumen zu kompensieren, hält sie die sinnlose, monotone Tätigkeit am Fließband acht Stunden täglich durch. Auslösender Faktor und Aufhänger ihrer Träume ist diesmal Günther,ein junger Mann aus der Fabrik, den sie kaum kennt und in den sie sich so verliebt,daß die zweite Woche in der Fabrik zur Qual für sie wird und sie das Ende ihrer Arbeit wie eine Befreiung erlebt. Nun kann sie sich die ersehnte Landhausjacke kaufen, die Teil eines Traumes von einem romantischen Leben in einem Landhaus ist. Auf einer Party trifft Christina Günther zufällig wieder. Selig nimmt sie abends die Donald-Duck-Figur ins Bett mit, die Günther ihr geschenkt hat, und träumt von Ausflügen mit ihm.

Vierter Abschnitt (S. 64 - 98). Christina fährt mit dem Zug zu Tante und Onkel nach Cuxhaven, die ihr ihren Neffen Willi als Begleiter zur Seite stellen. Dieser richtet sich ganz nach ihr, was ihr sehr guttut, und macht mit ihr auf seinem Moped jeden Tag Ausflüge. In dieser Zeit reden die beiden jungen Leute viel miteinander, mögen sich bald sehr gern, obwohl sie doch sehr verschieden sind. Willi, der sich immer schon für Technisches interessiert hat, steht mitten in seiner Ausbildung zum Vermessungstechniker. Ganz im Gegensatz zu Christina bereitet er sich auf ein geordnetes, sicheres, "normales" Leben vor, mit langsamem beruflichem Aufstieg, Heirat, Kindern, Eigenheim. Er ist zufrieden und ruhig, vernünftig und realistisch, selbstbewußt, ohne sich zu überschätzen. Er versucht dennoch, Christina mit ihrem Hang zum Träumen zu verstehen und ihr weiterzuhelfen. Willis Zukunftspläne entsprechen überhaupt nicht Christinas Vorstellungen. Sie will unbedingt etwas Großes, Aufregendes machen. Willi, der künstlerisches Talent hat, müßte Maler werden, auf Familie und materielle Güter verzichten, um nur für seine Kunst zu leben. Christina beneidet Willi um sein Talent, während sie von sich behauptet, überhaupt keine besondere Begabung zu haben, völlig ratlos zu sein bezüglich ihrer Berufswahl. Nur eines weiß sie sicher: sich treiben lassen, träumen, das könnte sie immer. Doch genau das darf sie ja gerade nicht. Sie hat Angst davor, erwachsen zu werden, Entscheidungen treffen zu müssen, in einen ihr fremden Arbeitsprozeß eingezwängt zu sein. Willi ermuntert Christina eindringlich, ihre Interessen herauszufinden, sich aktiv um eine sinnvolle Berufswahl zu bemühen, was Christina auch verspricht, um nicht genau wie ihre Mutter in das übliche Hausfrauen- und Mutterschicksal im patriarchalischen Ehebund hineinzuschlittern. Willi und Christina mögen sich gern, küssen sich auch, was die Heldin glücklich macht. Sie würde sich gern einfach fallenlassen, alles vergessen, genießen, ihre Gefühle auskosten. Doch Willi zieht sich vernünftig zurück, die Verantwortung und die ungewisse Zukunft dieser Beziehung scheuend. Sehr enttäuscht reist Christina ab.

Fünfter Abschnitt (S. 99 - 106). Zu Hause sind auf eine Anzeige von Christinas Mutter inzwischen zwei Ausbildungsplatzangebote eingetroffen. Also geht Christina sich vorstellen. Der Inhaber der ersten Firma, einer Porzellangroßhandlung, verspricht eine gründliche Ausbildung und bietet sofortigen Vertragsabschluß an. Doch Christina ergreift die Flucht aus Angst davor, in den kleinen, dunklen, mit Bergen von Belegen angefüllten Räumen zu ersticken. Die zweite Firma, ein Ein-Mann-Betrieb, macht kein seriöses Angebot, sucht nur ein "Mädchen für alles". So lehnt Christina auch dieses Angebot ab. Erschöpft schlendert sie durch die Stadt und - mangels einer Gelegenheit, sich mit jemandem aussprechen zu können (am liebsten mit Willi) - kauft sich Christina eine Musikkassette und dazu einen Recorder. Zu Hause läßt sie sich mit Musik "vollaufen".

Sechster Abschnitt (S. 107 - 144). In der Folgezeit muß Christina ihrer Mutter im Haushalt helfen. Die Monotonie dieses Lebens läßt in ihr den Wunsch nach Neuem entstehen. Zufällig liest sie von einer Amsterdam-Kurzreise, der die Eltern schweren Herzens zustimmen. So tritt Christina ihre erste selbständige und selbst finanzierte Reise an, die eine entscheidende Veränderung in ihr auslöst und ihrem Leben eine Wende gibt. Ein Mißgeschick - man stiehlt der ahnungslosen Christina in Amsterdam ihre Tasche mit Rückfahrkarte, Ausweis und Geld - zwingt sie, mit einer schwierigen, völlig unerwarteten Situation fertigzuwerden. Und sie schafft es, was ihr Selbstwertgefühl entscheidend stärkt. Allerdings bewältigt sie ihre Probleme nicht allein, sondern wird von unkonventionellen, jungen Leuten spontan und selbstverständlich aufgenommen, die ihr auch dazu verhelfen, Geld für die Rückfahrt zu verdienen. Die hilfreichen Gastgeber, Blue und Ben Bella, leben mit mehreren jungen Leuten in einem verkommenen Amsterdamer Haus, welches nur mit dem Notwendigsten eingerichtet ist. Sie leben von Gelegenheitsjobs: Blue, die die rat- und mittellose, hungrige Christina von der Straße aufgelesen hat, wäscht zur Zeit Teller in einem indonesischen Restaurant, und ihr Freund Ben Bella, ein ausgebildeter Musiker, verdingt sich als Straßenmusikant. Sie verweigern sich den Zwängen und der Wettkampfideologie unserer Konsum- und Leistungsgesellschaft und sind mit ihrem einfachen Lebensstil zufrieden. Nach anfänglichem Unbehagen gewöhnt sich Christina rasch an die zwanglose Atmosphäre des Hauses, nimmt unkonventionelle Schlafstelle und Nahrung sowie Blues Job dankbar an und fühlt sich dabei nie als Eindringling. Als sie genügend Geld für die Rückreise zusammen hat und den Diebstahl ordnungsgemäß der Polizei gemeldet hat, steht einer glücklichen Heimkehr nichts mehr im Wege. Der Versuchung, einfach zu bleiben, erliegt sie nicht. Sie sieht ganz klar die Vor- aber auch die Nachteile von Blues und Ben Bellas Lebensweise. Obwohl sie den Egoismus der Wettbewerbsgesellschaft erkennt und verurteilt, will sie zurückkehren, auch der Eltern wegen. Und sie ist ganz zuversichtlich. Sie ist stolz, daß sie alle Schwierigkeiten so gut gemeistert hat, fühlt sich jetzt unabhängiger, selbstsicherer. Sie mag sich, so wie sie ist, ist zufrieden mit sich. Sie will nun nicht mehr nur träumen und sich treiben lassen, sondern etwas aus sich machen, die Dinge selbst in die Hand nehmen. Frohen Mutes verläßt sie Amsterdam. Schon die ersten Taten, die sie zu Hause setzt, lassen erkennen, daß sie wirklich anfängt, sich durchzusetzen, auch dem Vater gegenüber.

Siebter Abschnitt (S. 145 - 160) Christina fängt ein neues Leben an. Sie ergreift selbst die für ihre Berufsfindung notwendigen Initiativen. Ohne die Eltern einzuweihen, deren festgefahrene, traditionelle Rollenverteilung die Heldin mit zunehmender Mißbilligung registriert, tritt sie ihren ersten, entschlossen selbständigen Gang zum Arbeitsamt an. In einem langen, schwierigen Gespräch mit der Berufsberaterin, in dem Christina hartnäckig auf eine sofortige, konkrete Lösung drängt, kommt endlich die Möglichkeit zur Sprache, die für sie paßt, der Besuch einer gymnasialen Oberstufe mit Abitur nämlich. So könnte Christina noch viel lernen, ohne auf eine bestimmte Richtung festgelegt zu sein, und sich erst später entscheiden. Sie weiß sofort, daß das der richtige Weg für sie ist. Zu Hause gelingt es Christina, die Mutter und auch den zunächst verständnislosen, skeptischen Vater von ihrem Plan zu überzeugen. Zwei Tage später, zu Schulanfang, wird Christina ohne Schwierigkeiten im Gymnasium aufgenommen. Sie hat den festen Vorsatz, interessiert zu arbeiten und den Schulalltag - wie überhaupt alles - bewußt zu erleben. Ihr Erfolg und die Anerkennung der Eltern stärken ihr Selbstbewußtsein und geben ihr erstmals ein Gefühl von Erwachsensein.

Achter Abschnitt (S. 161 - 184). Nun geht Christina also wieder zur Schule.In ihrer Jahrgangsstufe bildet sich rasch eine Clique, bald auch die ersten Paare. Christina, die sich zu keinem der sie umwerbenden Jungen hingezogen fühlt, schlittert dennoch in eine Beziehung zu Rollo, einem zuverlässigen Jungen, der mehr den Vorstellungen von Christinas Eltern entspricht als ihren eigenen. Er ist von mittelmäßiger Intelligenz, nicht originell, wenig ehrgeizig, dafür gut angepaßt,ein - "geborener" zukünftiger Beamter. Er hat Christina sehr gern und wird ihr ständiger, von den Eltern bald als zukünftiger Schwiegersohn akzeptierter Begleiter. Christina wird für Rollo bald wichtigster Lebensinhalt,und er versucht, sie immer enger an sich zu binden, jede freie Minute mit ihr zu verbringen. Für ihren Lerneifer und ihre beruflichen Pläne zeigt er wenig Verständnis. Er sähe sie wohl lieber als Heimchen am Herd, das sich von ihm beschützen läßt. Für Christina aber bedeutet die Beziehung zu Rollo nicht das große Glück. Ganz im Gegensatz zu ihm ist sie ehrgeizig, in der Schule erfolgreich, zielstrebig,entwickelt sogar schon erste Pläne, Zeitungswissenschaften zu studieren. Sie findet Rollo zu mittelmäßig, zu banal, zu normal. Das Beisammensein mit ihm langweilt sie immer mehr, und erotische Empfindungen stellen sich erst ein, wenn sie Rollos Gegenwart vergißt, z.B. indem sie beim Küssen an Willi denkt. Rollos totale Konzentration auf sie, seine besitzergreifende Zuneigung engen sie zunehmend ein. Sie wird unsicher, ist zeitweilig versucht, den momentan bequem erscheinenden Weg einzuschlagen und Rollo zu heiraten, der ihr und ihren Kindern Schutz und Geborgenheit geben und für sie sorgen würde. Christina würde sich voll auf Rollo konzentrieren, alle Berufspläne hintanstellen und sich auf die traditionelle Mutter- und Hausfrauenrolle vorbereiten. Nein, so will sie es nicht machen. Nachdem sie auch den ersten sexuellen Kontakt mit Rollo, zu dem sie sich nur zögernd entschließt, ganz nüchtern als unbefriedigend erlebt, findet sie Kraft und Mut, sich von Rollo zu lösen. Danach fühlt sie sich wie befreit und freut sich darauf, ihren Weg allein zu gehen. Anstatt im Sommer mit Rollo zu verreisen, wird sie sich mit ihrer beruflichen Zukunft befassen.

Neunter Abschnitt (S. 185 - 195). Christinas sich zunehmend festigende Persönlichkeit und ihre entschlossene Art, ihren Willen durchzusetzen, machen ihren Eltern Angst. Sie können damit nicht umgehen und neigen dazu, Christina als Spinnerin oder Dickkopf abzuqualifizieren. Kurz vor Ende des Schuljahrs erkrankt Christina an einer Grippe, da muß sie einen besorgten Besuch von Rollo über sich ergehen lassen, der sich offensichtlich Gewißheit darüber verschaffen will, sie nicht geschwängert zu haben. Das bald darauf stattfindende Schulfest besucht die Heldin nur kurz und lustlos, um dann, in der Stadt bummelnd, über ihren wohl zukünftigen Beruf nachzudenken. Sie entdeckt im Anzeigenteil einer angeschlagenen Zeitung Angebote von möblierten Zimmern und faßt - einem sie plötzlich überkommenden Wunsch folgend - den Entschluß, von zu Hause auszuziehen. Sie will von nun an für sich selbst sorgen und "Luft zum Atmen" haben. Die Eltern stimmen ihrem Plan nolens volens zu. Der Vater diesmal früher als die Mutter, die

Christina noch nicht aus ihrer Obhut entlassen möchte. Nicht ohne Angst vor der Zukunft packt die Heldin ihren Koffer und verabschiedet sich von der weinenden Mutter und vom Vater.

Schreibend "sich selber lesen"

Die Ich-Erzählerin hat ganz offensichtlich unter Leidensdruck zur Feder gegriffen. Dies klingt schon in ihren beiden ersten Sätzen an: "Sicher, mir geht's gut. Wenn ich ehrlich sein soll." (5)[26], schreibt sie, und man ahnt schon das lange "Aber", zu dem sie wohl gleich ausholen wird. Diese ersten zwei Sätze der Ich-Erzählerin vermitteln dem Leser den Eindruck, daß sie nur zögernd, fast gegen ihren Willen einräumt, es gehe ihr gut; weil sie eben in Wahrheit doch Probleme hat und mit ihrer Situation unzufrieden ist. Die exponierte "in-medias-res"-Stellung dieser Aussage verleiht ihr besonderes Gewicht und verrät einen hohen Grad an Unzufriedenheit und Unruhe.

Der nächste Satz ("Bei uns ist alles so, wie es sein soll") leitet über zu dem Teil der Erzählung, der im Drama Exposition heißt, zur Vorstellung und ersten Charakterisierung des Milieus und der Hauptakteure nämlich. Die Heldin beschreibt und reflektiert hier ihr Leben in der Familie und in der Schule: Tagesablauf und Zusammenleben zu Hause, elterliches Verhalten und Rollenverteilung, Schulalltag. Beim Lesen dieser Passagen spürt man überall Distanz, Ablehnung, Befremden und Unzufriedenheit der Heldin. Und bald erfährt der Leser auch sukzessive, daß die Ich-Erzählerin in einen schweren Konflikt geraten ist. Sie hat nämlich kurz vor Abschluß der Realschule noch keinerlei Vorstellung, wie sie ihr weiteres Leben gestalten, für welche Berufsausbildung sie sich entscheiden soll. Aus diesem Konflikt heraus - so stellt es sich jedenfalls dem Leser dar, auch wenn es an keiner Stelle explizit erwähnt wird - läßt Dagmar Chidolue die Ich-Erzähle-

---

26 In Klammern gesetzte Zahlen sind Seitenangaben aus der 1981 im Beltz Verlag, Weinheim, erschienen Ausgabe.

rin ihre Gedanken, Gefühle, Einsichten und Erlebnisse aufschreiben und ordnen, sich Klarheit verschaffen über sich selbst und ihre Lebensziele. Offensichtlich soll sie schreibend "sich selber lesen":

> "Wir können nur, indem wir den Zickzack unserer jeweiligen Gedanken bezeugen und sichtbar machen, unser Wesen kennenlernen, seine Wirrnis oder seine heimliche Einheit." (Frisch 1974,22)

A. GESCHLECHTSSPEZIFISCHE SOZIALISATION UND GESCHLECHTSROLLENVERHALTEN DER PROTAGONISTIN

Gemäß der oben skizzierten Analysestrategie werden nun in einem ersten Schritt die Eigenschaften und Verhaltensweisen der Protagonistin beschrieben und diese mit dem traditionell weiblichen Geschlechtsrollenverhalten verglichen, um herauszuarbeiten, in welchen Punkten die Heldin davon abweicht bzw. damit übereinstimmt. Dabei werden auch eventuelle Veränderungen und Entwicklungen ihres Geschlechtsrollenverhaltens zu beschreiben und einzuordnen sein. Von Interesse wird ebenfalls sein, welchen Einfluß andere Buchfiguren (Eltern, Lehrer, Freunde) auf das Geschlechtsrollenverhalten der Heldin ausüben und wie sie deren Abweichungen/Übereinstimmungen von /mit dem weiblichen Stereotyp beurteilen. Und stets muß hinterfragt werden, ob das geschlechtstypische/untypische Verhalten der Protagonistin als angeboren, als allein in ihrem Wesen begründet dargestellt wird oder als auch kulturell erworbenes Verhaltensmuster.

Der Gesichtspunkt "Mädchen und Beruf" wird - wie bei jeder Mädchenbildanalyse - besonders zu berücksichtigen sein. Das liegt bei dem hier analysierten Text schon deshalb nahe, weil sich der zentrale Konflikt der Erzählung daraus ergibt, daß die Heldin den für sie vorgesehenen Beruf ablehnt, gleichzeitig aber noch keine sinnvolle Alternative sieht.

I. TRADITIONELLES ROLLENDIKTAT UND MÄDCHENTYPISCHES VERHALTEN

1. Eigenschaften und Verhaltensweisen der Protagonistin

a) Illusionistische Lebenshaltung

Schon beim Lesen der ersten Seiten der Erzählung fällt mehrmals die Realitätsfremdheit der Heldin auf. Christina hat keinen sinnvollen Bezug zu der sie umgebenden Wirklichkeit. Dies ist zunächst abzulesen an der eingestandenen Gewohnheit der Heldin, informative Sendungen in Rundfunk und Fernsehen nicht als wissenserweiternde Informationsträger zu benutzen, die helfen, politische, ökonomische und soziale Zusammenhänge zu begreifen; vielmehr werden diese lediglich als Ausgangsmaterial für Ausflüge in eine abenteuerliche Traumwelt verwendet. Fernsehnachrichten wie Schulfunksendungen kann die Protagonistin nicht als Berichte über Begebenheiten ihrer realen Umwelt erfassen; sie stammen für sie "aus einer anderen Welt" (12), wirken auf sie eher wie ein Abenteuerfilm, sind "spannend und ganz unwirklich" (6) oder werden in ihrer Phantasie zu abenteuerlichen Geschichten umgeformt (7 f, 12 f). Nicht einmal die täglichen Katastrophenmeldungen dringen in ihr Bewußtsein: "Irgendwo haben sie einen Kindergarten überfallen, irgendwo einen Staatsmann umgebracht. Alles nichts für mich. Es geht mich nichts an. Ich habe damit nichts zu tun" (32). Die realen Ereignisse und die Beschaffenheit ihrer Umwelt tangieren die Heldin nicht. Gegenwartsfilme, die sich mit der Realität auseinandersetzen, langweilen sie: "Bei den Streifen, die sie Gegenwartsfilme nennen, mach ich nicht mit. Da ist alles so wie um mich herum (...). Das kotzt mich an." (8)

Wenn man zur Realität keinerlei sinnvollen Bezug hat, muß man sie natürlicherweise als uninteressant, ja langweilig empfinden. Christina leidet spürbar an der Langeweile des grauen Alltags, ist angeödet vom ewig gleichen Trott ihres Lebens. Jeden Morgen der gleiche Ablauf, die gleiche Reihenfolge bei der Morgentoilette (Vater, Tochter, Mutter) und beim kommunikationslosen Frühstück (9). Auch der Schulalltag bringt keine Abwechslung: "Es ist immer das gleiche, die Lehrer, die Mitschülerinnen, der Unterricht. Alles gleich, wie gehabt. Und das schon jahrelang." (9) Nach der Schule: das Mittagessen, die Hausaufgaben, eine Runde mit dem Fahrrad in der Wohnsiedlung, in der es "nichts als Häuser (gibt), in denen man schläft und die die Frauen putzen. Fast alles findet im nächsten Ort statt." (9) Auf ihrer Runde mit dem Fahrrad trifft Christina regelmäßig andere junge Leute aus der Siedlung, redet mit ihnen "über nichts Besonderes. Nur so. Es gibt keine tollen Gesprächsthemen." (17) Und allabendlich versammelt sich die Familie dann gesprächslos vor dem Fernsehgerät (5 ff, 13); pünktlich um 21.30 Uhr muß Christina zu Bett gehen (7).

Die Langeweile, die die Schreiberin empfindet, schlägt sich auch vortrefflich in ihrem Stil nieder. Vor allem im ersten Erzählabschnitt fällt das auf. Mit kurzen, protokollartigen, unbeteiligten Sätzen beschreibt sie die täglichen Abläufe. Der Eindruck der Langeweile und Monotonie wird unterstrichen durch reichliche Verwendung von *iterativ-durativer Erzählweise* (Lämmert 1955,84). Die Schilderung von Zuständen und regelmäßig wiederkehrenden Vorgängen vermittelt den Eindruck ewig gleicher Abläufe ("immer wieder"). Sehr sparsam dagegen geht die Erzählerin in diesem Teil ihrer Aufzeichnungen mit der sukzessiven Erzählweise (Lämmert 1955,84) um, die einzelne anschauliche Ereignisse heraushebt.

Zur Veranschaulichung dieses distanziert protokollarischen, ruhende Zuständlichkeit, Regelmaß und Langeweile vermittelnden Erzählstils seien hier einige Sätze zitiert:

> "Mein Vater verdient das Geld, fährt morgens mit dem Auto ins Büro, abends zum Essen, ist er wieder da." (5)
> "Abends sitzen wir im Wohnzimmer vor dem Fernseher." (5)
> "Um halb zehn muß ich ins Bett." (7)
> "Ich benutze das Bad nach meinem Vater, der etwas eher als ich abfahren muß." (9)
> "Habe ich mich angezogen, setze ich mich an den Frühstückstisch. Mein Vater ist dann schon fertig mit seinem Fünf-Minuten-Ei und dem Toast." (9)

Christina findetihr eigenes Leben in Familie und Schule und das ihrer Eltern sowie das gesamte soziale Leben in der Wohnsiedlung langweilig und unbefriedigend. Doch äussert sie ihre Unzufriedenheit in der Regel offensichtlich nicht. Sie zieht sich zurück und meidet jeden Konflikt. Das fällt zunächst v.a. im Umgang mit den Eltern auf, deren Anweisungen und Erwartungen Christina kennt und in der Regel widerstandslos befolgt. Sie verhält sich konform und sichert so äußerlich ein störungsfreies, konfliktfreies Zusammenleben. Folgsam geht sie pünktlich um 21.30 Uhr zu Bett (7) und macht bei allem Abdriften ins Reich der Phantasie ihre Hausaufgaben rechtzeitig fertig ("Gleich wird mein Vater kommen. Ich beeile mich mit den Schularbeiten." (13)) Sie verhält sich ähnlich wie ihr Vater, dessen konfliktscheues Verhalten Christina durchschaut: "Er liest jetzt die Zeitung, um Ärger auszuweichen, so, wie er abends den Brotteller unter sein Kinn hält, um die Krümel aufzufangen." (15) Und so akzeptiert es der Vater auch, wenn die Tochter mitten in einem Gespräch wegläuft, als es nämlich unbequem wird, als sie etwas entgegnen müßte, ihre Meinung sagen müßte. Doch die behält sie lieber bei sich und dreht noch eine Runde mit dem Fahrrad (16).

Noch zwei Beispiele, die Christinas Konfliktvermeidung illustrieren: Auf einen sonntäglichen Kinobesuch mit anderen Mädchen aus der Siedlung verzichtet sie lieber gleich von vorneherein, denn sie "will keinen unnötigen Krach zu Hause" (17). Sie kennt die Meinung des Vaters, daß doch alle Filme irgendwann im Fernsehen kommen, und will sich mit ihm auf keine Diskussion über einen Kinobesuch einlassen. Auch einer Auseinandersetzung mit den Mädchen, die Christinas Verhalten nicht verstehen, entzieht sie sich. Sie zuckt nur mit den Schultern und fährt ohne Erklärung weg (17). Auch eine ihr unangenehme Begegnung mit dem Versicherungsmann im Elternhaus versucht sie zu umgehen, weil sie die künstliche, vorgeblich heitere Atmosphäre, die dann gewöhnlich zu Hause herrscht, ablehnt (19). Deshalb überhört sie denn auch lieber die an sie gerichtete Aufforderung der Mutter, ins Haus zu kommen ("Ich tue so, als ob ich nichts höre"; 19). Anstatt sich der Mutter gegenüber offen zu ihrer ablehnenden kritischen Haltung zu bekennen, ist sie einmal mehr einer unangenehmen Situation, einem möglichen Konflikt ausgewichen.

Christina verhält sich recht passiv, beobachtet, bildet sich ihre von den Eltern durchaus stark abweichende Meinung, geht mit ihnen aber dennoch äußerlich konform. Sie versucht nicht, aktiv etwas an ihrer unbefriedigenden Lebenssituation zu verändern, Taten zu setzen, Konflikte auszutragen, sondern findet sich passiv mit dem Gegebenen ab. Statt zu handeln, läßt sie lieber "alles so laufen (...) dann passiert am wenigsten." (84) Sie sagt von sich: "Träumen könnt ich immer. Sitzen und träumen und zuschauen" (79). Die Heldin beobachtet, wartet und träumt - à la Dornröschen - z.B. von einem erlösenden Märchenprinzen. Insgeheim wartet sie irgendwo auf die große Schicksalserfüllung in Gestalt eines Prinzen. Das verraten ein paar Textstellen. In einer Traumphantasie z.B. läßt sich die Heldin als arabische Prinzessin in einem Piratenfilm von einem "Prinzen" retten:

> "Ich stelle mir vor, ich wäre die arabische Prinzessin in diesem Piratenfilm. Ich verstecke mich hinter dem Vorhang und z i t t e r e u n d w a r t e. U n d d a n n k o m m t Kirk Douglas und r e t t e t m i c h vor dem Feuer. Er nimmt mich auf seine Arme und springt mit mir auf das rettende Schiff. Ich fühle mich wohl."(8).

Die von mir hervorgehobenen Textstellen illustrieren besonders deutlich die passive Haltung des Mädchens: sie zittert und wartet, während der Mann/"Prinz" den aktiven Part übernimmt. Aufschlußreich sind des weiteren Christinas Erinnerungen an einen ehemaligen Brieffreund. Wir erfahren, daß sie vor dem Einschlafen von ihm träumte, daß er sie "seine Prinzessin" nannte (also war er für sie ihr "Prinz") und ihr "schöne Briefe" schrieb, die sie zu Freudestränen rührten (24).

Diese passiv-abwartende, illusionistische Einstellung zum Leben, die ich mit Dahrendorf "Prinzenhaltung" nenne (Dahrendorf 1978,61/63), erlaubt kein realitätsgerechtes Verhalten. Schwierige Lebenssituationen, Konflikte, sind so nicht zu bewältigen; an der Unzufriedenheit der Heldin ändert sich nichts. Das ist enttäuschend und unbefriedigend, wird deshalb verdrängt und durch Träume kompensiert. Der langweiligen, banalen, geregelten Wirklichkeit setzt die Heldin in ihrer Phantasie eine bunte, aufregende, abenteuerliche Traumwelt entgegen, mit Vorliebe abends im Bett. Sie wartet schon "voller Spannung" auf die aufregenden Abenteuer, die sie dort "erleben" wird (9). Im Gegensatz zu ihrer Passivität im Alltag übernimmt sie im Traum betont aktive Rollen. So spinnt sie beispielsweise Fernsehfilme weiter, in denen sie selbst die weibliche Hauptrolle spielt (8). Ganz besonders gern sieht sie sich als asiatisches Flüchtlingsmädchen, das sich tapfer in allen gefährlichen Situationen bewährt (8). Oder sie kämpft als Inka-Frau gegen die Spanier (13).

In ihren Träumen ist Christina also ganz im Gegensatz zur Wirklichkeit aktiv, tapfer, ja kämpferisch und bewährt sich in einem Leben voller Gefahr und Unsicherheit. In der Phantasie der Heldin entsteht so eine Gegenwelt zur realen Welt, die Bewegungsfreiheit, Abenteuer und Bewährung bietet und damit den nötigen Ausgleich für Langeweile, Enttäuschung und mangelnde Aktivität in der Realität schafft.

b) Berufliche Orientierungslosigkeit

Die Protagonistin ist mit der beschriebenen passiv-abwartenden, illusionistischen Lebenseinstellung wohl immer recht gut gefahren, gewährleistete sie doch störungsfreies Einpassen und konfliktfreies Zusammenleben. Doch nun ist ein Zeitpunkt gekommen - und damit setzt auch die Erzählung ein -, wo sie sich mit der Realität auseinandersetzen muß, sich realitätsgerecht verhalten soll: Christina steht kurz vor dem Abschluß der Realschule und damit vor der Wahl ihres zukünftigen Berufes. Ihre Umwelt erwartet plötzlich von ihr zupackende Tüchtigkeit, eine klare Entscheidung für eine bestimmte Berufsausbildung. Aber wie sollte die in passiver Träumerei auf den Traumprinzen wartende Heldin dazu in der Lage sein? ...

Sie ist überfordert und gerät in einen schweren Konflikt. Wie sie sich nun in dieser Situation verhält, soll in diesem und in den darauffolgenden Abschnitten beschrieben werden.

Zu Beginn der Erzählung hat die Heldin keine Ahnung, welchen Beruf sie ergreifen könnte ("Ich weiß überhaupt nicht, was ich will (...). Das ist mein Problem "; 69); sie besitzt keinerlei sinnvolle berufliche Orientierung. Sie hat noch nicht erkannt, daß eine gute berufliche Qualifikation wichtige Voraussetzung für selbstbestimmtes und finanziell unabhängiges Leben ist, das sie im übrigen auch noch gar nicht zu führen beabsichtigt. Da sie von den Eltern bestens versorgt, ja sogar nach deren Tod durch Hausbesitz finanziell abgesichert sei oder notfalls von der Fürsorge leben werde, könne sie die Wichtigkeit der Berufswahl nicht einsehen und die diesbezügliche Sorge der Eltern nicht begreifen (23 f).

Wie zur Realität im allgemeinen fehlt der Heldin auch jeglicher sinnvolle Bezug zur Berufswelt. Die berufsbezogenen Vorträge in der Schule kommen für sie "aus einer anderen Welt" (10),und die Informationen über das Berufsleben, die sie einholt, sprechen sie nicht an (93).

Folglich hat sie keine Ahnung von der Berufswelt. Im Gespräch mit einer Berufsberaterin beteuert die Erzählerin: "Ich weiß doch viel zu wenig. Und vom Berufsleben gar nichts" (150). Nicht einmal vom Berufsalltag ihres Vaters - was doch nahe läge - hat sie eine Vorstellung ("Ich habe keine Ahnung, was mein Vater macht"; 15). Sie kann sich kein Bild von den einzelnen Berufen machen, "weil sich alles (...) gleich anhört" (21). Auch die Berufswelt-Terminologie ist ihr gänzlich neu, fremd und unverständlich: "Was ist ein Rentenversicherungsträger?" (10), fragt sich Christina während eines berufsbezogenen Vortrags in der Schule.

Diese Bezug- und Ahnungslosigkeit ist gepaart mit Interesselosigkeit und Gelangweiltheit. Die Heldin zeigt bei Vorträgen in der Schule über das Berufsleben (z.B. über die Geschichte der Sozialversicherung (10)) und in Gesprächen über ihre anstehende Berufswahl im Elternhaus (mit dem Versicherungsvertreter (22)) kaum Interesse und Anteilnahme. Sie findet diese Gespräche und Vorträge langweilig und schaltet schließlich ab:

> "Wir sehen nach vorn und hören von dieser anderen Welt. Und langweilen uns." (10)
> "Ich schalte ab, es interessiert mich nicht." (11)
> "Oh Gott. Ich schalte ab." (22)

Dennoch wird der Heldin ihre mißliche Lage, ihre Ratlosigkeit bezüglich ihrer Berufswahl immer wieder ins Bewußtsein gerückt, vor allem durch die Eltern, die häufig nachfragen, sie zu mehr Engagement bei der Suche nach einem geeigneten Ausbildungsplatz drängen. Doch auf die vorwurfsvoll-ungeduldige Frage ihrer Mutter, was Christina denn nach der Schule machen wolle, weiß sie eben keine Antwort, denkt nur für sich: "Ja, was?" (48) Diesem, der Mutter verschwiegenen, fragenden Seufzer, bestehend aus nur zwei Wörtern, wird eine eigene Zeile eingeräumt. So unterstreicht die stark exponierte Stellung im Text eindringlich und geschickt das hohe Maß an Ratlosigkeit und Verzweiflung, das darin liegt. Diese drückt sich auch in der folgenden Textstelle aus:

> "Denke ich an zu Hause (und damit an die bevorstehende Berufswahl), ist es so, als ob ich ständig meine Stirn furchen muß. Als ob ich gegen eine Wand anrenne. Ich blicke gar nicht durch, bin so hilflos." (87)

c) <u>Mangelndes Selbstvertrauen, Angst und Hoffnungslosigkeit</u>

Einem dermaßen desorientierten Mädchen wie Christina fehlt es natürlich an gesundem Selbstvertrauen: sie traut sich rein gar nichts zu. Während sie Willis Mal- und Basteltalent bewundert, behauptet sie von sich selbst, keinerlei Begabung, spezielle Interessen oder Kenntnisse zu besitzen: "Ich kann gar nichts, weiß nichts Besonderes, kann nichts Besonderes. Kein Talent. Überhaupt nichts." (79) Sie ist zutiefst verunsichert, wagt kaum, "irgend etwas fest zu behaupten" (83). Sie hat grosse Angst davor, eine Fehlentscheidung zu treffen, würde gern "die Zeit festhalten" und abwarten (83),

> "möchte gar nicht erwachsen werden. Immer recht haben wollen. Recht haben müssen, weil ich mir Fehler nicht leisten könnte. Nein, kein Stück möchte ich älter werden (...) Könnt glatt weglaufen, wenn ich jetzt erwachsen sein sollte." (83 f)

Diese Zukunftsangst bricht im Verlauf der Erzählung wiederholt hervor, ist manchmal auch nur zwischen den Zeilen abzulesen. Erstmals spürt der Leser die Angst der Heldin am Ende des ersten Erzählabschnittes, wo sie ihre offensichtlich wachsende Beunruhigung zu verdrängen sucht, mit schönen Traumgedanken. Doch:

> "Keinen ordentlichen Gedanken kann ich heute fassen. Alles zerfließt. Es gibt nichts Konkretes. Ich versuche, an den Sommer zu denken. Aber der Gedanke stört mich. Bis dahin muß ich irgend etwas gefunden haben, was ich in Zukunft tun könnte." (26)

Und ihre Schulabschlußfeier erlebt sie nicht in freudig erregter, zuversichtlicher Aufbruchstimmung. Im Gegenteil, Christina ist "mulmig" zumute, weil sie nicht weiß, wie es danach weitergehen soll (56). Doch darüber spricht sie zunächst mit niemandem, weder im Elternhaus noch in der Schule. Entsprechend befreit fühlt sie sich dann, als sie mit Willi erstmals offen über ihr Problem sprechen konnte: "Ich bin froh, daß es raus ist aus mir, daß ich sagen konnte: Ich habe Angst." (88).

Natürlich kann die Heldin in dieser schwierigen Lage nicht unbeschwert und heiter sein. Ihre Ratlosigkeit und Angst überschattet alles. Häufig ist sie lustlos, melancholisch, mutlos, deprimiert, ja resigniert:

> "Manchmal geht mir diese Stille (in der Wohnsiedlung) auf die Nerven. Es ist so hoffnungslos. Bis zehn Uhr kann ich in die Zukunft blicken, oder bis morgen früh, allerhöchstens noch die paar Monate bis zum Ende des Schuljahres. Was dann?" (31)

Das Gespräch mit ihren Eltern meidet sie in der Überzeugung, "es kommt doch nichts dabei raus" (14). Die Mutter zwingt Christina, erste Bewerbungsschreiben zu verfassen und an mehrere Betriebe zu schicken: Prompt folgen die Absagen. Die Heldin beschließt den zweiten Erzählabschnitt mit dem Satz: "Eine Melodie (ein Lied von Leonard Cohen) so traurig wie ich." (51).

Zu ihren Problemen mit der Berufswahl kommt dann auch noch erster Liebeskummer. Im Tanzkurs findet Christina Gefallen an einem Jungen, der in ähnlicher Gemütsverfassung wie sie selbst zu sein scheint: "Ich sehe noch ein paar traurige Augen hinter mir. Im Spiegel kann ich es genau erkennen, Augen, traurig wie meine." (38) Doch der Besitzer dieser Augen zeigt nicht das erwünschte Interesse an Christina. Der Abschlußball wird eine herbe Enttäuschung: "Ich lege mich ins Bett und heule die Kissen voll. So richtig beschissen fühle ich mich." (45)

d) Konfliktvermeidung und Passivität

Die ersten fünf Erzählabschnitte hindurch weicht die Heldin einer offenen Auseinandersetzung mit ihrem Problem aus. Entsprechend ihrer Tendenz, Unangenehmes zu verdrängen, kommt sie auch beim Schreiben nur sehr zögernd mit ihrem Problem heraus. Man spürt zwar die Unzufriedenheit und Unsicherheit der Erzählerin von ihrem ersten Satz an; man ahnt auch schon, daß sie wohl Probleme mit ihrer Berufswahl hat, als sie von berufsbezogenen Vorträgen in der Schule und von einem unergiebigen Gespräch mit dem Vater berichtet; doch die eigentliche Ursache ihres Konfliktes erfährt der Leser später, erst als diese sich nicht mehr wegschieben läßt: Auf die direkte Frage einer Schulkameradin nämlich: "Was machst im Sommer?", muß die Heldin ihre Ratlosigkeit bezüglich ihrer Berufswahl bekennen: "Ich weiß nicht. Ich weiß nichts." (17).

Die Erzählerin berichtet davon, wie man sie in Schule und Elternhaus ständig mit ihrer anstehenden Berufswahl konfrontiert. Bei Vorträgen in der Schule über berufsbezogene Themen schaltet sie ab, anstatt konstruktive Fragen zu stellen (10); auf Gespräche über ihre Berufswahl läßt sie sich nur zögernd (Gespräch mit dem Vater (13 ff)) oder gar nicht ein (Gespräch mit Eltern und Versicherungsvertreter (20 ff)) und behält ihre Meinung für sich (14, v.a. 20 - 23). Sie entzieht sich immer wieder der notwendigen Auseinandersetzung mit ihrem Konflikt. So ist auch der Vorschlag der Mutter, Christina solle sich trotz ihrer unsicheren beruflichen Zukunft eine Ferienwoche an der Nordsee gönnen, genau nach ihrem Geschmack: "Ich lasse alles hinter mir, Pythagoras, die Bewerbungsschreiben, ein paar braune Augen." (52). Kaum an ihrem Ferienziel angelangt, gibt sie ihrer sichtlich großen Erleichterung Ausdruck: "Ich habe mich lange nicht so wohlgefühlt." (66)

Auch das erste gemeinsame Erlebnis mit Willi, der Besuch des Dachbodens, der Ausblick auf Hafen und Meer, wird von der Heldin genossen, vermittelt er doch das Gefühl, aus allem "so richtig herausgeholt" zu werden (68). Während Willi dann im Verlauf der Woche mehrmals Christinas bevorstehende Berufswahl anspricht, versucht sie auszuweichen, ihr Problem vor sich herzuschieben. "Erinnere mich nicht" (84), bittet sie Willi, als er angesichts der zu Ende gehenden Ferienwoche ihr eindringlich nahelegt, sich endlich mit ihrer Berufswahl zu beschäftigen. Sie will nicht daran denken, "will weg von diesen Gedanken" und findet, es sei immer noch Zeit, wenn der Zug anrollt (87). Von Willi gedrängt, sich aktiv mit ihrem Problem auseinanderzusetzen, verspricht sie schließlich: "Ich werde darüber nachdenken (...). Gleich, wenn ich zu Hause bin (...) . Nein, schon vorher, im Zug, wenn es zurückgeht, übermorgen, ja übermorgen." (94) Es bleibt zunächst beim guten Vorsatz.

Als sie sich - auf Initiative der Mutter - bei zwei Firmen vorstellen darf/muß und tatsächlich einen Ausbildungsvertrag abschließen könnte, lehnt sie ab, hat allerdings nicht den Mut, es den Eltern einzugestehen. Vielmehr lügt sie ihnen vor, es gäbe schon mehrere andere, besser qualifizierte Bewerber für den angebotenen Ausbildungsplatz (101 f). Wieder ist sie einer offenen Auseinandersetzung ausgewichen. Und es geht auch noch eine Weile so weiter. Auf Drängen der Mutter, sie solle sich weiterhin um einen Ausbildungsplatz bemühen, reagiert Christina gelassen: "Sind noch Ferien (...) Und die hab ich auch. In drei Wochen sind alle wieder da. Auch die alte Clique. Hör mich dann um, was so läuft." (105) Auch kurz vor Ferienende hat sich die Haltung der Heldin noch nicht geändert. Sie versucht nun, sich mit einer Kurzreise nach Amsterdam abzulenken.

Die beschriebene Desorientiertheit, Unsicherheit, Hoffnungslosigkeit, Traurigkeit und Angst sowie die Neigung der Heldin, schwierigen Situationen aus dem Wege zu gehen, haben eine geradezu lähmende Wirkung. Christina macht eine lange Phase (Erzählabschnitte 1 - 5) tatenlosen Verharrens durch. Ihr

Verhalten ist allgemein, vor allem aber hinsichtlich ihrer Berufswahl auffallend passiv. Sie entwickelt keinerlei eigene Initiativen, um einen für sie geeigneten Beruf und einen entsprechenden Ausbildungsplatz zu finden. Obwohl die ihr angebotenen Informationen sie nicht ansprechen, sucht sie zunächst nicht nach anderen Möglichkeiten (93). Sie unternimmt keinerlei Versuche, sich beraten zu lassen oder sich zu bewerben. Und das, obwohl die Lehrstellen sehr knapp sind und man - aus der Sicht der Eltern - doch "ständig am Ball bleiben" und "alle Beziehungen spielen lassen" müßte (22). Christinas Mutter beklagt die Passivität der Tochter: "Wenn sie sich mehr bemühen würde! Aber sie ist so lasch. Läßt sich alles vor der Nase wegschnappen (...) Ich hab mich für sie umsehen müssen." (21) Christina läßt die Erwachsenen agieren und registriert verwundert, verständnislos und befremdet deren Eifer, verhält sich mehr als Zuschauer denn als Akteur. So zum Beispiel im Gespräch mit einem Versicherungsvertreter und den Eltern über den Beruf des Versicherungskaufmanns:

> "Ich blicke auf meinen Vater. Er hört Herrn Fuchs (Versicherungsvertreter) eifrig zu, nickt zustimmend, als ob ihn selbst das alles beträfe. Herr Fuchs überschlägt sich fast, um die Vorzüge einer Ausbildung in der Versicherungssparte darzustellen."(22)

In dieser ersten von Passivität geprägten Phase der Erzählung fühlt die Heldin sich am wohlsten, wenn sie sich "treiben lassen" kann (87) - wie in der Ferienwoche an der Nordsee, die sie deshalb sehr genießt. "So richtig zufrieden" ist Christina, wenn sie mit Willi in der Sonne liegt und ein Gefühl hat, "als ob es nie mehr etwas in (ihrem) Leben zu tun gäbe." (77) Von Willi nach ihrer Lieblingsbeschäftigung gefragt, antwortet Christina: "Sitzen und träumen und zuschauen. Das ist alles, was ich möchte. (...) ja, das kann ich den ganzen Tag lang." (79). Sie träumt gern vom Fujiyama oder vom Meer, möchte aber in Wirklichkeit all das Erträumte gar nicht erleben aus Angst vor Enttäuschungen ("Vielleicht ist in Wirklichkeit alles ganz anders als in meinen Träumen" (79)) und Fehlentscheidungen: "Ich lasse lieber alles laufen (...). Dann passiert am wenigsten." (84)

Es schien mir von Interesse festzustellen, wie sich diese durchgängige *Passivität* der Heldin in der ersten Erzählphase *auf die Formgebung niedergeschlagen* hat. Wie wirkt sich die Lethargie der Heldin auf die Erzählbreite aus, und auf welchem Raum werden im Vergleich dazu die darauffolgenden Abschnitte des Buches erzählerisch bewältigt?

Zuerst fällt auf, daß der in neun Abschnitte untergliederte Roman in zwei große Phasen und ein Übergangskapitel zerfällt, und zwar von der "erzählten Zeit" wie auch vom Inhalt her. Die erste Phase der Erzählung, bestehend aus den Abschnitten 1 bis 5, deckt die Wochen vor der Ferienzeit und diese selbst ab und ist geprägt von der Passivität, der die Heldin verhaftet bleibt. Zwischen dieser ersten und der zweiten Phase steht der lange, das dreitägige Amsterdam-Abenteuer und die entscheidende Wende beinhaltende sechste Erzählabschnitt. Und der Rest der Erzählung schließlich, die Abschnitte 7 bis 9, bildet die zweite, sogenannte aktive Phase der Erzählung.

Wenn man die Länge der erfaßten Zeiträume ("erzählte Zeit") und die ihnen jeweils in der Erzählung gewidmete Ausführlichkeit ("Erzählzeit") in Phase eins und zwei miteinander vergleicht, ergibt sich ein gravierender Unterschied: Während die "Erzählzeit" der eigentlich aktiven Phase nur 50 Seiten beträgt und darin eine "erzählte Zeit" von einem ganzen Schuljahr einfängt, ist die erste, passive Erzählphase ganz auffällig breiter angelegt. Nur etwa zehn Wochen "erzählte Zeit" werden hier auf 106 Seiten "Erzählzeit" dargestellt. Damit unterstreicht das Erzähltempo vortrefflich Verhalten und Lebensgefühl der Heldin. Das lange und als quälend empfundene, zögernde Verharren in Passivität schlägt sich in einer entsprechend breiten, Länge, Verharren und Zuständlichkeit ausdrückenden Erzählweise der ersten Phase nieder (vgl. auch oben), während die von Aktivität, Kurzweil und Entschlußfreude geprägte zweite Phase auch in wesentlich rascherem Tempo erzählt wird.

e) Kompensation durch Phantasie

Das bisher beschriebene Verhalten der Heldin bezüglich ihrer

Berufswahl ist nicht realitätsgerecht, ermöglicht keinerlei Verbesserung ihrer Situation. Sie erträgt diesen unbefriedigenden Zustand, indem sie auch hier ihre altbewährten Mechanismen einsetzt: Unbehagen und Enttäuschungen, Mißerfolge und Unzulänglichkeiten sucht sie durch Flucht aus der Realität zu vergessen und durch Ersinnen angenehmer Phantasien zu kompensieren. Trotz aller Probleme, die sie mit ihrer Berufswahl hat, kann sie sich, zumindest vorübergehend, immer wieder ablenken, trösten, ja glücklich fühlen, zum einen durch einfaches Hinausgleiten aus der sorgenvollen Realität in einen gedanken- und zeitlosen Glückszustand, zum anderen durch Ersinnen bunter Abenteuer.

Bei Christinas Flucht aus der enttäuschenden Realität helfen ihr Alleinsein, Im-Bett-Liegen, Musikhören, Radfahren, Zugfahren, Wind und kühle Luft. Sowohl nach den unverständlichen und unergiebigen berufsbezogenen Vorträgen in der Schule (12) als auch nach einem ergebnislosen Gespräch mit ihrem Vater über die anstehende Berufswahl (16) vertreibt das Herumsausen mit dem Fahrrad das Unbehagen der Heldin.

> "Mit dem Rad fahr ich nach Hause (...). Ich rede kein Wort. Innendrin bin ich irrsinnig glücklich (12). Ich lasse den Wind um meine Stirn wehen, es vertreibt auch meine Gedanken. Ich bin ganz sorgenlos." (16)

Und nach der lustlosen Teilnahme am ungeliebten Stenographie- und Schreibmaschinenkurs kann Christina auf dem Heimweg, ganz allein mit sich selbst, dem Abendhimmel, der kühlen Luft und ihrem Fahrrad in Sorg- und Schwerelosigkeit hinübergleiten:

> "Ich halte mein Rad an, steige ab. Das Rad schiebe ich. Es wird noch stiller. Der Himmel ist blaudunkel. Ich mag diese kühle Luft. Alles wird einfach. Wenn ich allein bin und so gedankenlos, werde ich glücklich. Ich merke richtig in mir, wie das Glück in meiner Mitte sitzt"(32).

Auch auf der Zugfahrt zur Tante nach Cuxhaven stellt sich schnell das angenehme Vergessen der ungelösten Probleme ein:

> "Wieder falle ich in diesen Halbschlaf, in einen zeitlosen Zwischenzustand. Es wird alles unwichtig, mein Zuhause, die Schule hinter mir, die Zukunft. Träume drängen sich auf (...). Es ist Sommer draußen, und ich bin heiter." (65)

Ein weiterer wichtiger Katalysator für Christinas Hinausgleiten aus der Realität ist Musik. So träumt sie mit Musik, nachdem sie erste Ablehnungsbescheide auf ihre Bewerbungsschreiben erhalten hat (51), wie auch nach späteren enttäuschenden Vorstellungsgesprächen (105); sie berauscht sich geradezu an den Melodien und romantischen Texten:

> "Ich lege mich auf mein Bett, höre Musik (...) Ich höre Leonhard Cohen. Es rauscht in meinem Kopf. 'Like a bird on a wire.' Ich halte das Radio dicht an mein Gesicht, so daß mein Kopf vibriert (...). Ich singe mit (51). Oben lege ich mich auf mein Bett. Ich schiebe die Kassette in den Recorder. Laß mich mit Musik vollaufen" (105).

Vielfach gelingt es der Heldin in abenteuerlichen Traumphantasien Trost und Ausgleich zu finden, so z.B. nach dem enttäuschenden berufsbezogenen Gespräch mit dem Vater:

> "Ich rase mit dem Rad den Bordstein hinunter, den Bordstein herauf. Ich flüchte vor den Schüssen der Verfolger oder den Fluten der überschwemmenden Flüsse (...) Ich bin ein asiatisches Flüchtlingsmädchen." (20)

Auf das Gespräch mit dem Versicherungsvertreter reagiert die Heldin mit Flucht in "schöne Gedanken". Sie zieht sich frühzeitig in ihr Bett zurück und setzt den in der Realität bisher erhaltenen, allesamt unergiebigen und wenig ansprechenden Informationen ihren Traum von einem aufregenden Berufsleben entgegen: sie versetzt sich in die Rolle einer weltberühmten Fotographin, die für ihr Gesamtwerk ausgezeichnet wird (26). Und nachdem die Heldin unfreiwillig ein Dutzend Bewerbungen mit Lebenslauf verfaßt hat, in denen sie einschlägige Interessen heucheln muß, stellt sie sich vor, was sie eigentlich hätte schreiben müssen: "Am liebsten träume ich. Vom Regenwetter, von Erdbeerpudding, vom Hinausschauen auf die Straße." (49) Anstatt um einen Ausbildungsplatz, würde sie sich lieber um die Teilnahme an einem Flug zum Fujiyama bewerben (49).

Wie stark Christina von ihren Traumvorstellungen beherrscht werden kann, zeigt die Episode mit der Landhausjacke, die sie in einem Kaufhaus entdeckt und nun unbedingt besitzen will. "Es ist eine Traumjacke (...). Ich könnt mir vorstellen, daß ich mein Lebtag lang nichts anderes mehr möchte als diese Jakke. Und wenn ich sie klauen müßte." (53) Der Grund für die ungewöhnliche Intensität ihres Wunsches liegt darin, daß Christina mit dem Besitz der Landhausjacke den Traum verbindet, einst auch das dazugehörige Landhaus am Waldrand zu erwerben. Bei der zweiten Anprobe des begehrten Kleidungsstückes sieht Christina ihr Landhaus wieder deutlich vor sich:

> "Ich schließe die Augen, höre die Blätter des nahen Waldrandes rauschen, auch ein See plätschert an das grasbewachsene Ufer, der leichte Schlag eines Holzruders auf Kieselsteinen." (55)

Und weil sich Christinas Mutter entschieden weigert, ihrer Tochter diese Jacke zu kaufen, wird diese erstmals selbst aktiv: Um sich die erste Etappe ihres Wunschtraumes zu erfüllen, sucht sie sich einen Ferienjob und kauft sich schließlich mit ihrem ersten selbstverdienten Geld die ersehnte Jacke. Am selben Abend schwebt sie vor dem Einschlafen in Gedanken auf ihr Landhaus zu, in dem das Kaminfeuer knistert (59).

f) Flucht in die Partnerschaft

Erste Kontakte mit dem anderen Geschlecht eröffnen der Heldin eine neue Variante der Fluchtmöglichkeit aus ihrer schwierigen Situation. Sie unterliegt von ihrer ersten Tanzstunde an immer wieder der Versuchung, ihren Konflikt durch Flucht in eine romantisch verklärte Beziehung zu einem jungen Mann zu "lösen". Den Lebensbereich "Beruf" hintanstellend, würde sie nur allzugern in den Armen eines jungen Mannes alles Ungemach vergessen.

Der erste große 'Schwarm' der Heldin ist Engelbert, eine Tanzstundenbekanntschaft. Die im Umgang mit dem anderen Geschlecht ganz und gar unerfahrene Christina ("Immer waren wir nur Mädchen in der Klasse. Auch den Konfirmandenunterricht gab es getrennt von den Jungen" (34)), die die ersten direkten Kontakte mit Jungen im Tanzkurs entsprechend aufgeregt und qualvoll verunsichert erlebt ("Ich habe einen Kloß im Hals. Es ist wie Fieber. Ich denke, ich überlebe diesen Tag nicht" (34)), verliebt sich Hals über Kopf in Engelbert und seine traurigen braunen Augen. Rasch vergißt sie ihre Umgebung; auf dem Heimweg merkt sie "Keinen Wind, keinen Verkehr, rein gar nichts" (40). Mit Sehnsucht erwartet Christina die nächste Tanzstunde. Sie sieht "nur noch Engelbert" (40), steckt "wie in einem dicken, rosa Pudding", bekommt von der Schule nichts mehr mit, denkt gar nicht daran, sich um einen Ausbildungsplatz zu bemühen, und sie findet: "Die Welt ist schon in Ordnung." (41) Anscheinend bringt Engelbert, der von Christinas Gefühlen nichts mitgeteilt bekommt, ihr nicht dieselben Gefühle entgegen und kommt nicht zum Abschlußball. So verliert die Heldin ihn, bitter enttäuscht (45), wieder aus den Augen. Aus der Zeitung erfährt sie, daß Engelbert auf einer Klassenfahrt in London ist. Und während Christina Bewerbungsschreiben abfassen muß, wandern ihre Gedanken zu dem, was sie einzig im Moment interessiert, zu Engelbert. Viel lieber als um einen Ausbildungsplatz würde sie sich um eine Reise nach London bewerben. Sie träumt:

> "Mir ist bekannt geworden, daß Sie nach Großbritannien fahren. Ich möchte mit. Ich stelle mich auf den Trafalgar Square in London (...) und warte auf jemanden mit braunen Augen. 'Hallo', sage ich. 'Hier bin ich.' Und Engelbert lacht mich an." (49)

Und nach dem Steno- und Schreibmaschinenkurs, an dem sie teilnehmen muß, fährt sie am Bahnhof vorbei, in der vagen Hoffnung, dort Engelbert zu treffen: "Vielleicht kommt ein Zug aus England. Gerade jetzt." (50)

Der nächste junge Mann, von dem Christina schwärmt, ist Günther, den sie während ihrer Ferienarbeit in einer Nudelfabrik kennenlernt. Sie steht am Fließband und verrichtet monotone Arbeit; bald werden ihr die ewig gleichen Handgriffe unerträglich langweilig. Sie beginnt, die Stunden, ja die Minuten zu zählen (57), bis am dritten Tag der Bürolehrling Günther auftaucht und "sein unbekümmertes Lächeln ausstrahlt" (58). Er ist "ein Bild von einem Jungen mit dunklen Locken und blaßblauen Augen". Wie bei Engelbert genügt auch hier ein Lächeln, ein Blick - und Christina ist "entflammt":

> "Ich warte von Tag zu Tag auf die Zeit nach der Viertelstundenpause (Zeitpunkt, zu dem Günther kommt), vergesse das Zählen der Tüten, entdecke, daß die Nudelpackerei unabhängig von meinen Gedanken geschehen kann, entwickele eine Art inneres Eigenleben, das mit meinem äußeren Dasein nichts zu tun hat. Die Arbeit belastet mich nicht, die Gespräche der Frauen dringen nicht zu mir, ich habe den Acht-Stunden-Tag abgeschaltet. Und

> auch wenn ich nach Hause fahre, das Abendbrot esse, noch letzte Wachgedanken vor dem Einschlafen habe, bin ich in einer für andere unerreichbaren Welt. Da gehe ich mit Günther durch die Stadt und den seit frühhen Kindheitstagen nicht mehr besuchten Botanischen Garten, und wir erzählen uns alles, alles, was wir bisher erlebt haben, was wir denken, ganz insgeheim bei uns, und was keiner je gehört hat. Ich freue mich auf den Abend, gehe freiwillig früh zu Bett." (58)

Während die Heldin in Wirklichkeit mit Günther gar nicht ins Gespräch kommt, durchlebt sie in ihrer Phantasie eine traute Zweisamkeit, "schwebt mit (ihren) Gedanken, wohin (sie) will" und vergißt darüber die unbefriedigende Realität, ist "ausgeglichen, heiter." (59) Umso unerträglicher ist ihr dann die zweite und letzte Woche in der Fabrik, als die süßen Träume ausbleiben, die Gefühle zu Günther so stark geworden sind, daß sein Erscheinen sie maßlos verwirrt und bedrückt (59). Auf einer Party trifft Christina Günther zufällig wieder. Es kommt zu einem kurzen, unbedeutenden Gespräch, und er schenkt ihr eine Donald-Duck-Figur, die er auf der von allen Partygästen gemeinsam besuchten Kirmes geschossen hat. Da stellen sich die Träume von einer beglückenden Zweisamkeit mit Günther wieder ein:

> "Ich schließe die Augen und presse Donald Duck fest an mein Kinn. Warme Wellen füllen meinen Bauch aus, daß ich denke, ich müsse vor lauter Süße sterben. Ich schwebe durch das Dämmerlicht, über die Kirmes, über die Stadt, und Donald Duck bekommt blaßblaue Augen und dunkle Locken. Ich werd mein Leben lang lächeln, denke ich, fasse i h n bei der Hand. Wir laufen auf das Landhaus zu, in dem es das wärmende Kaminfeuer gibt, und er streicht über meinen Knick im Haar, immer und immer wieder, bis wir den Lärm der Stadt nicht mehr hören (...) und es gar nichts mehr gibt, nur uns beide." (63)

Noch ein drittes Mal versucht Christina, sich in ein alles Ungemach vergessenmachendes Liebesglück zu flüchten, und zwar mit Willi, mit dem sie schöne Tage während der Ferienwoche bei einer Tante an der Nordsee verbringt. Mit ihm spricht Christina häufig und freiwillig von sich aus über ihre berufliche Zukunft. Sie gesteht ihm ihre totale Ratlosigkeit ein (69) und ihre Angst vor dem Erwachsenwerden (83). Sie hat in Willi offensichtlich erstmals jemanden gefunden, mit dem sie offen reden kann, auch über Dinge, für die die Eltern kein Verständnis aufbringen (Angst vor Reglementiertwerden im Arbeitsleben (88); Hang zum Träumen (79)). Willis Anteilnahme und ehrliches Interesse an ihrer Zukunft macht sie froh (94). Trotz des ganz langsam erwachenden Problembewußtseins genießt Christina vor allem die Unbeschwertheit dieser Ferienwoche. Sie faßt rasch Zuneigung zu Willi ("Ja, an Willi könnte ich mich gewöhnen" (72)), doch spielen dabei weder schöne braune Augen (Engelbert) eine Rolle noch die Tatsache, daß er "ein Bild von einem Jungen" ist (Günther). Im Gegenteil: Willis Aussehen fasziniert sie gar nicht. Das erste, was sie an ihm nüchtern registriert, sind seine Pikkel - und die kann sie normalerweise nicht ausstehen. Was Christina an Willi schätzt - auch wenn sie sich kritisch dazu äußert (74 f) - ist seine ruhige, ausgeglichene, entschlossene Art (86), seine Einstellung zum Leben, seine Kenntnisse, sein Mal- und Basteltalent (78). Darin kommt zum Ausdruck, daß die Heldin das Stadium der rein schwärmerischen, sich nur an Äußerlichkeiten festmachenden Gefühle überwunden hat.

Christina verbringt eine schöne Zeit mit Willi. Aufmerksam registriert sie erste Körperkontakte und genießt sie (Zusammenrücken am Dachbodenfester (68); Berühren der Hände (90); erster Kuß (94)). Sie mag Willi gern (91) und findet es "so schön" mit ihm (96). Als dieser sich ihr schließlich entzieht, ihr einen Abschiedskuß verweigert (96), ist sie bitter enttäuscht und wütend, weil sie nicht versteht, "warum er sich nicht einfach gehen läßt, fallen läßt, heute und jetzt." (97) Sie hätte allzugern ihren Gefühlen nachgegeben, die einen "abheben" lassen, alles vergessen lassen, eben auch und vor allem die Sorgen um die unsichere berufliche Zukunft. "Ach, Willi hatte Angst", denkt sie rückblickend, "Ich hätte so gern alles vergessen, alles, alles Drumherum." (104)

Zusammenfassend läßt sich die Protagonistin an Hand der ersten fünf Abschnitte des Romans wie folgt charakterisieren: Zu beobachten ist eine ausgeprägt illusionistische Lebenshaltung. Die Heldin lebt in einer Traumwelt. Zur Wirklichkeit hat sie keinen sinnvollen Bezug. Sie ist unzufrieden mit ihrem Leben, findet es höchst banal und langweilig, unternimmt jedoch - Auseinandersetzungen scheuend - nichts, um es zu verändern. Sie wartet vielmehr ab und hofft insgeheim auf eine wunderbare Schicksalsfügung ("Prinzeneinstellung"). Ein solch realitätsunangemessenes, passives Verhalten löst ihre Probleme nicht. Sie verdrängt sie und gleicht ihre Unzufriedenheit durch verstärkte Phantasieaktivität aus.

Meine Ausführungen (b) - f)) sollten belegen, daß diese Lebenseinstellung auch das Verhalten der Protagonistin in bezug auf ihren Beruf stark prägt. Sie besitzt keinerlei sinnvolle berufliche Orientierung; sie zeigt kein wirkliches Interesse an diesem Aspekt ihres Lebens, der bisher auch eine untergeordnete bzw. keine Rolle gespielt hat. Deshalb reagiert sie auf den Zwang, sich damit auseinanderzusetzen, ausweichend. Sie entzieht sich ihrem Problem durch Abgleiten in Traumwelten, durch Ersinnen bunter Abenteuer und durch wiederholte Versuche, sich in eine Partnerschaft zu flüchten.

Sowohl *"Prinzenhaltung"* und die damit eng zusammenhängende *berufliche Orientierungslosigkeit* als auch Konfliktvermeidung, Passivität und verstärkte kompensatorische Phantasietätigkeit gelten als *typisch weibliche* Verhaltensmuster. Wem ist sie nicht aus eigener Erfahrung und/oder Beobachtung zur Genüge bekannt, jene ganz und gar weibliche Tendenz, alles Glück von einer großen Schicksalsfügung zu erhoffen? Viele Mädchen erwarten ihre Erfüllung von einer einzigartigen, großen, dauerhaften Liebesbeziehung zu einem Mann. Andere Bereiche des Lebens, wie Bildung, Ausbildung, berufliches Fortkommen und eigenständige Entwicklung, werden nur allzu gerne dieser mit Sehnsucht erwarteten oder bereits bestehenden großen Liebe untergeordnet. So entsteht eine oftmals totale Abhängigkeit der Frau von einem finanzkräftigeren, gesellschaftlich einflußreicheren Mann.

Diese antiemanzipatorische Lebensorientierung ist den Frauen keineswegs angeboren; sie ist *weitgehend gesellschaftlich "erlernt"*. Was Simone de Beauvoir 1949 behauptet hat, stimmt auch heute noch: Alles ermutigt das junge Mädchen dazu, lieber von einem "Märchenprinzen Glück und Glanz zu erwarten, als den höchst unsicheren und schwierigen Versuch zu machen, aus eigener Kraft dazu zu gelangen" (Beauvoir 1975). Die "Prinzenhaltung" wird in unserer Gesellschaft allerorts bestätigt und stimuliert. Besonders stark wirken Schlager, Werbung, bestimmte Zeitschriften, Heftchenliteratur sowie traditionelle Mädchen- und Frauenromane in diesem Sinn auf das Mädchen ein. Tausende Varianten von Dornröschen werden da durchgespielt. So ist es nicht verwunderlich, daß die "Prinzenhaltung" auch heute noch weit verbreitet ist - auch 15 Jahre Frauenbewegung haben daran wenig geändert. Sie ist sogar seit einiger Zeit, bedingt durch wirtschaftliche Rezession und ansteigende weibliche Arbeitslosigkeit, im Begriff, wieder zuzunehmen (Vgl. THEORET. TEIL I.).

Auch verstärkte *kompensatorische Phantasietätigkeit* ist eine typisch weibliche Lebensäußerung. Nur allzu häufig ist zu beobachten, daß Frauen auf ihre unbefriedigende Lebenssituation eher mit Resignation und Rückzug als mit zupackendem, veränderndem, kämpferisch-aktivem Verhalten reagieren. Die dadurch entstehende Unzufriedenheit wird dann durch verstärkte Phantasietätigkeit kompensiert. Die Ursachen dieses Verhaltens liegen aber mitnichten in der vorgeblich natürlichen Passivität der Frau, oder in einem ihr angeborenen Hang zum Träumen, sondern in der gesellschaftlichen Stellung der Frau, die geprägt ist von Benachteiligung, Unterordnung, Diskriminierung und Ohnmacht. Frauen haben meistens weder den Mut, dagegen anzukämpfen (ökonomische Abhängigkeit vom Ehemann und/oder Arbeitgeber), noch haben sie die Kraft - der auslaugende Alltag einer (doppelbelasteten) Mutter sorgt dafür. Häufig resignieren sie, finden sich mit ihrer gesellschaftlich weniger geachteten Rolle ab, ziehen sich zurück und verschaffen sich einen gewissen Ausgleich, indem sie in eine schöne, beglükkende Traumwelt flüchten. Massenmedien und (Trivial-) Literatur halten ein reiches Angebot an eskapistischen, störungsfreies An- und Einpassen fördernden Inhalten, speziell für die Frau, bereit, falls ihre eigene "Traumfabrik" nicht effektiv genug funktioniert. Und in der Tat zeigen Frauen ein starkes Interesse an solcher Lektüre -, wie sonst wären die konstanten Verkaufserfolge traditioneller Frauenbücher und Heftchenromane zu erklären?

2. Geschlechtsrollenerziehung der Protagonistin

Wenn nun das "typisch Weibliche" an Christinas Verhalten als gesellschaftlich bedingt zu werten ist, dürfte der Text es nicht als in der Persönlichkeit der Heldin begründet darstellen. Das realitätsunangemessene Verhalten der Heldin, ihre Unentschlossenheit, Hilflosigkeit und Passivität bezüglich ihrer Berufswahl dürfte sich dem Leser nicht als rein persönliches Versagen aufgrund angeborener Schwäche oder mangelnder Intelligenz darstellen, wie dies im traditionellen Mädchenbuch häufig geschieht. Der Text müßte über Entstehungsbedingungen und Einflußfaktoren der beschriebenen Verhaltensweisen Aufschluß geben, sie als notwendige Folge einer typisch weiblichen Sozialisation, in der der Beruf eine nur untergeordnete Bedeutung hat, erkennen lassen. Wie hält es Dagmar Chidolue damit? Nirgends befindet sich eine Behauptung, dies alles sei der Heldin angeboren, auch keine Darstellung, die es nahelegt. Der Leser kann der Erzählung vielmehr wichtige, für Christinas unangemessenes Verhalten verantwortliche Sozialisationsfaktoren entnehmen. Die im Text verstreuten Hinweise auf die geschlechtsspezifische Sozialisation der Heldin in Elternhaus und Schule habe ich systematisch geordnet und ausgewertet.

a) In der Familie:

Das elterliche Vorbild ist ein gewichtiger Faktor bei der Aneignung der Geschlechterrolle im allgemeinen und bei der Entwicklung beruflicher Orientierung im besonderen. Denn Mädchen und Jungen erlernen ihre Geschlechtsrolle zu einem erheblichen Teil durch Imitation und Identifikation mit der Mutter/dem Vater. Deshalb die Fragestellung: Welches Vorbild geben Christinas Eltern ab? Leben sie die klassische familiale Funktionsaufteilung des Patriarchats oder geben sie ein von der traditionellen Rollenverteilung abweichendes Vorbild?

Den ersten Hinweis darauf, daß der *Vater* die wichtigere, mächtigere Person der beiden Ehepartner ist, liefert schon die erste Aussage der Erzählerin über ihre Eltern: zuerst wird die

Funktion des Vaters umrissen. Ich halte mich an diese aufschlußreiche Reihenfolge. Der "Vater verdient das Geld, fährt morgens mit dem Auto ins Büro" (5) einer Speditionsfirma in der Stadt (9), wo er als Speditionskaufmann arbeitet (14 f). Er weiß über kaufmännische und technische Fragen Bescheid (25 f). Das Auto fällt in seinen Zuständigkeitsbereich (25). Abends kommt er nach Hause und genießt seinen Feierabend. Er läßt sich von seiner Frau mit gutem Essen verwöhnen (5), setzt sich ins Wohnzimmer, wo er seine Zeitung liest (15, 60) oder fernsieht, vorzugsweise Nachrichten (5) und Sportsendungen (27), oder er geht zum Skatabend mit Kollegen (40).

Im Haushalt rührt er keinen Finger, läßt sich von seiner Frau bedienen. Er wird von ihr mit Nahrung und Kleidung voll eingedeckt. Das geht so weit, daß er sich nicht einmal seine Schuhe selbst kauft (27) und daß seine Frau ihm alles bereitlegt, was er essen und anziehen will. Die Frühstücksbrote werden ihm geschmiert, der Kaffee umgerührt (145), die Socken herausgesucht (156). Kein Wunder, daß er mit dieser Funktionsaufteilung zufrieden ist: "Ich sorge für sie, und sie sorgt für mich. Wir sind sehr zufrieden mit unserem Leben." (156)

Die Erziehung der Tochter überläßt er ebenfalls vollständig seiner Frau. Seine Zeitung (15 f), die Acht-Uhr-Nachrichten (22), sein Essen (195, 143) und sein Skatabend (143) sind ihm in der Regel wichtiger als die Beschäftigung mit seiner Tochter. "Du hast dich ja nie um sie gekümmert", wirft ihm die Mutter in einer Auseinandersetzung vor (193). Auch die Tochter beklagt, daß er sich an ihrer Erziehung nicht beteiligt habe (142). Lediglich die Unterschriftsleistung auf dem Zeugnis war sein Beitrag zur Erziehung seiner Tochter.

Christinas *Mutter* "besorgt den Haushalt, das ist das Haus innen und außen, und den Garten. Zum Haushalt gehört auch das Einkaufen, das sie mit dem Fahrrad erledigt, und das Kochen. Abends klagt sie über die Arbeit." (5) Sie verwöhnt und bedient sowohl den Vater als auch die Tochter, der sie vor der Schule das Fahrrad aus dem Keller schleppt und die Schulbrote in die Tasche steckt (6). Beim Frühstück "rennt (sie) ständig zwischen Küche und Eßecke hin und her, um (Ehemann und Tochter) zu bedienen." (9) Kein Wunder, daß sie kaum Zeit für andere Dinge als Haus- und Erziehungsarbeit hat (156) und wohl nicht so zufrieden ist wie ihr Mann mit der familialen Arbeitsteilung. Sie klagt im Gegensatz zu ihrem Mann über große Arbeitsbelastung. Und der Behauptung ihres Mannes: "Sie ist zufrieden (...) Ich sorge für sie und sie sorgt für mich", stimmt sie nicht zu, äußert aber auch keine gegenteilige Ansicht.

Die Erziehung der Tochter liegt allein in ihren Händen. "Ich werde gut erzogen, man sorgt für mich, man hegt mich, man pflegt mich" (20), sagt Christina von sich. Und diese Erziehungsarbeit leistet allein die Mutter:

> "Zehn Jahre lang hat mein Vater stumm meine Zeugnisse unterschrieben, er brauchte sich um nichts anderes, was mich betrifft, zu kümmern. Nur die Unterschrift als gesetzlicher Vertreter hatte er zu leisten, bei den Zeugnissen (...), das hat meine Mutter als Erziehungsrecht an ihn abgetreten." (21)

Viele Jahre ihres Lebens kreiste ihr gesamtes Sinnen und Trachten um ihr Kind, und wie die meisten Mütter in vergleichbarer Situation, erzählt sie mit Vorliebe von ihrem Kind, v. a. Geschichten aus der Baby- und Kleinkindzeit (13). Während der Vater sich nie um Christina gekümmert hat und sich auch in der aktuellen Krisensituation eher passiv verhält, versucht die Mutter redlich, der Tochter praktische Hilfestellung zu geben. Sie tut, was in ihrer Kraft steht, um Christina zu einer Berufsausbildung zu verhelfen (46 ff, 99 ff). Der für den beruflichen Bereich Zuständige in der Familie, der Vater, ist eher zurückhaltend, beschränkt sich auf gute Ratschläge, abstrakte und pauschale Darstellungen, kluge Bemerkungen (13,16).

Von beruflichen Dingen versteht die Mutter wenig. Der Kompetente auf diesem Gebiet ist eindeutig ihr Mann, der einen, ihrer Meinung nach interessanten Beruf ausübt. Sie selbst war zwar vorübergehend, wahrscheinlich bis zu Christinas Geburt oder nur bis zur Eheschließung "zur Überbrückung", berufstätig. Vermutlich verrichtete sie in der Speditionsfirma, in der auch ihr Mann angestellt ist, irgendwelche subalternen

Büroarbeiten. Diese Interpretation jedenfalls legt der einzige dafür relevante Textausschnitt nahe, in dem die Mutter versucht, die Tochter über die Arbeiten im Speditionsbüro zu informieren:

> "Interessant ist es, die Ware geht in alle Welt, sie kommt aus aller Welt. Er (der Vater) weiß, was er damit machen muß (...) Es ist nicht einfach, ich habe es gesehen, als ich damals dort gearbeitet habe. Rechnen kann er, der Papa (...) Interessant ist es. Erklär es ihr doch." (15 f)

Auch von technischen Dingen versteht Mutter Hegewald nichts. Wenn der Vater sich ein neues Auto kauft, darf sie lediglich die Farbe aussuchen (25).
Im Gegensatz zu ihrem Mann zeigt sie kein Interesse an der Öffentlichkeit, an Nachrichten. Lediglich Spielfilme locken sie vor das Fernsehgerät. Die Nachrichten sieht sie häufig nicht an, denn: "Sie bringen ja doch nur schlechte Nachrichten" (5 f).

Nun ist nicht allein das Vorbild der Eltern entscheidend bei der Herausbildung der Geschlechtsrolle junger Menschen, sondern auch die Vorstellungen und die Erwartungshaltung sowie die erzieherischen Eingriffe der Eltern. In welche Richtung sie bei Hegewalds zielen, interessiert nun. Wird Christina auf ein Dasein als Hausfrau und Mutter mit eventueller zeitweiliger, aber untergeordneter Berufstätigkeit vorbereitet, und spielt daher die Partnersuche und -wahl eine übergeordnete Rolle? Oder wird Christina im Gegenteil auf eine qualifizierte Berufstätigkeit und einen eigenständigen Lebensweg vorbereitet? Befragen wir wieder systematisch den Text.

Ein unumstößlicher Grundsatz bei der traditionellen Erziehung eines "richtigen" Mädchens lautet: *Ein Mädchen muß auf sein Äußeres achten.* Dazu gehört ordentliche, adrette (gelegentlich auch kokette, dezent verführerische) Kleidung genauso wie peinlich genaue Körperhygiene und -pflege. Diesen Grundsatz hat Christinas Mutter voll verinnerlicht und wendet ihn bei der Erziehung ihrer Tochter an. Schon früh werden die Mädchen in das mit viel Sorgfalt und Aufwand betriebene weibliche Geschäft des Kleiderkaufens eingeweiht. "Zum Schaufensterbummel nehmen die Mütter ihre Töchter mit." (28) Auch Christinas Mutter verhält sich so. Bei wichtigen Anlässen achtet sie besonders streng auf ordentliche Kleidung und gepflegte Erscheinung der Tochter. So rät sie ihr, zu einem Vorstellungsgespräch "keine Hosen (...) und kein Folklorekleid" anzuziehen, sondern einen grauen Flanellrock (99). Und vor der Tochter Kurzreise nach Amsterdam ist sie sehr um deren Sauberkeit besorgt (108). Als diese dann nach drei Tagen ungewaschen und unordentlich gekleidet heimkehrt, trübt der Schock über Christinas ungepflegtes Aussehen sogar die Wiedersehensfreude (141).

Es gibt auch einige Textpassagen, die aufzeigen, daß die Mutter dem gepflegten Äußeren der Tochter v.a. bei der Begegnung mit dem anderen Geschlecht große Bedeutung beimißt. Und an einigen Stellen wird darüber hinaus deutlich, welche Funktion das vorteilhafte Äußere des Mädchens haben soll: Es soll ankommen und die Chancen bei der Partnerfindung verbessern. Vor Christinas erster Tanzstunde, also enger Berührung mit dem anderen Geschlecht, erklärt die Mutter:

> "Es ist sehr wichtig, daß du sauber bist (...) Ich kann dir auch die Ohren mit Glyzerin saubermachen. Damit du ganz sicher bist. Hast du deine Achseln gewaschen?" (34)

Und zum Abschlußball putzt die Mutter ihre Tochter heraus, ein bißchen wie zur "Brautschau". Sie kauft ihr ein neues, "zauberhaftes" Kleid (43), borgt ihr eine Handtasche, schenkt ihr zum ersten Mal Kölnischwasser (44) und stilisiert die Tochter zur wichtigen Person. "Aufgeregt und strahlend" beobachten die Eltern dann auf dem Fest ihre Sprößlinge beim Tanz mit den jungen Männern (44). Nach dem Ball äußert die Mutter beglückt ihr Entzücken über Christinas gutes Aussehen beim Tanzen und ihren Tanzpartner ("ein schöner junger Mann"; "und wie du rauskamst, dann unter den hochgehobenen Armen hindurch, also, das war schon ein Bild. Werd ich mein Lebtag nicht vergessen." (45))Bei der Vorstellung, daß Christina zum alljährlichen Betriebsfest mitkommt, gerät die Mutter ins Schwärmen. Um Christina auch dafür zu begeistern, versichert sie ihr, daß "die jungen Männer aus der Firma" sich um sie "reißen" würden und daß sie für dieses Fest auch ein neues Kleid bekäme (33). Selbst schön sein und einen (schönen) Partner finden gehören zusammen für Christinas Mutter und sind die der Tochter vermittelten erstrebenswerten Ziele. Christina kennt die Erwartungshaltung der Eltern: *"daß ich einen anständigen Freund ins Haus bringe"*,"das erwarten sie von mir." (31(Hervorhebung B.P.))

Wie steht es mit der Vorbereitung auf die *Hausfrauenrolle?* Normalerweise scheint Christina wenig im Haushalt helfen zu müssen. Die Mutter erledigt sämtliche Arbeiten für die Familie allein. Zwei Hinweise finden sich aber doch darauf, daß die Eltern Christinas Mitarbeit im Haushalt gerne sehen. So wird sie, als sie in den Ferien unbeschäftigt ist, aufgefordert, der Mutter bei der Gartenarbeit, beim Kochen und beim Einkaufen zu helfen (105,107). Und als Christina sich nach einer entscheidenden Auseinandersetzung mit den Eltern "möglichst unauffällig" - also wohl den Erwartungen der Eltern gemäß - benehmen will, hilft sie der Mutter unaufgefordert beim Tischabräumen und beim Abwaschen (157). Daß der Vater seine Tochter gern in der Rolle der Hausfrau sehen würde, offenbart sich, als er Christina, die Abitur machen und anschließend studieren will, den Rat erteilt, sie solle sich doch in die Rolle der dienenden Hausfrau fügen und dem Ehemann "zur Seite stehen" (177).

Wie stellen sich nun die Eltern zur *Berufsrolle* ihrer Tochter? Christinas Vater vertritt ganz unverblümt die traditionelle Auffassung, nach der die Berufswahl für das Mädchen zweitrangig ist und der weiblichen Berufstätigkeit lediglich eine Lückenbüßerfunktion bis zur Heirat zukommt. Nach der Heirat kann ein Beruf von Nutzen sein, zum "Dazuverdienen",zum "Einspringen" bzw. in Notfällen, falls der Ehemann zu wenig oder gar nichts verdient, stirbt oder sich scheiden läßt. Vater Hegewald sagt zu seiner Tochter: "Ein paar Jahre mußt du schon damit (Berufstätigkeit) zubringen (...) bis du heiratest. Und auch später zum Einspringen." (14) Lebenslängliche weibliche

Berufstätigkeit scheint für ihn eine Ungeheuerlichkeit zu sein: "Dein ganzes Leben lang!", entrüstet er sich, als seine Tochter den Wunsch äußert, einen Beruf zu ergreifen, der ihr das ganze Leben lang Spaß machen soll. "Drei, vier Jahre mehr, dann kommt einer in Hosen, der dich von deinen Plänen abbringt. Dann ist alles für die Katz. Allemal" (155). Heirat ist für ihn gleichbedeutend mit Aufgeben der Berufstätigkeit der Frau. Auch die Mutter äußert sich in diesem Sinne, wenn sie erzählt:

> "Die Sprechstundenhilfe vom Zahnarzt im Ort habe ich zur Frühjahrskirmes mit einem Freund gesehen. Da zähle ich eins und eins zusammen. Klar, daß die bald heiratet und aufhört." (21)

Es ist nur konsequent, wenn Christinas Eltern, die die weibliche Berufstätigkeit lediglich als Lückenbüßer begreifen, der Berufswahl ihrer Tochter keine allzugroße Bedeutung beimessen ("*Nicht daß man es überbewerten soll*" (14)(Hervorhebung B.P.)) und den inhaltlichen Aspekt weiblicher Berufstätigkeit nicht weiters für wichtig halten. Die Berufstätigkeit sollte ihres Erachtens der Frau lediglich für ein paar Jahre eine gewisse finanzielle Sicherheit garantieren, mehr nicht. So sagt der Vater zu seiner Tochter: "Dich selbständig machen, Geld verdienen. Klamotten kaufen."(14) Und dem Versicherungsvertreter gegenüber äußert er: "Es soll was Solides sein, eine sichere Stelle, mit der man Geld verdienen kann." (23) Nach den individuellen Interessen der Tochter wird dabei nicht gefragt. So beklagt Christina auch:

> "Im Grunde sind ihnen meine Vorstellungen auch egal. Hauptsache, ich bekomme einen Ausbildungsplatz, Hauptsache, ich bin irgendwo untergebracht." (21)

Ein schwerwiegender Nachteil weiblicher Berufstätigkeit, den auch Christina zu spüren bekommt, ist die geringe Anzahl der für Frauen in der Regel zur Auswahl stehenden Berufe. Nach traditioneller Auffassung, die auch Hegewalds vertreten, gibt es für Mädchen nur einige wenige Berufe, die in Betracht kommen. Und weil obendrein wegen akuter Lehrstellenknappheit (21) alle Lehrstellen für Sprechstundenhilfen, Buchhändler (14) und Fotographen (26) schon vergeben sind, bleibt für Christina - als Mädchen - nur eine Bürotätigkeit in einem Industriebetrieb oder einer Handelsfirma der Stadt, meinen die Eltern. "Es ist klar, daß es irgendein Büro sein wird" (14), vermerkt die Erzählerin dazu. "Ja, wenn du ein Junge wärst" (14), sagt der Vater zu Christina - und impliziert, daß sie dann schon noch mehr Möglichkeiten hätte. Beispielsweise könnte sie Speditionskaufmann werden. Als Christina diese Möglichkeit in Betracht zieht, "befallen ihn dynastische Träume" (14), und er versichert der Tochter dann schnell, aber für sie sichtlich wenig überzeugend: "Wer zielstrebig und tüchtig ist, kann was werden. Gute Chancen haben sie, Jungen und Mädchen gleichermaßen." (16)

Die Eltern der Heldin wollen, daß ihre Tochter eine "ordentliche Lehre" macht. "Eine Tochter, die später sagt, sie habe nichts gelernt", möchten sie nicht. Deshalb lehnen sie auch für Christina die Möglichkeit ab, als Bürohilfe oder Schreibkraft relativ schnell relativ viel Geld zu verdienen (99). Eine kaufmännische Ausbildung, Bürokaufmann, ist die von den Eltern eindeutig favorisierte Berufsperspektive für Christina. Eine höher qualifizierte Ausbildung, eine Position mit guten Aufstiegsmöglichkeiten, sind für die Tochter nicht vorgesehen: "Soweit wollen wir gar nicht denken", sagt der Vater rasch, als der Versicherungsvertreter über Weiterbildung und gute Aufstiegsmöglichkeiten des Versicherungskaufmanns informiert (23). Die Heldin weiß sehr gut:

> "Meine Eltern wollen mich untergebracht sehen, nach erfolgreich absolviertem Steno- und Schreibmaschinenkursus. Dann habe ich alles erreicht. Mehr erwarten sie nicht von mir." (31)

Christinas Eltern denken für ihre Tochter an die für Realschulabsolventinnen üblicherweise vorgesehene subalterne Büroarbeit: "Wenn der Chef dir etwas diktiert, mußt du das korrekt wiedergeben können", läßt die Mutter verlauten (29). Deshalb ist das wichtigste Gebot für ein Mädchen, Stenographie und Maschinenschreiben zu lernen. Zwar sagt Mutter Hegewald: "Stenographie und Schreibmaschine braucht der Mensch", doch merkt Frau schnell, bzw. weiß Frau, was damit gemeint ist: Stenographie und Schreibmaschine braucht die Frau in unserer

Gesellschaft. An dem Kursus, den die Heldin auf Wunsch der Eltern besucht, nehmen mit einer männlichen Ausnahme nur Mädchen teil ("Wir sind ungefähr zwanzig Mädchen (...) und ein Junge. Der hat schon eine Lehrstelle in einem Rechtsanwalts- und Notariatsbüro in Aussicht." (29)). So werden die Mädchen hier schon darauf vorbereitet, daß die für monotone und subalterne Dienste benötigten Fertigkeiten - Stenographie und Maschinenschreiben - eben Frauensache sind. Wie sie jetzt in diesem Kurs Frauen unter sich sind, werden sie es auch später im Beruf sein, im Vorzimmer, im Schreibsaal, fein säuberlich getrennt von den männlichen Chefs.

Daß die vom Vater behauptete Chancengleichheit im Beruf eine hohle Behauptung ist, muß Christina einmal mehr erfahren, als sie von der Mutter daran gehindert wird, ihre Bewerbungsschreiben mit der Anrede "Sehr geehrte Damen und Herren" einzuleiten. Als "neumodisches Zeug" (46) wird diese gleichberechtigte Anredeformel von Mutter Hegewald abqualifiziert. Personalchefs, Chefs überhaupt, sind eben nun mal Männer - und das scheint sie auch ganz in Ordnung zu finden. Und von der Tochter wird selbstverständlich erwartet, daß sie sich dreinfügt.

Nachdem Christina die von den Eltern vorgeschlagene, typisch weibliche, subalterne Bürotätigkeit entschlossen und endgültig für sich abgelehnt hat und, völlig gegen die Pläne der Eltern handelnd, beschließt, das Abitur zu machen, um anschließend eine größere Anzahl an interessanten Berufen zur Auswahl zu haben, schlägt der Vater ihr nun eine andere, typisch weibliche Berufsvariante vor: den sozialen Beruf; Christina soll doch "als Frau" z.B. Kinderärztin werden (177).

Bis kurz vor Christinas Realschulabschluß wurde in der Falie nie über Christinas berufliche Zukunft gesprochen. Deshalb trifft es die Tochter ganz unvorbereitet, daß die Eltern sich nun plötzlich um ihre berufliche Zukunft sorgen: "Solche Sorgen machen sie sich um mich. Auf einmal (...) Lange, zehn Jahre lang, war egal, was aus mir wurde." (21) Der Vater, der einzige Berufstätige der Familie Hegewald, der Christina ins Berufsleben hätte einführen können, hat es verabsäumt. Nicht einmal über seinen eigenen Arbeitsbereich hat er sie informiert. "Ich habe keine Ahnung, was mein Vater macht (...), er spricht nie über seine Arbeit" (15), vermerkt die Erzählerin. Und als Christina sich für seinen Beruf interessiert, ist er unfähig, ein lebendiges Bild von seiner Arbeit zu zeichnen; er verschanzt sich hinter abstrakten, wohlklingenden Floskeln, die Christina weder ansprechen noch beeindrucken. Ich greife ein Zitat von Seite 14 heraus: "Der Spediteur hat die Aufgabe, Güterversendungen im Auftrag der Versender von Gütern zu besorgen."

b) <u>in der Schule</u>

Wie aufgezeigt wurde, hat die Hauptsozialisationsinstanz Familie die Protagonistin sehr unzulänglich auf eine ernsthafte, dauerhafte, inhaltlich anspruchsvolle Berufstätigkeit vorbereitet und mit der Berufswelt nicht in Berührung gebracht. Es ist Christinas Aufzeichnungen zu entnehmen, daß auch die Schule in diesem Punkt versagt hat:

> "Ich gehe in die zehnte Klasse, die Abschlußklasse. In diesem letzten Jahr ist der Unterricht umgestellt worden. Es gibt viele berufsbezogene Probleme zu besprechen. Man konfrontiert uns plötzlich mit Dingen, die aus einer anderen Welt zu kommen scheinen. (10) Man bietet uns diese Vorträge richtig brutal an. So, jetzt setzt euch hin und haltet still. Das ist das Berufsleben." (10)

In der Realschule wurden fünf Jahre lang keine berufsbezogenen Themen behandelt, nicht in die übliche Terminologie des Berufslebens eingeführt, keine realen, praktischen Erfahrungen mit der Berufswelt vermittelt. Der Lehrplan war praxisfern, er sah die Beschäftigung mit Themen wie dem Lehrsatz des Pythagoras, der römischen Plebs (10) oder der norddeutschen Seenplatte (13) vor, ohne sie in irgendeinen Zusammenhang zum späteren Berufsleben zu bringen. Christina fragt sich folgerichtig: "Was hat die römische Plebs mit der Anmeldepflicht zur Angestellten-Rentenversicherung zu tun?" (10) Unvorbereitet, übergangslos werden die Schüler erst in der

Abschlußklasse mit berufsbezogenen Themen konfrontiert. Deshalb finden sie keinen sinnvollen Zugang zu den Vorträgen über den Rentenversicherungsträger oder die Geschichte der Sozialversicherung, die in keine Beziehung zum bisher Erlernten gebracht werden können ("Ich schalte ab, es interessiert mich nicht. Wir schalten alle ab, ich merke es an dem sturen Gesichtsausdruck der anderen." (11)). Die Berufswelt wird den Schülern als eine für sie fremde, andere Welt mit anderen Gesetzen dargestellt.

Nicht nur werden diese Vorträge zu unvermittelt angeboten, auch die Form der Darbietung ist unzulänglich. Statt den jungen Leuten einfache, anschauliche, praktisch verwertbare, konkrete Beschreibungen und Erklärungen über das Berufsleben im allgemeinen und einzelne Berufe im besonderen zu geben, Exkursionen in Betriebe zu organisieren, setzt man bei den Schülern eine de facto nicht vorhandene Vertrautheit mit der einschlägigen Terminologie voraus und verschanzt sich hinter theoretischen, formelhaften, allgemeingehaltenen, abstrakten und pauschalen, wohlklingenden, aber schwerverständlichen Formulierungen. Wie der Vater (14) und der Versicherungsvertreter (22) spricht auch der "AOK-Mensch" (14) in der Schule. Auch die berufsberatenden Broschüren sind in diesem Stil abgefaßt (146), so daß sich alles, "was sie anbieten, gleich anhört" - also keine konkreten Berufsbilder in den Köpfen der Schüler entstehen läßt, ihnen nicht die beabsichtigte Vertrautheit mit der Berufswelt vermittelt und letztlich an ihnen vorbeigeht.

Ein weiterer schulischer Sozialisationsfaktor, der sicher mitverantwortlich ist für die berufliche Orientierungslosigkeit der Protagonistin, ist die Geschlechtertrennung:

> "Wir Mädchen gehen in die gleiche Realschule im Ortskern. Die Jungen-Realschule liegt am Ortsrand. (17) Immer waren wir nur Mädchen in der Klasse. Auch den Konfirmandenunterricht gab es getrennt von den Jungen." (34)

Und diese Geschlechtertrennung setzt sich im Privatbereich fort: "Die Jungen bilden eine Clique, sie sondern sich ab." (17) Jungen und Mädchen bleiben einander fremd.

Eine mit Jungen gemeinsam durchlaufene Schulzeit gibt Mädchen bessere Chancen, mit Jungen in Kommunikation zu treten und ihre eigenen Verhaltensweisen und Pläne mit denen der Jungen zu vergleichen, sich bewußt zu machen, daß sie eben wesentlich schlechter auf die Berufswahl vorbereitet werden als diese. Reine Mädchenschulen begünstigen die spezifisch weibliche Sozialisation, weil den Mädchen die Unterschiede in der Sozialisation von Jungen und Mädchen eher verdeckt bleiben. In Christinas Schule scheint man keinerlei Bemühungen zu machen, die *mädchentypische Berufs-(Nicht-)Vorbereitung* abzubauen. Über Möglichkeiten einer schulischen Weiterbildung werden die Mädchen

> "eigentlich nicht informiert. Man hörte das mal, daß einer dies und das noch machen kann. Aber eigentlich ist das unnormal. Mittlere Reife und dann Schluß. Darauf wurden wir getrimmt. Alles andere war Spinnerei." (154)

Auch bei der Berufsberatungsstelle läuft das zunächst so. Nur hartnäckiges Nachfragen der Heldin entlockt der Beamtin schließlich wichtige Informationen, die über die typisch weibliche Berufslaufbahn für Realschülerinnen hinausgehen.

Zusammenfassend läßt sich die Geschlechtsrollenerziehung der Protagonistin in Elternhaus und Schule so charakterisieren: Im Hause Hegewald herrscht unbefragt die traditionelle familiale Funktionsaufteilung des Patriarchats; es ist "so, wie es sein soll" (5): Der Vater sorgt allein für den Unterhalt der Familie, die Mutter ist für Haushalt, Familie und Erziehung der Kinder zuständig. Der Heldin fehlt somit in der Familie das Vorbild der auch beruflich orientierten Frau. Die dem Text zu entnehmende Erwartungshaltung macht klar, daß die Tochter in die Fußstapfen ihrer Mutter treten soll. Die Eltern erziehen Christina in der traditionellen Erwartungshaltung "Mädchen heiraten ja doch". Konsequent wird sie primär auf Partnersuche, Partnerwahl und auf das Dasein als adrett-dienende Hausfrau vorbereitet, für die die Berufstätigkeit von untergeordneter und nur vorübergehender Bedeutung ist. Christina wird in der Familie nur sehr unzulänglich auf das Berufsleben vorbereitet. Weibliche Berufstätigkeit wird weitgehend ausgespart bzw. minderbewertet. Wie ehedem für die

Mutter wird auch für die Tocher keine hochqualifizierte Berufsausbildung vorgesehen, sondern eine anspruchslose, typisch weibliche, dienende Bürotätigkeit, die bis zur Heirat eine gewisse finanzielle Sicherheit bietet. Auch die Schule bereitet die Heldin nur sehr unzulänglich auf ihre Berufswahl vor. Sie wird im Grunde nur über die traditionell weiblichen Ausbildungsberufe für Realschülerinnen informiert, und das noch reichlich oberflächlich. Ebenso versucht die Berufsberatung, die im weiblichen Getto aufwachsenden Realschülerinnen auf die üblichen Frauenberufe, bestenfalls auf mittlerer Qualifikationsebene, einzuengen.

Die in Abschnitt I.1. beschriebenen geschlechtsspezifischen Verhaltensweisen der Heldin sind also als gesellschaftlich bedingt dargestellt. Wir können dem Text entnehmen, in welch hohem Maß Christina in ihren Verhaltensweisen und Einstellungen von der traditionellen weiblichen Sozialisation geprägt ist. Die an sie herangetragenen Rollenerwartungen und erzieherischen Maßnahmen beeinflussen sie stark. Sie verhält sich weitgehend wie ein "richtiges" Mädchen. Doch spüren wir bei der Lektüre von der ersten Seite an, daß die Prägung keineswegs total ist, daß die Heldin die elterlichen Erwartungen nicht kritiklos akzeptiert. Sie verhält sich skeptisch und distanziert. In welchen Punkten und wie sich die Protagonistin von der für sie vorgesehenen Rolle wegbewegt, will ich nun analysieren.

II. ERSTE DISTANZIERUNG VON DER TRADITIONELLEN MÄDCHENROLLE

Zunächst soll herausgearbeitet werden, wie die gefühlsmäßige Beziehung der Heldin zu ihren Eltern ist, des weiteren wie sie ihre Eltern und deren Lebensweise beurteilt. Das scheint mir deshalb aufschlußreich, weil die Identifikationsmöglichkeit mit den angebotenen Vorbildern eine Grundvoraussetzung für die Übernahme einer Rolle ist. Die Vorbilder müssen rational und emotional akzeptabel sein, für den, der sich mit ihnen und der damit verbundenen Rolle identifizieren soll. Je positiver ein Modell beurteilt wird, je mehr es bewundert und geliebt wird, desto leichter fällt die Identifikation, desto bereitwilliger und unreflektierter wird ihm gefolgt.

1. Gestörtes Verhältnis zu den Eltern

Schon auf den ersten Seiten betont Christina mehrmals die *Interesselosigkeit, Kommunikations- und Beziehungslosigkeit,* die das Verhältnis der Familienmitglieder zueinander prägt. Am eindringlichsten wirkt auf den Leser das entworfene Bild, von der kommunikationslos allabendlich vor dem Fernsehgerät sitzenden Familie: Vater, Mutter und Tochter nehmen keine Notiz voneinander, reden nicht miteinander. Die Frage der Mutter nach dem Fernsehprogramm bleibt unbeantwortet ("Es antwortet ihr keiner." (6)); das Weggehen der Tochter (z.B. in die Küche) bliebe unbemerkt ("Sie würden sich nicht mal nach mir umdrehen." (7)). Das Fernsehen ist stets präsent, hat die Familienunterhaltung übernommen, überdeckt die Leere und Beziehungslosigkeit der Familienmitglieder:

> "... in einer Familie ist es schon besser, einen Apparat zu besitzen. Dann fällt es nicht so auf,daß es abends eigentlich sehr still ist." (13)

Nur in ganz außergewöhnlichen Situationen verliert das Fernsehprogramm seine Wichtigkeit. Als es darum geht, mit dem Versicherungsvertreter eventuelle Berufsaussichten der Tochter in der Versicherungsbranche zu besprechen, ist das Fernsehprogramm für kurze Zeit zweitrangig; es darf jedoch auch hier noch weiterflimmern, nur diesmal ohne Ton (22). Als das Gespräch enttäuschend endet, gehen die Eltern - ohne weitere Diskussion untereinander, ohne jede Überleitung - zum Fernsehprogramm über: "Mein Vater stellt den Ton des Fernsehers wieder an. Es beginnt das Abendprogramm." (23) Dieses ausnahmsweise und kurzfristige Hintanstellen des Fernsehens - Christinas wegen - wird mit Bitterkeit registriert: "Einmal bin ich meinem Vater wichtiger als die Acht-Uhr-Nachrichten."

(22) Wieviel Anklage liegt in diesem Satz! Welch ein Gefühl der Bedeutungslosigkeit muß sie haben, muß Mann ihr über all die Jahre vermittelt haben!

Die Mahlzeiten werden bei Hegewalds meistens nicht gemeinsam eingenommen, wodurch eine wichtige familiäre Kommunikationsgelegenheit wegfällt. Wenn gemeinsam gegessen wird, dann finden kaum Gespräche statt, v.a. zwischen *Vater und Tochter* nicht: Wenn Christina zum Frühstück kommt, ist der Vater bereits damit fertig; und Christina ist froh darüber, denn sie "wüßte auch nicht, was (sie) mit (ihm) reden sollte." (9) Überhaupt hat die Heldin mit ihrem Vater "noch nie sehr viel geredet. Wenn überhaupt, dann ist es immer ein Satz von ihm zu (ihr) gewesen, ein Befehl, ein Auftrag."(13)Erst die anstehende Berufsentscheidung der Tochter liefert Gesprächsstoff ("In letzter Zeit kommt es allerdings öfter vor, daß mein Vater mich anspricht." (14)). Daß die Beziehung Vater - Tochter empfindlich gestört ist, ist auch daraus ersichtlich, daß sie häufig nur indirekt, nämlich über die Mutter, miteinander kommunizieren. Statt sich selbst an seine Tochter zu wenden, sagt der Vater beispielsweise zur Mutter: "Vom nächsten Jahr an kauft sie ihre Klamotten selbst." (27) Ähnliche Situationen finden sich auf S. 34 oben, S. 155 und S. 58.

Die Beziehung *Mutter - Tochter* ist etwas besser. Mit der Mutter redet Christina öfter. In der gesamten Erzählung finden sich ca. 50 dargestellte Gesprächssituationen oder Gesprächsbruchstücke, während die aufgezeichneten Gespräche zwischen Vater und Tochter an einer Hand abzuzählen sind. Christina hat eine relativ starke gefühlsmäßige Bindung an ihre Mutter, fühlt sich bei ihr geborgen. Fürsorglichkeit, ein gewisses Einfühlungsvermögen, zärtliche Zuwendung, Mitgefühl und Anteilnahme an den Leiden und Freuden der Tochter sind Mutter Hegewald nicht abzusprechen. "Sie weiß, wann (sie) ansprechbar" ist (6), weckt die Tochter morgens sehr sanft (9), streicht ihr über den Kopf (12), nennt sie liebevoll "Kiki" (13) und spendet Trost bei Enttäuschungen (25). Wenig Verständnis und Anteilnahme zeigt die Mutter allerdings für Dinge, die Christina wirklich bewegen (Ablehnung des Büroberufs; "Schwärmerei" für Engelbert und Günther; Amsterdam). Sie kennt das Innenleben ihrer Tochter schlecht, geht auf ihre wahren Bedürfnisse oft nicht ein (Schreibmaschine zum Geburtstag). Wenn Christina der Mutter manchmal vertrauliche Mitteilungen macht (z.B. "erste Schwärmerei" (40)), stößt sie häufig auf deren Unverständnis und zieht dann vor, die Dinge bei sich zu behalten. Dieses in manchen Punkten Aneinander-vorbei-Leben fängt die Erzählerin sehr eindrucksvoll in einem Bild ein, wenn sie notiert: "Wir küssen uns zum Abschied (bevor Christina zur Schule geht). Wir treffen aber beide nur die Luft neben unseren Gesichtern." (9)

Eine gewisse Zuneigung und Rücksichtnahme bewahrt die Heldin trotz wachsender Distanz beiden Elternteilen gegenüber. Als sie in Amsterdam von Blue und Ben Bella ermuntert wird, einfach zu bleiben, ohne die Eltern zu verständigen, lehnt sie das entschieden ab. Sie ruft auch zu einem Zeitpunkt an, zu dem die Eltern nicht allzusehr erschrecken. Vieles jedoch von dem, was Christina im Innersten bewegt, kann sie mit den Eltern nicht besprechen. So haben diese z.B. keine Ahnung von ihren "Kambodscha-Spielen", von ihrer lebendigen, für sie wichtigen Traumwelt. Bei aller Solidarität besteht kein vertrauliches Verhältnis zwischen Tochter und Eltern.

Die Heldin teilt sich anderen Menschen generell nur wenig mit. Sehr viele Gefühle, Gedanken, kritische Bemerkungen, Sorgen, Fragen und Nöte bleiben ungesagt. So stoßen wir beim Lesen ihrer Aufzeichnungen auf auffallend vieles, was in den jeweiligen Gesprächssituationen nur gedacht wird - vieles, was aber in einer intakten Kommunikationssituation durchaus ausgesprochen worden wäre. Einige Textauszüge mögen illustrieren, wie wenig sich die Protagonistin mitteilt. Das jeweils dem Gesprächspartner Verschwiegene - im Text vom tatsächlich Gesagten ja nur durch zwei kleine Strichlein getrennt - wird durch Unterstreichen hervorgehoben:

> "Mein Vater hat die Zeitung auf den Schoß gelegt. 'Es ist alles Routine', sagt er. (...) 'Wer zielstrebig und tüchtig ist, kann was werden. Gute Chancen haben sie, Jungen und Mädchen gleichermaßen.'
> <u>Ah ja</u>." (16)

"'Mußt dich schon bemühen, mußt schreiben (Bewerbungsschreiben) und dich bemühen. Was willst denn machen? Ab Juni?' (Frage der Mutter)
Ja was?" (48)
"'Versicherungskaufmann', sagt mein Vater.'Hörst? Das wär was. Versicherungskaufmann.'
Solche Sorgen machen sie sich um mich. Auf einmal (...)
'Wissen Sie', sagt meine Mutter (...)'Sie weiß nicht, was sie will.'
Natürlich weiß ich nicht, was ich will. (...)
'Versicherungskaufmann ist eine interessante Tätigkeit', sagt Herr Fuchs (...) 'Wer in der Lage ist, abstrakte Sachverhalte zu erfassen und zu denken, wird vielleicht in der Haftpflichtversicherung das optimale Betätigungsfeld finden.'
O Gott"(21 f).
"'Zum Geburtstag', sagt meine Mutter, 'zum Geburtstag bekommst du eine Schreibmaschine. Das haben wir beschlossen, der Papa und ich. Eine eigene Schreibmaschine. Na, ist das was?'
Schreibmaschinen haben keine Flügel." (50)

Wie die zitierten Gespräche bzw. Teile von Gesprächen belegen, *spiegelt die literarische Struktur des Textes eindrucksvoll die defekte Kommunikationssituation*, in der die Protagonistin und ihre Eltern miteinander leben. Auch die Tatsache, daß die Erzählerin von den in der Familie geführten Gesprächen meist nur Gesprächsfragmente einblendet, drückt vortrefflich die spärliche innerfamiliale Kommunikation aus.

Es ist vielleicht noch ganz interessant festzustellen, daß sich die beschriebene Beziehungslosigkeit und Gesprächsarmut der Familie Hegewald auch rein numerisch auf die Beschaffenheit des Textes niederschlägt. Ermittelt man nämlich in den einzelnen Erzählabschnitten den jeweiligen Anteil an direkter Rede, so fällt auf, daß v.a. der erste Erzählabschnitt, in dem die Erzählerin fast ausschließlich im Kreis der Familie verharrt, relativ arm ist an direkter Rede (etwa 1/4 der "Erzählzeit"), während z.B. der Abschnitt des Buches, der die Urlaubswoche an der Nordsee erfaßt, zur Hälfte aus direkten Reden besteht (ca. 17 von 35 Seiten).

2. Distanzierung von der elterlichen Lebensweise

Die Eltern der Heldin führen ein geregeltes Dasein, haben es zu einem Häuschen mit Garten gebracht, sind fleißig und sparsam; der Vater verdient das Geld, die Mutter besorgt den Haushalt. Von der Lebensweise der Eltern distanziert sich Christina jedoch in mehreren Punkten; so gleich am Anfang ihrer Erzählung, wo sie die traditionelle elterliche Funktionsaufteilung in einer Art Berichterstatterstil vorstellt und implizit kritisiert. Sie berichtet in knappen Sätzen, ganz trocken und unbeteiligt bis ablehnend. Mehrmals unterstreicht sie ihre Distanzierung geschickt durch die Zusätze: "sagt sie" oder "sagt er". Vom Vater heißt es da, er sitze allabendlich, während die Mutter noch die Küche in Ordnung bringt, schon ab 19.00 Uhr vor dem Fernsehgerät: "'wegen der Nachrichten', sagt er." (5) Das schlichte "sagt er" impliziert meisterhaft den Verdacht und Vorwurf, der Vater flüchte vor den Bildschirm, um sich vor der Hausarbeit zu drücken.

Einige Seiten später erfährt der Leser schon den Hauptgrund für die Ablehnung des elterlichen Rollenverhaltens. Die Heldin stellt die traditionelle Arbeitsteilung offensichtlich nicht prinzipiell in Frage, sondern lehnt die jeweiligen elterlichen Tätigkeiten, die *Arbeit des Vaters* im Speditionsbüro, die der Mutter im Haushalt, vor allem deshalb ab, weil sie ihr unerträglich *langweilig* erscheinen. Das ganze Leben der Eltern findet sie höhepunktlos, zu geregelt und solide.

Zunächst zur Einschätzung des *Hausfrauendaseins*. Christina nimmt aufgrund ihrer Beobachtung der mütterlichen Lebenssituation an, daß nicht die Mühsal der körperlichen Anstrengung bei der Hausarbeit das Schlimmste ist. Viel schlimmer, ja unerträglich, erscheint ihr die Monotonie der täglichen Hausarbeit, der ewig gleichen Tagesabläufe und Verrichtungen:

> "Ich kenne das in- und auswendig, den Alltag, das Broteschmieren, das Abzählen des Geldes (...) Ein Traumleben? Kein Traum."(20)
>
> "Einkaufen, könnte ich mir denken, ist auch nicht so hart. Meine Mutter hetzt sich zwar ab (...), aber daran liegt's nicht. Daß es keine Höhepunkte gibt für sie, das ist es." (19)

So kann sie sich mit der Rolle der Mutter nicht identifizieren. Ohne daß Christina es ausspricht, wird schon deutlich, daß sie kein Leben als "Nur-Hausfrau" führen möchte. Im Lauf der weiteren Lektüre stößt man wiederholt auf ihre Ablehnung der traditionellen Frauenrolle, vor allem in den Gesprächen mit Willi. Sowohl in der bangen Frage: "Werde ich so wie meine Mutter, wenn ich erwachsen bin?", als auch in der skeptisch-aufmüpfigen Frage: "Muß man immer alles nachmachen (...)?",spürt man den Wunsch der Heldin, das eigene Leben anders zu gestalten als die Mutter (83). Und erstaunlich nüchtern, ohne jede romantische Verklärung, beobachtet Christina die Hochzeitsfeierlichkeiten in einem Dorfgasthof: Die Braut, die heute "wie eine Prinzessin" aussieht, wird morgen "wohl in einem bunten Kittelkleid Klaräpfel vom Baum holen oder den Hühnern die Körner hinwerfen. Ihr Haar wird fettig sein und ihre Haut rot." (82) Sehr ärgerlich wird Christina, als Willi ihr unterstellt, sie hätte "Sehnsucht nach weißem Kleid und Schleier" (85).

An einem anderen Tag sagen Willi und Christina einander die Zukunft voraus. Willi - um Christina zu provozieren - erfindet für ihre Zukunft folgende Vision:

> "Ach, im Endeffekt wirst du eine Hausfrau sein. Wirst mit deinen Kindern spielen, den Sonntagsbraten zubereiten, abends mit deinem Mann fernsehen. Zweimal im Jahr gehst du zum Friseur. Und am Muttertag läßt du dich feiern. Dein Mann stellt die Teller in den Geschirrspüler, und die Kinder holen sie heraus. Und vor Betriebsfesten wirst du dir eine Schaummaske aufs Gesicht auftragen." (93)

"Das gefällt mir nicht. So wird es nicht sein," ist Christinas prompte Reaktion. Als sie dann nach der Urlaubswoche an der Nordsee ihrer Mutter einige Zeit im Haushalt helfen muß, bekommt sie den *täglichen Trott* voll zu spüren: ein für sie unerträglich monotones Leben, in dem selbst das allwöchentlich erscheinende Werbeblatt "wie ein Höhepunkt im Wochenablauf" (107) empfunden wird. Rasch entwickelt sich in ihr der dringende "Wunsch nach Neuem" (107).

Nicht nur den jeweiligen Aufgabenbereichen der Eltern, auch ihrem kleinbürgerlichen, geordneten Lebensstil insgesamt kann Christina nichts abgewinnen. Das drückt die folgende Passage meisterhaft aus:

> "Meine Mutter durfte die Farbe des Autos wählen. 'Kein Rot', sagte sie, 'und auf keinen Fall gelb.' 'Grün'?' fragte mein Vater. 'O Gott', sagte meine Mutter,'bloß nichts Auffallendes.' Unser Auto ist beige." (25)

Trocken vermerkt das Christina; langweilig und farblos findet sie das, wie das Leben der Eltern insgesamt. Die beige Farbe des Autos ist gleichsam Symbol für das angepaßte und unauffällige Dasein der Eltern. Dieses empfindet sie insgesamt als zu "geregelt, solide, versichert und langweilig" (20). Das klingt zum ersten Mal an, als Christina mit spürbarer innerer Distanz beschreibt, wie die sparsamen Eltern ihre Geldmittel genau einteilen, wie sie nach einem wohl durchdachten Plan mit Hilfe von Versicherungsverträgen die Finanzierung ihres Eigenheimes auf eine solide Grundlage stellen. Das Geld

> "ist genau abgezählt. Versichert sind wir gegen Feuer. Für Sterbegeld wird auch eingezahlt. Meine Eltern haben noch eine Aussteuerversicherung auf meinen Namen abgeschlossen. Wenn ich achtzehn Jahre alt sein werde, ist das Geld fällig. Meine Eltern haben es schon eingeplant. Das Haus soll in drei Jahren renoviert werden. Dafür ist die Aussteuerversicherung gedacht." (18)

Und in diesem mühevoll ersparten, von der Mutter gehegten und gepflegten Häuschen "hocken" sie nun, sehen nicht über dessen Wände hinaus und haben "gar nichts vom Leben" (155). Die einzige, oder zumindest eine der ganz wenigen Abwechslungen im Leben der Eltern ist das alljährliche Betriebsfest. Christina genügt das nicht. Sie will mehr. Ihr Leben soll abenteuerlich und aufregend sein, nicht langweilig wie das Leben in der Wohnsiedlung. *"Hier ist kein Abenteuer,* auf der Landstraße nach Hause passiert nichts" (32 (Hervorhebung B. P.)).

Vor einem geregelten Leben, wie die Eltern es führen, hat die Heldin Angst:

> "Nein, Sorgen habe ich nicht, ein geregeltes Leben wartet auf mich, selbstverdientes Geld für den Frühjahrspullover und später die Einbauküche. Ich werde gut erzogen, man sorgt für mich, man hegt mich, man pflegt mich. Und doch habe ich Angst davor." (20)

Geranien, ein Symbol kleinbürgerlicher Zuständlichkeit, Regelmäßigkeit, Zufriedenheit und Idyllik, kann Christina nicht ausstehen (75).

Vor allem in den Gesprächen mit Willi bringt Christina wiederholt ihre Ablehnung des üblichen Lebensmusters zum Ausdruck, dessen Hauptstationen Berufsausbildung, beruflicher Aufstieg und Erfolg, Ehe, Kinder, Eigenheim, Lebensversicherung, Pensionierung, Enkelkinder und schließlich der Tod sind (73 f, 91 f). Sie selbst möchte - im Gegensatz zu Willi - ihr Leben nicht nach diesem herkömmlichen Programm ausrichten: "Ist, wie die meisten leben oder leben wollen. Ist so vorgelebt, so ein Musterleben." (92) Sie möchte nicht alles vorausplanen. "Wie kann man alles so planen?", fragt sie Willi vorwurfsvoll, als er seine Berufspläne vor ihr entwirft. Und sie will auch nicht "wie eine Eisenbahn ... über gerade Schienen laufen", also kritiklos und angepaßt einen vorgegebenen, sicheren Weg gehen (74). Sie kann nicht verstehen, daß Willi sich immer "auf die sichere Seite" stellt (79), anstatt ein Leben auf "seine eigene Art" (92) zu führen, ungesichert und abenteuerlich und interessant. So schlägt sie ihm vor, aus seinem Zeichentalent doch etwas zu machen, z.B. Künstler zu werden, auch auf die Gefahr hin, dabei auf Sicherheit und Wohlstand verzichten zu müssen ("auch wenn es nur das trokkene Brot einbrächte und eine Mietswohnung über dem Hafen." (92)). Er würde sich als armer Künstler "die Seele aus dem Leib malen", auf Familie verzichten, unkonventionell leben. (92) Ein Stück von Christinas Traum von einem unkonventionellen, ungesicherten, abenteuerlichen Leben erfüllt sich mit ihrer ersten selbständigen Reise, die sie nach Amsterdam unternimmt, dem Mekka der unangepaßten, aufbegehrenden Jugend.

Noch aus einem anderen Grund lehnt die Heldin die Welt der Erwachsenen ab. Sie ist sichtlich befremdet von der egoistischen Wettbewerbshaltung der modernen Leistungsgesellschaft. Das wird schon an der Stelle deutlich, wo Christina sich vorstellt, wie ihr Deutschlehrer die Berufswelt als harten Wettkampf jedes gegen jeden charakterisiert, in dem es auf Ellenbogen, Sich-Dranhalten, Sich-Bewähren ankommt. In Amsterdam dann, in Gesellschaft von jungen Menschen, die sich der Leistungsgesellschaft verweigern und mit denen Christina vorübergehend sympathisiert ("Es ist, als ob Ben Bella gegen die Welt ankämpft(...) Ich bin stolz, daß ich dazugehöre" (135)), übt sie offen und vehement Kritik am egoistischen Konkurrenzkampf der Elterngeneration, wo nur "die Ellenbogen zählen", jeder gegen jeden kämpft, sich durchsetzen muß (131), kein Gefühl mehr für andere hat,nur noch an sich denkt (133).

3. Mangelnde Identifikation mit zugedachter Berufsrolle und scheinbares Sich-Fügen

Wie unter I.2.a) dargestellt, bereiten Christinas Eltern ihre Tochter auf die traditionelle Mädchenrolle vor. Ihre Vorstellungen über Christinas Zukunft als finanziell unabhängiges Bürofräulein, versehen mit Führerschein und "anständigem Freund" (31), sind aber weit entfernt von der Vorstellungswelt des Mädchens selbst, rufen in ihm Befremden hervor: "Aber das alles hat nichts mit mir zu tun. Ist unwirklich, fremd und weit weg." (31) Die Neigungen und Interessen der Tochter liegen auf ganz anderer Linie (vgl. v.a. I.1.a)): Organisieren, planen, technisches Verständnis, Dinge, die mich nicht interessieren, die ich aber vorgeben muß zu mögen." (87) Die Eltern setzen Christina unter Druck, sie wollen sie in eine bestimmte Rolle zwingen, sie "anpassen, einpassen." (130) Und darunter leidet die Protagonistin. In einem Gespräch mit Willi äußert sie ihren Unmut darüber, daß sie sich den elterlichen Vorstellungen gemäß verhalten muß und nicht ihrer eigenen Neigung nachgeben darf. Das was sie nämlich am liebsten tut,"sitzen und träumen und zuschauen" (79), darf sie nicht tun:

> "Aber das ist es ja (...). Ich darf das ja nicht, ich darf gar nicht sein wie ich bin. Ich habe das Gefühl, daß alle etwas von mir erwarten, und zwar jetzt, gleich. Sie schicken mich hierher in die Ferien, damit ich abschalte, von meinen Träumen, damit ich aufwache, damit ich später, zu Hause, die Ärmel hochkrempel und alles in Schwung bringe, mich, meine Zukunft, die ganze Umwelt. Dabei sehe ich nur die Schreibmaschine vor mir, an die man mich setzen möchte." (80)

In einer sehr pessimistischen Stimmung sagt sie wütend-resignierend:

> "Werd mich bewerben, mich vorstellen. Wenn's überhaupt dazu kommt. So wird's sein, alles wie gehabt. Und eines Tages habe ich auch einen Job, sitz an so'nem Schreibtisch oder an der Maschine und bekomme Rückenschmerzen und Haltungsschäden. Aber alle sind glücklich, weil ich so gut pariere. Ja ja."(97 f)

Christina wird also unter Druck gesetzt, sich in eine Rolle zu fügen, mit der sie sich in keiner Weise identifizieren kann. Entsprechend widerstrebend, interesse- und lustlos, auch hilflos und ratlos mangels sinnvoller Alternativen, fügt sie sich auch zunächst - allerdings nur äußerlich, nur scheinbar - in die ihr zugedachte Berufsrolle.

Nun soll hinterfragt werden, warum die Protagonistin nicht die elterlichen Vorstellungen von ihrem zukünftigen Beruf teilen kann. Der Hauptgrund liegt wohl zunächst in ihrer ausgeprägten Angst vor Langeweile. Da ihr nämlich der für sie vorgesehene Büroberuf offensichtlich als Inkarnation von Langeweile schlechthin erscheint, kann sie diese Berufsperspektive nicht attraktiv finden. Der Beruf, den sie ausüben möchte, soll aufregend, abenteuerlich, großartig, eben ein Traumberuf sein. Christinas *Ablehnung der "ewigen Büroberufe"* klingt zum ersten Mal im Gespräch mit dem Vater über Christinas Berufswahl an (13-16), wenn die Heldin zu den diesbezüglichen elterlichen Vorstellungen trocken anmerkt: "Es ist klar, daß es irgend ein Büro sein wird." (14) Ihre Distanz und Ablehnung ist deutlich zu spüren. Sie wird außerdem durch die unmittelbar anschließende Frage, "Was es sonst noch gibt", betont, die obendrein kurz darauf, leicht variiert, noch einmal gestellt wird (14). Und die Beschreibung der väterlichen Berufstätigkeit im Büro einer Speditionsfirma entlockt ihr nur die abschätzige Frage: "Das ist alles?" Kurze Zeit später auf einer Runde mit dem Fahrrad, betrachtet Christina auf einem Werbeplakat einen flotten Managertyp. Wieder ist ihre Ablehnung des Büroberufs deutlich spürbar: "Das Leben für meinen Vater ist schwieriger zu ertragen, weil es langweiliger ist."(19) Und dennoch soll Christina das wichtigste Handwerkszeug für den Büroberuf, Stenographie und Maschinenschreiben, erlernen - so haben es die Eltern beschlossen. "'Das braucht der Mensch', hat meine Mutter gesagt." (28) Wie viel Distanzierung liegt in diesem "hat meine Mutter gesagt"! Sehr geschickt und eindrucksvoll wird dem Leser die Langeweile, die die Heldin dann während der Unterrichtsstunden empfindet, vermittelt, wenn einerseits lange, lange Auszüge aus den Texten zitiert werden, die man den Kursteilnehmern diktiert oder die diese abzutippen haben, und wenn andererseits wiederholt auf die beim Tippen geforderte Gleichmäßigkeit, auf den stets gleichen Rhythmus hingewiesen wird. Und so weckt dann eine als Geburtstagsgeschenk von den Eltern in Aussicht gestellte Schreibmaschine in Christina keineswegs die erwartete Freude; sie denkt nur: *"Schreibmaschinen haben keine Flügel"* (50 (Hervorhebung B.P.)).

An anderer Stelle, im Gespräch mit Willi, äußert die Heldin erstmals offen und ausführlich ihre Ablehnung des Büroberufs:

> "Dabei sehe ich nur die Schreibmaschine vor mir, an die man mich setzen möchte. Aber gern werde ich das nicht machen. Vorstellen kann ich mir das, wie ich da sitze und tippe und Formulare ausfülle. Aber träumen kann ich davon nicht. Und machen möcht ich schon etwas, von dem ich Tag und Nacht träumen kann." (80)

Die hier anklingende Vorstellung von einem Traumberuf taucht auch schon früher auf, nämlich nach den erfolglosen Gesprächen der Heldin mit dem Vater und dem Versicherungskaufmann, die Christina für den Büroberuf einnehmen sollten. Der erste Erzählabschnitt schließt mit Christinas vager, in der Erzählung erstmalig geäußerten Vorstellung von einem Beruf, der sie faszinieren könnte:

> "Fotografieren wäre was vielleicht. Ist bestimmt besser als Fragebogen für Versicherungsscheine auszufüllen. Man kann es dabei zu etwas bringen (...) Ich möchte einmal etwas Wichtiges machen, ja, das wäre etwas, der beste Taucher der Welt, der beste Fotograf der Welt." (26)

Der Büroberuf hingegen spricht die Heldin überhaupt nicht an. Im Gespräch mit der Berufsberaterin artikuliert sie ihre Abneigung gegen "die ewigen Büroberufe" (151): "Ich kann Steno und Schreibmaschine, aber ich bin nicht begeistert davon. Es mag ganz nützlich sein, okay, aber den ganzen Tag lang will ich so was nicht machen." (151) "Ein Büro und tippen, tippen" (153) - darauf laufen ihrer Meinung nach alle kaufmännischen Berufe hinaus - ein Alptraum. Als Christina mit der von den Eltern favorisierten Büroberufslaufbahn erstmals konkret in Berührung kommt, anläßlich eines Vorstellungsgesprächs in einer Porzellangroßhandlung, ergreift sie von panischer Furcht ergriffen die Flucht, ohne den ihr angebotenen Ausbildungsvertrag zu unterzeichnen:

> "Hier, in den kleinen, dunklen Räumen acht oder mehr Stunden zu sitzen, zwischen diesen Papierbogen, erdrückt zu werden, zu verstauben, zu ersticken, das kommt mir wie meinpersönlicher Weltuntergang vor. Ich bekomme Angstzustände (...), ich möchte nicht vor die Hunde gehen (...) mit einem Alptraum leben. Ich will raus, Luft schnappen." (101)

Hier klingtnoch eine andere Angst der Heldin an, die Angst davor nämlich, eingesperrt zu werden in ein winziges Büro, erdrückt zu werden von einem ihr fremden Arbeitsprozeß, sich acht Stunden täglich reglementieren lassen zu müssen. Sie äußert diese Angst auch schon im Gespräch mit Willi:

> "Ich glaube, das ist es, wovor ich Angst habe, daß ich ständig, fünf Tage lang, eingezwängt werde in so einen Prozeß, zu dem ich keine Beziehung habe. Wenn ich Lust habe, die Sonne zu sehen oder auch ein Geschäft oder ein Buch, dann darf ich das nicht, das wird mir verboten, weil ich an der Schreibmaschine sitzen muß. Hunger darf ich um zwölf Uhr haben und um achtzehn Uhr. Und sonntags darf ich spazierengehen, es wird mir sogar geraten, das zu tun, damit ich zum Wochenbeginn fit bin. Ich muß mich reglementieren lassen, Tag und Nacht, Woche für Woche. Und nächstes Jahr darf ich wieder hierhin, für eine Woche, für drei Wochen, weil ich mich regenerieren soll. So heißt das doch. Davor habe ich Angst. Es ist mir so fremd. Ich kann das nicht, ich kann das einfach nicht. Mich an die Maschine setzen und ein ausgeglichenes Gesicht zeigen, mit dieser Sehnsucht in mir."(88)

Die ausgeprägte Angst der Heldin vor dem Eingesperrtwerden in einen langweiligen, ihr fremden Büroalltag, erscheint irgendwo etwas irrational; jedenfalls ist dem Text nicht zu entnehmen, woraus diese fast traumatische Angst sich nährt. Sie hat den Büroalltag nie wirklich kennengelernt; außer dem Steno- und Maschinenkurs und einem einzigen Vorstellungsgespräch hat sie wohl keinerlei konkrete Erfahrungen mit Büroarbeit gemacht. Auf dem Hintergrund der oben beschriebenen illusionistischen Lebenshaltung der Heldin allerdings sind ihre Ängste vor dem Büroalltag gut verständlich: jemand, der den Alltag in Schule und Familie unerträglich langweilig findet und deshalb allzu gern in eine bunte, abenteuerliche Kontrastwelt flüchtet, muß wohl auch jeden Büroalltag als bedrückend langweilig einschätzen, dafür abenteuerliche Vorstellungen von einem aufregenden Beruf entwickeln, in dem man wichtige, große Taten setzt.

Nun sind Christinas eher irrationale Ängste und unrealistischen Träume zwar anfangs wohl der Hauptgrund für ihre mangelnde Identifikationsmöglichkeit mit der von den Eltern vorgesehenen Berufsrolle. Doch darf nicht übersehen werden, daß dabei auch andere Faktoren schon eine Rolle spielen. So manche *Benachteiligung der Frau im Berufsleben* wird von ihr erkannt und abgelehnt. So setzt Christina sich dagegen zur Wehr, im Beruf eine nur dienende Rolle spielen zu sollen, die man ihr, als Mädchen, ganz selbstverständlich zuweisen will. Sie distanziert sich von der Meinung ihrer Mutter, Christina müsse Texte korrekt wiedergeben können, die ihr ein Chef diktiert. "Muß ich das?", fragt sie sich.

> "Es scheint mir so wenig sinnvoll. Chef: das ist ein graubekleidetes Ungeheuer, das seine Briefe nicht selber schreiben will und sich deshalb Lehrlinge hält. Ich will mich nicht darum reißen." (29)

Die üblichen Berufsangebote für Realschulabsolventinnen sprechen die Heldin nicht an; "was gibt es noch?" fragt sie hartnäckig. Sie stellt höhere Ansprüche, will "etwas Wichtiges" machen. Auch die eingeschränkten Wahlmöglichkeiten der Mädchen scheint Christina erkannt zu haben; an die in Elternhaus und Schule verkündete Chancengleichheit für Jungen und Mädchen im Berufsleben glaubt sie nicht mehr. Die Behauptung des Vaters: "Gute Chancen haben sie, Jungen und Mädchen gleichermaßen" (16), wird von der Heldin offensichtlich schon als hohle Phrase durchschaut; denn sie denkt darauf nur: "Ah ja". Und darin liegt Skepsis, vielleicht Bitterkeit, auf jeden Fall das Wissen oder Erahnen der weiblichen Benachteiligung.

Eine Identifikation mit der ihr zugedachten Rolle ist der Heldin nicht möglich; sie sieht aber auch keine Alternative. Dermaßen ratlos und mutlos läßt sie sich in einem Strom von Passivität und Resignation treiben, verhält sich abwartend und fügt sich mit großer innerer Distanz, passiv und oberflächlich in die ihr zugedachte Berufsrolle.

So schreibt Christina ihre Schulaufsätze über berufsbezogene Themen zwar widerstandslos und entsprechend den Erwartungen, die man an sie heranträgt, ohne sich aber damit identifizieren zu können:

> "Ich schreibe über die Befriedigung, die ein kaufmännischer Beruf einem Jugendlichen bringen kann. Interesse für Organisation, Planung, habe ich alles angelesen, meinen Bewerbungstext kenne ich."(52)

Auch den ersten konkreten Schritt in Richtung der von den Eltern favorisierten Ausbildung zum Bürokaufmann, das Erlernen von Maschinenschreiben und Stenografie, macht Christina mit. Nur auf Wunsch der Eltern und ohne jede eigene Überzeugung und Motivation nimmt sie an diesem Kurs teil: "Ich mußte mich anmelden, Dienstag abends fahre ich hin (...) Ich konnte mich nicht davor drücken." (28 f) Von der Mutter wiederholt gedrängt, sich zu bewerben, kommt die Heldin auch dieser Aufforderung schließlich nach, aber wieder ohne Überzeugung und Anteilnahme (46 ff). Sie verfaßt gelangweilt einen Bewerbungstext, der nichts mit ihr zu tun hat. Sie gibt vor, sich für den Beruf des Kaufmanns zu interessieren. Auf eine Annonce hin, die Christinas Mutter aufgegeben hat, sind zwei Ausbildungsplatzangebote eingetroffen. Christina fügt sich wieder den Erwartungen der Mutter und geht zu den Vorstellungsgesprächen. Sie hat dann aber doch genügend eigenen Willen und Kraft, den ihr angebotenen Vertrag auszuschlagen.

Die Analyseergebnisse von Kapitel II lassen sich so zusammenfassen: Die Heldin fühlt sich zu Hause zwar gut aufgehoben und umsorgt, aber unverstanden. Das Familienleben der Hegewalds ist geprägt von Interesse- und Bezuglosigkeit und Kommunikationsarmut. Die Eltern interessieren sich nicht sonderlich für die Gedanken- und Gefühlswelt der Tochter. So hat diese kein wirklich vertrauliches Verhältnis zu ihnen, lebt in großer innerer Distanz. Die elterliche Lebensweise mißbilligt die Heldin, nicht weil sie das traditionelle Rollenverhalten prinzipiell in Frage stellt, sondern weil sie die elterlichen Tätigkeiten und deren Lebensweise langweilig findet. Auch das ihr von den Eltern nahegelegte, traditionelle weibliche Verhaltensmuster hinsichtlich ihrer biographischen und beruflichen Orientierung stellt sie noch nicht explizit und grundsätzlich in Frage. Sie lehnt es vor allem aus ihrer tiefsitzenden, fast irrationalen Angst vor Langeweile ab. Damit bleibt die Heldin auch in ihrer Ablehnung der traditionellen Mädchenrolle noch mädchentypisch. Denn diese Angst vor Langeweile und die damit verbundenen, unrealistischen Wunschträume bezüglich ihrer beruflichen Zukunft sind Bestandteil ihrer ausgeprägt illusionistischen Lebenshaltung und damit letztlich Resultat typisch weiblicher Geschlechtsrollenerziehung. Doch neben dieser mädchentypischen, irrationalen Angst vor Langeweile klingen bei der Distanzierung von der für sie vorgesehenen, typisch weiblichen Berufsrolle auch ansatzweise realistische Einschätzungen, Skepsis, auch Kritik an weiblicher Benachteiligung im Beruf an. Trotz großer innerer Distanz und der Unmöglichkeit, sich mit der ihr zugedachten Rolle zu identifizieren, fügt sich die Heldin noch, typisch weiblich passiv, wenngleich nur scheinbar, in diese Rolle.

III. AUSBRECHEN AUS TRADITIONELL WEIBLICHEM ROLLENVERHALTEN

1. Erfolg, Selbstvertrauen und Überwinden der Passivität

Wie oben dargestellt, bleibt die Protagonistin eine lange Phase hindurch völlig passiv. Erste kleine Anzeichen eigener Initiativen, zeichnen sich jedoch auch hier schon ab. Da ist zuerst die selbständige Suche und Übernahme eines Ferienjobs zu nennen. Mit dieser Initiative - bleibt die Heldin aber letztlich ihrer illusionistischen Lebenshaltung verhaftet; denn Handlungsantrieb ist ein Wunschtraum (Landhausjacke, Landhaus). Die nächste selbständige Handlung, mit der die Heldin gleichzeitig aktiv ein Stück weit von der ihr vorgezeichneten Berufsrolle abweicht, ist ihre klare, entschiedene Ablehnung der einzig sich konkret anbietenden Ausbildungsstelle - ohne den Eltern allerdings die wahren Gründe dafür einzugestehen. Gleich darauf - gewissermaßen ermutigt von ihrer Selbständigkeit - wagt Christina es, ohne vorherige Absprache mit den Eltern - etwas völlig Neues - von ihrem selbstverdienten Geld einen Kassettenrekorder zu erstehen (104 f).

Ein weiterer selbständiger Schritt der Protagonistin, der schließlich die entscheidende Wende, die Überwindung ihrer Passivität auslöst, ist ihr spontaner Entschluß, allein eine kurze Busreise nach Amsterdam zu unternehmen (108), eine Abenteuerreise, wie sich bald herausstellt. Die Heldin gerät nämlich in Amsterdam in eine völlig unerwartete Notsituation. Nach dem Diebstahl ihres gesamten Hab und Guts findet sie Unterschlupf bei Außenseitern der Gesellschaft, ist zunächst sehr unsicher, kommt dann aber schnell zurecht und ist "sehr stolz, wie (sie) mit allem fertig (wird)." (136) Christina macht die Erfahrung, daß sie allein mit einer unerwarteten Situation fertig werden kann; sie fühlt, daß sie nicht mehr so stark abhängig ist. Daraus bezieht sie ein gesteigertes Selbstwertgefühl:

> "Ich sehe in den Spiegel und denke nicht mehr, ob ich Pickel habe, beispielsweise, oder ob mein Haar ordentlich sitzt. Ich sehe mich und denke: *das bin ich, einfach ich mit allem Drum und Dran. Ich bin wer (...). Ich finde mich wichtig und mag mich.* Einfach, weil ich nicht gewußt habe, daß ich so reagieren würde, wie ich es seit vorgestern getan habe (...). Ich bin zufrieden mit mir. Und das ist ein neues Gefühl für mich." (138 (Hervorhebung B.P.)).

Das wachsende Akzeptieren des eigenen Ichs symbolisieren drei aufeinanderfolgene "Spiegelszenen". Als die Heldin sich gleich nach ihrem Mißgeschick und ihrer Aufnahme durch Blue und Ben Bella in den Spiegel schaut, lehnt sie ihr eigenes Spiegelbild ab, es ist ihr fremd:

> "Ich schaue hinein und sehe mich. Als ob dort jemand anderes steht. Jemand fremdes. Etwas verschwommen sehe ich die Kiki." (120)

Später, beim zweiten Blick in den Spiegel, fällt es ihr schon leichter, ihr Spiegelbild anzunehmen: "Das bin doch ich, die im Spiegel." Beim dritten Mal schließlich akzeptiert sie ihr Spiegelbild und damit sich selbst: "Ich sehe in den Spiegel. Ich gefalle mir." (129)

"*Aber ich glaube, ich werde alles anders machen, jetzt.*"(137 Hervorhebung B.P.)) Dieser Satz signalisiert die Wende, drückt Zuversicht aus und den Willen der Heldin, ihr Verhalten zu ändern. "Nicht mehr nur träumen", "Was draus machen (...) aus allem was machen. Aus mir was machen." - Der feste Vorsatz ist gefaßt, sich aus der bisherigen Lethargie zu befreien, sich nicht mehr durch Flucht in eine bunte Traumwelt, um wichtige Entscheidungen zu drücken, sondern das Problem der Berufswahl ernsthaft und aus eigener Initiative anzugehen. Obwohl die Heldin noch keine genauen Pläne hat bezüglich ihrer beruflichen Entwicklung, ist sie fest entschlossen:

> "Morgen fahre ich nach Hause, und übermorgen werde ich dran gehen, etwas aus mir zu machen (..). Ich werde schon was schaffen. Will mich nicht mehr verkaufen lassen, herumschieben lassen von allen." (139)

Gesagt, getan. Gleich bei ihrer Heimkehr läßt Christina ihre Eltern spüren, daß sie sich nun nicht mehr herumschieben und -kommandieren läßt, nicht mehr gehorsam sich allen ihren Anordnungen fügen wird, daß sie vielmehr ab jetzt ihren eigenen Vorstellungen gemäß zu handeln vorhat, im Begriff ist, eine energische und eigenständige Persönlichkeit zu entwickeln. Sie setzt ein erstes Zeichen, indem sie den Vorschlag der Mutter, sie solle doch am besten gleich baden, entschieden zurückweist mit der Feststellung: "Ich will nicht." (141) Sie will es später tun, wenn sie selbst es für richtig hält. Und diesen Standpunkt wagt sie auch dem Vater gegenüber, der obersten Autoritätsperson in der Familie, zu behaupten.

Fest entschlossen startet die Heldin am nächsten Morgen ihre erste eigene Initiative zur Berufsfindung: Sie sucht die Berufsberatungsstelle auf. Hartnäckig und selbstbewußt fordert sie echte Unterstützung, gibt sich nicht mit den üblichen, routinemäßigen Fragen, Erläuterungen, Ratschlägen und Broschüren zufrieden. Ihr energisches Auftreten, ihr fester Wille, nun endlich eine sinnvolle Berufsperspektive aufzutun, ist schließlich von Erfolg gekrönt: Christina findet gemeinsam mit der Berufsberaterin heraus, was für sie zunächst der richtige Weg ist: Sie wird weiter auf die Schule gehen und Abitur machen. Und diesen Entschluß setzt sie den Eltern gegenüber auch ganz energisch und selbstbewußt durch:

> "Ich weiß, daß die Schule für mich das richtige ist. Ich mach auch nichts anderes. Ich will auch nichts anderes. Da könnt ihr euch auf den Kopf stellen." (156)

Diese ersten eigenständig unternommenen Schritte und der mit Erfolg durchgesetzte Entschluß, Abitur zu machen, bringen der Heldin einen weiteren Zuwachs an Zuversicht und Selbstvertrauen. Ein Schlüsselerlebnis im Kreis der Familie bestärkt sie zusätzlich. Als sie nämlich während einer Werbesendung im Fernsehen einen kritischen Kommentar abgibt, zeigen sich die Eltern sehr beeindruckt von ihrer Tochter:

> "Es ist das erste Mal, daß sich meine Eltern nach mir umdrehen (...), bin ich etwas stolz. Weil ich meine Eltern bewegt habe. Ich setze mich ein wenig aufrechter hin. Irgendwie fühle ich mich erwachsen." (160)

In der Schule steht sie zum ersten Mal in ihrem Leben im Mittelpunkt. Auch das ist Balsam auf ihr lädiertes Selbstvertrauen: "Es tut mir gut." (161)

Aufgrund von Eigeninitiativen und ersten Erfolgserlebnissen stellt sich bei der Protagonistin ein gesundes Selbstwertgefühl ein. Die Heldin hat erkannt - und handelt nunmehr auch danach -, "daß die Dinge einem aus den Händen rinnen, wenn man sie nicht bewußt betreibt, daß das eigene Schicksal unkontrolliert wird, wenn (man) kein Interesse zeig(t)". Christina vollzieht eine bewußte und entschiedene Abkehr von ihrer bisherigen, typisch weiblichen, kindlich passiven Lebenshaltung: "Ich habe vor, alles gezielt zu tun, mir eine Meinung zu bilden." (159)

2. Wachsende Ablehnung der traditionellen Frauenrolle

Was Christina schon zu Anfang der Erzählung mit innerer Distanz registriert, stößt nun auf heftige Ablehnung: die starre Rollenverteilung der Eltern nämlich, vor allem die dienende Rolle, die dabei der Mutter zukommt. Als sie - aus Amsterdam zurückgekehrt - beim ersten Frühstück mit den Eltern beobachtet, wie die Mutter dem Vater die Brote schmiert, den Kaffee einschenkt, zuckert, ja ihn sogar noch umrührt, lehnt sich alles in ihr auf: "Mir vergeht der Appetit."(145) Und ganz dezidiert sagt sie erstmals dem Vater in einem Gespräch über ihre Zukunft: "Ich will nicht nur so leben wie die Mama." (155) Sie weist die Perspektive, "Nur"-Hausfrau zu werden, zurück; sie findet, ihre Mutter "hat doch gar nichts vom Leben" (155). Sie wird nicht damit zufrieden sein, "mit dem Abwaschen, dem Unkrautpflücken, dem Einkochen" (155 f). Zum ersten Mal klingt hier eine *prinzipielle Ablehnung der traditionellen Arbeitsteilung* an; die zunächst eher nur gefühlsmäßige Ablehnung der als unerträglich langweilig eingeschätzten Hausfrauentätigkeit scheint überwunden. "Die Brote machen für eine Familie", empört sich die Heldin nun, "als ob nicht jeder sein Zeug selbst machen könnte." Und dem Vater hält sie vor: "Wenn du dir deine Socken selber heraussuchen würdest, hätte die Mama auch mehr Luft für andere Dinge." (156) Sie impliziert in diesen Äußerungen die Forderung nach einer Lokkerung der starren geschlechtsspezifischen Arbeitsteilung, die auch der Frau Zeit für sich selbst, ihre Interessen und ihren Beruf läßt.

Zentraler Bestandteil der traditionellen Frauenrolle ist die *Mutterrolle*, die quasi automatische Übernahme der Alleinverantwortung für Pflege und Erziehung der Kinder durch die Frau. Es ist von Interesse herauszuarbeiten, wie das diesbezügliche Verhalten der Protagonistin in Dagmar Chidolues Roman sich dem Leser darstellt. Haben wir es mit einem fürsorglichen, instinktiv mütterlichen Mädchen zu tun, dem seine zukünftige Mutterrolle auf den Leib geschrieben ist, oder mit einem Mädchen, das sich kritisch zur traditionellen Mutterrolle äußert, die angeblich angeborene Mütterlichkeit und alle damit in unserer Gesellschaft verbundenen Entsagungen hinterfragt? Wir stellen fest, daß die Auseinandersetzung mit dem Problem der Mutterrolle in Chidolues Buch kaum Raum einnimmt. Die Heldin verspürt offensichtlich keine besondere Neigung, sich mit Kindern zu beschäftigen; Kinder spielen in ihrem Leben keine Rolle. Nirgendwo im Text wird erwähnt, daß Christina ein Kind umsorgt, mit einem Kind spielt oder eines auf dem Schoß hält. Eine einzige Ausnahme ist zu erwähnen: In ihren Träumen rettet die Heldin manchmal als asiatisches Flüchtlingsmädchen ein Baby, übernimmt für dieses auch die Verantwortung und damit die Mutterrolle. Ansonsten ist im Text nirgendwo ein Hinweis auf das Vorhandensein irgendwelcher mütterlicher Gefühle der Protagonistin zu finden. Nichts vom - den Mädchen angeblich angeborenen - Mutterinstinkt stellt sich ein, keinerlei Sehnsucht nach der Mutterrolle offenbart sich, auch dann nicht, als Christinas Freund Rollo seine Sehnsucht nach der Vaterrolle kundtut. Im Gegenteil, sie registriert sein Verhalten sichtlich befremdet: "Er schaut sich nach jedem Kinderwagen um und streicht kleinen Buben im Vorbeigehen übers Haar. Es kotzt mich an." (173) Der Weg, den ihre Schulkameradin Franzi einschlägt, macht Christina betroffen. Diese hat nämlich, die typisch weibliche, totale Ausrichtung auf den Partner vollziehend, ihre eigene Schulausbildung abgebrochen, um sich für einen mittel-qualifizierten weiblichen Beruf zu entscheiden -, schließlich, meint Franzis Freund Martin: "Was muß sie soviel lernen, wenn sie später doch nur Windeln waschen muß?" (173)

3. Entwicklung einer Berufsorientierung und Lösung von der Ausrichtung auf den männlichen Partner

Die im ersten Teil der Erzählung beruflich total desorientierte Heldin, die passiv, plan- und ziellos in den Tag hineinlebt, mausert sich zu einem Mädchen mit gezielten Vorstellungen und Plänen. Aufgrund wichtiger Erfolgserlebnisse überwindet sie ihre Passivität. Aus einem desinteressierten, stets in eine bunte Traumwelt abgleitenden typischen Mädchen entwickelt sich ein Mädchen mit realitätsgerechtem Verhalten: Es beginnt, sich für seine Umwelt und sich selbst zu interessieren, nimmt sein Leben selbst in die Hand, ist bereit zu lernen, erkennt die *Wichtigkeit der Berufswahl* und findet schließlich seine Interessen und Fähigkeiten heraus, die es lange Zeit überhaupt nicht kennt, und kann dann auch, zunächst vage, dann schon gezieltere Berufspläne entwickeln. Am Ende des Buches bleibt es zwar offen, für welchen Beruf sich Christina nach dem Abitur entscheiden wird, doch eine Entscheidung ist bereits abzusehen. Zumindest nimmt Christina sich vor, sich ganz konkret und gezielt und mit großem Engagement - anstatt Ferien zu machen - für den Journalistenberuf zu interessieren. Dies ist insgesamt als Emanzipationsprozeß zu werten. Aus einem Mädchen mit typisch weiblich passivem Verhalten und Lebensmuster, in dem der Beruf nur eine untergeordnete Bedeutung hat, entwickelt sich ein Mädchen, das den Beruf sehr ernst nimmt und eigenständige, gezielte Pläne entwickelt.

Diese Veränderungen haben auch ihre Auswirkung auf Christinas Verhältnis zum anderen Geschlecht. Erinnern wir uns zuerst zurück. Die Heldin neigte in ihrer Phase der illusionistischen, passiven Lebenshaltung sehr stark dazu, sich in eine Partnerbeziehung zu flüchten, die alles Ungemach vergessen läßt. Irgendwo träumte sie vage davon, sich von einem starken Mann "erlösen" zu lassen, um in seine beschützenden Arme zu sinken und sich fortan an ihn anzulehnen und an ihm zu orientieren. Lange kann sich die Heldin von dieser Haltung nicht befreien; auch die Beziehung zu Rollo ist anfangs davon geprägt. Rollo übernimmt auch bereitwillig sofort die Beschützerrolle. Gleichsam symbolisch beginnt die Beziehung zwischen Christina und Rollo damit, daß er sie beim Eislaufen festhält und stützt. Seine physische Stärke, seine beschützende Art vermitteln in der Folgezeit dem Mädchen immer wieder ein Gefühl der Schwäche:

> "Ich sehe zu ihm auf, er ist einen Kopf größer als ich, sieht auf mich herab, seine Augen lächeln auch, wenn er mich ansieht (...) Dieser Blick ist so beschützend, umfassend, umarmend." (167)

"Spätzchen" nennt Rollo sie, und in seinen Armen fühlt sie sich klein. "Muß ich beschützt werden?", fragt sie sich skeptisch und kann sich doch dem Gefühl nicht entziehen, schwach und hilflos zu sein:

> "Seine Arme sind kräftig. Rollo ist warm mit streichelndem Atem. Mein Kopf liegt an seiner Brust. Ich bin klein und muß beschützt werden. Ich bin ein Spätzchen." (167)

Unsicher in ihrer Vorstellung von ihrer zukünftigen Rolle als Frau, auch unsicher in ihrer Beziehung zu Rollo, unterliegt die Heldin denn auch immer mal wieder der *Versuchung, an Rollos schützende Brust zu flüchten,* um alles Unangenehme zu vergessen:

> "Mensch, die Welt geht mich doch nichts an (...) Mord und Totschlag und Krieg und Einsamkeit. Ich hab doch Rollo, kann mich an seinen kratzigen Pullover drücken, an seine breite Brust." (178)

Das Verhalten der Heldin Rollo gegenüber ist auch in anderen Punkten noch stark von ihrer passiven, illusionistischen Lebenshaltung geprägt. So verhält sich Christina schon beim Zustandekommen dieser Beziehung rein passiv. Die Initiative geht allein vom Jungen aus, das Mädchen läßt sich "nehmen". Es beginnt damit, daß er sie beim Eislaufen "bei der Hand nimmt" (163). Passiv, eher zufällig, ist Christina in diese Beziehung hineingeschlittert. Und trocken vermerkt sie: "Ich habe das Gefühl, die Jagd ist zu Ende (...). Und ich stehe mit Rollo da." Daraus spricht nicht gerade große Begeisterung. Keine Spur hier von der schwärmerischen Zuneigung, die die Heldin für Engelbert oder Günther empfand. Nach der ersten Zeit intensiven Zusammenseins mit Rollo vermerkt sie eher unwirsch: "Ich bin nun gar nicht mehr allein. Rollo folgt mir überall hin. Daß er mich nicht aufs Klo begleitet, ist auch alles." (163) Oder etwas später notiert sie: "Rollo strahlt mich die ganze Zeit über an. Das kann ich nicht gut haben." (164) Dennoch geht sie mit ihm aus, macht Spaziergänge mit ihm, die sie allerdings bald langweilig findet (165); sie tauscht auch Zärtlichkeiten mit ihm aus, sogar ein erster sexueller Kontakt kommt zustande - doch alles ohne Gefühlsüberschwang von Christinas Seite. Die Initiativen, die Aktivitäten gehen von Rollo aus; Christina bleibt relativ kühl und passiv, fast abweisend, distanziert und beobachtend. Sehr nüchtern registriert sie Rollos Küsse: "Rollo drückt seine Lippen auf meine. Einfach so. Ich finde es sehr banal. Es gibt mir auch nichts." (164) Oder: "Rollo küßt lange und intensiv. Seine Zähne kratzen auf meinen. Ich mag seine Zunge nicht." (170) Auf Rollos Wunsch nach Geschlechtsverkehr reagiert Christina eher ablehnend: "Aber wenn ich ein Kind kriege?" - "So viel ist mir die Sache nicht wert, so verrückt nach dem Rollo bin ich auch nicht." (178) Als es schließlich doch zu einem sexuellen Kontakt kommt, bleibt Christina unbeteiligt, vergleicht mit Schilderungen, die sie aus Romanen kennt, und fragt sich enttäuscht: "War das alles?" (181)

Es ist typisch für Christina, daß sie den beschriebenen Mangel an Nähe und Erotik durch Flucht in die Phantasie ausgleicht. Die altbewährten Fluchtmechanismen werden auch hier eingesetzt: "Während sie Rollos Küsse über sich ergehen läßt, denkt sie an das Zusammensein mit Willi. Erst dann findet sie Gefallen daran:

> "Ich stelle mir vor, wie ich mir einen Kuß wünschte. Ich stelle mir Willi vor, den Elbstrand, den Sand unter mir. Da geht es besser. Ich küsse Rollo wie verrückt, ich könnt in ihn hineinkriechen." (164)

Ihre Gleichgültigkeit Rollo gegenüber überwindet sie auch durch die Vorstellung, Rollo könnte vielleicht nicht zur Verabredung kommen oder sich anderen Mädchen zuwenden (180,164). Und nur wenn sie die Augen ganz fest verschließt, und nur dann, gelingt es ihr, sich an Rollos Brust wohlzufühlen, starke erotische Empfindungen zu haben, um schließlich das Gefühl für die Wirklichkeit zu verlieren.

Die Heldin bleibt also in ihrer Beziehung zu Rollo stark von ihrer illusionistischen Lebenshaltung geprägt. Sie verhält sich passiv bis ablehnend, gleicht mangelnde Erotik durch Träume aus und ist versucht, in Rollos Armen einem trauten Eheglück entgegenzugehen. Doch sie macht eine Entwicklung durch. Hand in Hand mit ihrem immer energischeren und gezielteren Einsatz für Schule und berufliche Zukunft, dem festen Willen, ihr Leben eigenständig zu gestalten, wird das Zusammensein mit Rollo für sie immer unbefriedigender und unwichtiger, bis sie schließlich die Kraft findet, sich aus dieser sie total vereinnahmenden Beziehung zu lösen, um fortan ihr Leben eigenständig zu gestalten.

Erste deutliche Zeichen der Loslösung der Heldin von ihren Fluchtversuchen in eine Traumwelt und in eine Partnerschaft sind an ihrer Einstellung zur Schule zu beobachten. Was die Heldin in ihrer ersten passiv-illusionistischen Phase als wohltuend empfand, nämlich in der Schule vom Unterricht nichts mitzubekommen (vgl. Tanzschulschwarm), lehnt sie nun ab: "Er (Rollo) findet das toll. 'Man kann sich kaum auf den Unterricht konzentrieren', sagt er. Ob das so toll ist?" (163) Christina entwickelt großes Interesse an der Schule, arbeitet fleißig, ist durchaus ehrgeizig, hat erkannt, daß die Schule für sie eine einmalige Chance darstellt:

> "Ich bin ehrgeizig, ich mag es, wenn Leute gut in der Schule sind, wenn sie was können, irgendwo eine Begabung haben (...). Ich will was aus mir machen (...).Ich weiß noch zu wenig, ich bemühe mich mehr zu wissen (...) Was wir hier machen, die Schule und so, ist eine einmalige Chance (...) Das kommt nie wieder. Ich will so viel wie möglich davon haben (...) Ich mag kein Mittelmaß." (166)

Rollo hingegen, der "Durchschnitt, normal, stinknormal" (166) ist, versucht Christina von vielen Arbeiten abzuhalten (166), während sie versucht, ihn für ehrgeizigeres Arbeiten zu motivieren.

Und bald schon formuliert sie erstmalig Berufswünsche:

> "Ich könnte mir vorstellen, daß ich etwas mit Zeitungen zu tun haben möchte (...) Journalistin, Redakteurin oder ähnliches. Vielleicht studiere ich Zeitungswissenschaften. Oder fange irgendwo als Volontärin an." (16)

Rollo nimmt diesen Plan mit Skepsis auf, weil er findet, sie müßten beide unbedingt "zusammen auf die gleiche Uni" (168). "Wieso eigentlich?" fragt daraufhin die Heldin selbstbewußt. "Ich kann doch meinen Weg gehen?" (168) Dieser Gesprächsausschnitt macht deutlich, daß Christina ihren zukünftigen Beruf schon sehr wichtig nimmt, und beginnt, die *Vorrangstellung der Partnerschaft in Frage* zu stellen. Ihre Unzufriedenheit über die Beziehung zu Rollo, die sie als "Larifari" bezeichnet, wächst. Sie findet an ihm immer mehr störende Details, übt verstärkt Kritik an ihm. Während Rollo glücklich und zufrieden ist mit Christina und auch Christinas Eltern diese Verbindung befürworten, wächst Christinas Unzufriedenheit und Unsicherheit. Sie teilt der Mutter ihre Bedenken mit:

> "Es ist alles so normal geworden (...) Ich benehme mich doch mit dem Rollo nicht anders als ihr. So schläfrig. Kein Gespräch, das sich um andere Dinge dreht als um uns. Nichts Großes, Großartiges. Alles so normal, so stinknormal." (176)

Sie stellt sich ihre Partnerbeziehung ganz anders vor:

> "Ich möchte nur gern tun, was ich für richtig halte (...) etwas tun, wofür ich mich einsetzen kann, richtig leidenschaftlich. Im Beruf, auch irgendwie mit einem Menschen. Nicht so'n Larifari wie mit Rollo. (176)

Während die Heldin ihrer Beziehung zu Rollo immer weniger abgewinnen kann, hält ihre Begeisterung für das Arbeiten und Lernen an: "Wenn ich über meinen Büchern sitze, ein Referat vorbereite. Da knie ich mich voll hinein, da kann ich mich noch begeistern." (176)

Rollo, für den die Beziehung zu Christina wichtigster Lebensinhalt geworden ist (178), drängt immer wieder auf sexuellen Kontakt. Christina reagiert gereizt:

> "Können wir nicht mal über was anderes reden? (...) Immer nur: du und ich. Als ob die ganze Welt nur aus uns besteht. Gibt es nicht so viele andere Probleme?" (178)

Trotz aller Unsicherheit und Ablehnung gibt sie aber schließlich Rollos Drängen nach Geschlechtsverkehr nach. Doch behält sie dabei einen ganz klaren Kopf, schließt jedes Schwangerschaftsrisiko aus, plant genau - ohne sich allerdings mit ihrer Handlungsweise identifizieren zu können:"Essen machen, auf einen Mann warten, mit ihm schlafen, es ist mir ganz und gar zuwider." (180) Während Rollo sehr glücklich ist, bleibt Christina "ganz cool". (182) Dieses Erlebnis erleichtert ihr dann auch wohl noch zusätzlich die Distanzierung von Rollo. Bald darauf macht sie Schluß mit ihm (183) und fühlt sich wie befreit, hat wieder "Luft zum Atmen" (184). Zufrieden und entschlossen widmet sie sich nun voll der Beschäftigung mit ihrem zukünftigen Beruf. "*Ich weiß, was ich will. Und das tue ich*" (Hervorhebung B.P.), kann sie nun selbstbewußt und zielstrebig von sich sagen. Damit hat sich die Protagonistin vom traditionell weiblichen Lebensmuster gelöst, in dem Partnerschaft stets Vorrang hat vor der beruflichen Entwicklung des Mädchens.

B. DARSTELLUNG EINES EMANZIPATIONSPROZESSES UND SEIN WIRKUNGSPOTENTIAL

Die einzelnen Etappen des sich verändernden Geschlechtsrollenverhaltens der Heldin wurden nachgezeichnet; zu analysieren bleibt dessen jeweiliger emanzipatorischer Gehalt. Da eine empirische Überprüfung von Wirkungshypothesen im Rahmen dieser Arbeit nicht, bzw. in nur kleinem Umfang zu leisten war, werde ich keine verbindlichen Wirkungsaussagen machen können und mich im wesentlichen auf *Beschreibung und Diskussion des im Text angelegten Wirkungspotentials* beschränken. Es soll herausgearbeitet werden, was an Inhalt und Art der Darstellung geschlechtsspezifisch/unspezifisch ist und was jeweils als potentiell emanzipatorisch/geschlechtsrollenfixierend/-neutral einzustufen ist, welches Rezeptionsangebot der Text also macht. Dabei wird auf inhaltliche und formale Aspekte zu achten sein, auf Erzählperspektive ebenso wie auf für die Konfliktbewältigung relevante Faktoren. Ich will auch versuchen, Unterschiede zu anderen Mädchenbüchern herauszuarbeiten, um zu sehen, in welchen Punkten dieses Buch einen Fortschritt darstellt und wo es der Tradition verhaftet bleibt.

I. KRITISCHE AUSEINANDERSETZUNG MIT DER TRADITIONELLEN MÄDCHENROLLE

Dagmar Chidolues Roman "Aber ich werde alles anders machen" stellt den Konflikt eines Mädchens mit der traditionellen Mädchenrolle dar. Die Heldin macht einen Emanzipationsprozeß durch: sie überwindet ihre typisch weibliche Passivität, Verträumtheit und Orientierungslosigkeit und entwickelt sukzessive eine biographische Orientierung,in der Berufstätigkeit als wichtiger Faktor für das ganze Leben - auch der Frau - begriffen wird. Mit der traditionell weiblichen Ausrichtung auf einen männlichen Partner bricht die Heldin; die traditionelle Hausfrauen- und Mutterrolle lehnt sie ab. Damit stellt sie die in unserer Gesellschaft vorherrschende starre geschlechtsspezifische Arbeitsteilung prinzipiell in Frage und wendet sich von ihr ab.

Die Erzählung Chidolues ist eine *realistische* Darstellung eines wichtigen *krisenhaften* Aussschnitts eines weiblichen Lebenslaufs hic et nunc, Bundesrepublik Deutschland 1980, also keine zeitlos unverbindliche Abenteuergeschichte. Die in unserer Gesellschaft real vorhandenen nachteiligen Auswirkungen spezifisch weiblicher Sozialisation, der gesellschaftliche Druck, die traditionell weibliche Rolle zu übernehmen, werden aufgezeigt und kritisch hinterfragt. Die Heldin, die nach spezifisch weiblicher Sozialisation in eine Identitätskrise gerät, als man sie drängt, den ersten entscheidenden Schritt in Richtung traditionelle Frauenrolle zu tun (- Annehmen eines als Lückenbüßer begriffenen, ungeliebten Berufs -), reflektiert die traditionelle Mädchenrolle, übt Kritik an ihr, distanziert sich zunehmend und bricht schließlich aus dem gängigen weiblichen Lebensmuster aus. *Die Konfliktlösung wird durch Ausbrechen erreicht, nicht durch Anpassung!* Damit entspricht dieses Buch in einem ganz wesentlichen Punkt den oben formulierten Anforderungen an Kinder- und Jugendliteratur: Es verschleiert die gesellschaftliche Realität nicht und lenkt nicht von ihr ab;

es unterdrückt eigene Handlungsantriebe der Leserin nicht durch illusionäre Bedürfnisbefriedigung und begünstigt nicht ihre Anpassung und Versöhnung mit dem Gegebenen. *Es fordert* sie vielmehr zu aktiver Auseinandersetzung mit der Realität *auf, zur kritischen Auseinandersetzung mit den traditionellen Geschlechtsrollen.*

"Aber ich werde alles anders machen" hebt sich von der grossen Masse traditioneller Mädchenbücher ab, die - stark vereinfachend charakterisiert - ablenken, unterhalten und auf die traditionelle Mädchenrolle vorbereiten; sie verstärken und verfestigen die sozialen Vorgaben, indem sie Konflikte mit der Geschlechtsrolle aussparen, verschleiern, verharmlosen oder davon ablenken; sie legen dem Mädchen das Akzeptieren der traditionell weiblichen Rolle nahe, feiern das Sich-Fügen als lohnende und glückbringende Verhaltensweise (Paradebeispiel "Der Trotzkopf" und seine unzähligen Nachahmungen und Variationen (Dahrendorf 1978,129)). Meistens erleichtern sie der Leserin die Flucht aus der Realität, das Eintauchen "in eine Welt entlastender Unverbindlichkeit" (Dahrendorf 1978,104) durch eskapistische Inhalte (Ferien, Abenteuer, Internat), durch Ausblenden gesellschaftlicher Realität. So fördern sie die Versöhnung mit dem Gegebenen, wirken status quo erhaltend, antiemanzipatorisch.

1. Lösung von der Fixierung auf einen männlichen Partner

Das emanzipatorische Gewicht von Christinas Lösung von der Fixierung auf einen männlichen Partner ist erheblich und wiegt umso mehr, als die Heldin *von niemandem dabei unterstützt* wird. Kein Vorbild bietet sich an, niemand bestärkt oder ermuntert sie, sich aus der Bindung an Rollo zu lösen. Im Gegenteil. Sowohl Rollo als auch ihre Eltern drängen sie geradezu in diese Beziehung. Sie alle sehen und akzeptieren Christina und Rollo schon als Ehepaar, Christina in der Rolle des vom Ehemann abhängigen Weibchens.

Als sie sich mit Rollo anfreundet und ihn ins Elternhaus mitbringt, wird er freundlich aufgenommen und sehr bald als Schwiegersohn in spe akzeptiert:

> "Meine Eltern sind begeistert. Ich meine, man sieht es ihnen nicht an. Sie sind ja von Natur aus fast unbeweglich. Aber kleine Gesten zeigen, wie einverstanden sie mit Rollo sind. Der extra große Schlag Sahne meiner Mutter auf Rollos Pfirsichtortenstück. Mein Vater bietet ihm ein Schnäpschen an oder eine Flasche gut gekühltes Bier." (165)

Christinas Eltern unterstützen und fördern diese Beziehung, nehmen das junge Paar zum "offiziellen" Sonntagsspaziergang mit (165) und würden zu gern Christina und Rollo beim alljährlichen Betriebsfest vorzeigen: "Was wärt ihr für ein schönes Paar", schwärmt Mutter Hegewald (179).

Als Christina sich über die "ewigen Spaziergänge mit Rollo" beklagt, versucht die Mutter, sie zuversichtlich zu stimmen, indem sie für den Sommer zur Abwechslung Schwimmbadbesuche vorschlägt (165). Christinas wachsender Unsicherheit und Unzufriedenheit über ihre Beziehung zu Rollo begegnet die Mutter mit ermunternder Zuversicht. Sie hat Vertrauen zu Rollo und setzt große Hoffnung in Christinas Beziehung zu ihm:

> "Ach der Rollo wird schon seinen Weg gehen. Der ist geradeaus (...) Der wird schon nichts Schlechtes machen. Da bin ich ganz zuversichtlich. Der legt dich schon nicht rein. Du siehst alles zu grau." (176)

Der eindeutige Rat ergeht an die Tochter, trotz Unzufriedenheit und Unsicherheit bei Rollo zu bleiben: "Du sollst dich abfinden damit, wie es ist, und das Beste daraus machen." (176) Entsprechend verständnislos steht die Mutter dann der Tatsache gegenüber, daß die Tochter die Beziehung zu Rollo abgebrochen hat (184), und zu gern sähe sie eine Versöhnung (187).

Auch der Vater empfiehlt seiner Tochter, sie solle doch dem Rollo "zur Seite stehen" (177), anstatt eigene gezielte Berufspläne zu entwickeln und eine qualifizierte Ausbildung anzustreben. Rollo seinerseits übernimmt bereitwillig die Beschützerrolle und fordert von Christina, sie solle sich mehr auf ihn und auf das Zusammensein mit ihm konzentrieren als auf ihren schulischen und beruflichen Werdegang (166). Christina wird geradezu in die Rolle des total auf den männlichen Partner ausgerichteten, schwachen, anlehnungsbedürftigen, zu beschützenden Weibchens gedrängt.

Es grenzt schon beinahe an ein *Wunder*, daß sie die Kraft aufbringt, sich dieser Rolle zu entziehen. Erleichtert wird dieser Ablösungsprozeß allerdings dadurch, daß Christinas Zuneigung zu Rollo nie besonders stark war. So konnte sie viel leichter kritische Distanz bewahren und neigte nicht dazu, Rollos Schwächen zu übersehen. Dieser Tatbestand schmälert ein wenig die emanzipatorische Kraft ihres Entschlusses, die Beziehung zu Rollo zu beenden. Dennoch wäre vorstellbar, daß das Verhalten der Protagonistin die *Leserin ermuntert, die weibliche ausschließliche Fixierung auf den Mann zu hinterfragen*. Ganz anders hat man die Wirkung traditioneller Mädchenbücher einzuschätzen, denn dort bereitet "immer wieder (...) der Mann aller Unsicherheit ein Ende, ist er das erstrebenswerte Ziel." (Dahrendorf 1978,59)

2. Ablehnung der traditionellen Hausfrauen- und Mutterrolle

Im traditionellen Kinder- und Jugendbuch ist das "richtige" Mädchen ein mütterliches Mädchen. "Es versorgt seine Geschwister oder verlassene fremde Kinder", - was oft mit "Verzicht auf eigene Wünsche verbunden" ist - und es "bringt selbstverständlich Opfer" für die Familie (Oestreich 1973,42). Viele Backfischromanserien (z.B. "Nesthäkchen") begleiten die Heldinnen von der " Wiege über das zwangsläufige Mutterglück bis zur Bahre" (Mayr-Kleffel 1984,59), suggerieren, daß die Mutterrolle dem weiblichen Wesen am besten entspreche und mobilisieren starke Muttergefühle. Sie bereiten meist sehr einseitig auf die traditionelle Mutterrolle vor und helfen sie zementieren.

Neuere Mädchenbücher dagegen klammern die spätere mütterliche Existenz der Mädchen, quasi wie ein Tabu aus. Damit lassen sie die heranwachsende Mädchengeneration in einem zentralen Aspekt weiblicher Lebensplanung allein (Mayr-Kleffel

1984,59). Auch Chidolues "Aber ich werde alles anders machen" gehört zu diesen Büchern, denn die Auseinandersetzung mit der Mutterrolle findet darin nur ganz marginal statt. So wird die Leserin nicht auf die Mutterrolle vorbereitet oder zum Nachdenken über alternative Formen von Mutter- und Elternschaft angeregt. Das ist sicherlich ein Manko. Andererseits ist - gerade in einer Zeit eines sich neuerlich entfaltenden Muttermythos - positiv zu bewerten, daß die Heldin Chidolues die traditionelle Mutterrolle ablehnt, keinerlei mütterliche Gefühle entwickelt, und daß dies von der Autorin nicht bemängelt wird. So dürfte dieses Buch *wohl kaum zur Fixierung der Leserin auf die traditionelle Mutterrolle beitragen*.

Die hier angesprochene *Ambivalenz* in der Behandlung des Aspekts Mutterschaft findet sich bei Chidolue in der gesamten Darstellung und *Bewertung der Hausfrauenarbeit*. Daß sich die Heldin kritisch mit der traditionellen Hausfrauenrolle auseinandersetzt und diese - in Kontrast zur Heldin des traditionellen Mädchenbuchs - verwirft, ist als wichtiger emanzipatorischer Schritt zu bezeichnen und könnte möglicherweise v.a. das Bewußtsein von Haupt- und Realschülerinnen, die in der Regel noch relativ stark auf die traditionelle Hausfrauenrolle fixiert sind, verändern helfen. Daß Hausarbeit aber von der Buchheldin - und sichtlich auch von der Autorin, die sich dazu jeglichen Kommentars enthält - durchgängig negativ bewertet wird, als "uneigentliche" Arbeit gilt, und weibliche Selbstverwirklichung ausschließlich außerhäuslich realisierbar scheint, entspricht nicht heutigem feministischem Selbstverständnis, wonach die sogenannte Reproduktionsarbeit der Frau zunehmend als wichtig anerkannt und aufgewertet wird, ohne selbstverständlich ausschließlich Frauen ausschließlich darauf festlegen zu wollen.

II. MÄDCHEN UND BERUF ALS ZENTRALES THEMA

Die Handlung von Chidolues Erzählung spielt zwar weitgehend in den großen Ferien, doch ist nichts vorhanden von Enid Blytons unbeschwerten Feriengeschichten, die der gesellschaftlichen Realität und der Arbeitswelt entrückt sind. *Hauptanliegen* des Romans ist die Problematik *"Mädchen und Beruf"*. Das Mädchen wird stark berufsbezogen gesehen. Insofern stellt dieses Buch einen Fortschritt dar gegenüber dem traditionellen Mädchenbuch, bei dem Dahrendorf beklagt, daß "der Beruf, die berufliche Orientierung der Mädchen nur eine untergeordnete Rolle" spielt (Dahrendorf 1978,95).

Da die *Berufswahl* der Chidolueschen Heldin zentrales Thema des Buches ist, muß im Detail untersucht werden, *unter welchen Bedingungen sie zustande kommt* und inwieweit von den einzelnen Aspekten ihres Zustandekommens jeweils emanzipatorische/rollenfixierende Wirkungen ausgehen können. Folgende Fragen sollen hier beantwortet werden: Welche Rolle spielt der Beruf im Leben der Protagonistin und welche Anforderungen stellt sie an ihn? Wie wichtig ist ihr seine inhaltliche Qualität; gibt sie sich mit dem eingeschränkten Berufsspektrum für Frauen zufrieden? Welches Berufsziel verfolgt sie? Strebt sie eine höhere (typisch männliche)Qualifikation und Stellung an, oder gibt sie sich mit dem typisch weiblichen geringen Aspirationsniveau zufrieden? Welchen Beruf wählt die Heldin schließlich? Ist es ein typisch männlicher/weiblicher? Auch ist interessant, wie die Entscheidung der Heldin für einen bestimmten Beruf zustande kommt. Findet die Berufswahl in Ausrichtung auf einen männlichen Partner und Familie statt oder basierend auf Interessen, Fähigkeiten und eigenständigen Zielsetzungen der Heldin? Und welche Rolle spielt dabei der Zufall (Glücksfall, Unglücksfall, Katastrophe) oder das Entdecken einer großen Begabung oder gar das Entdecktwerden? Gründet sich die Berufswahl der Heldin auf rationale Überlegungen, sachliches Interesse oder auf vage Sehnsüchte nach einem Traumberuf?

Zunächst zur Rolle, die der Beruf nunmehr im Leben der Heldin spielt bzw. voraussichtlich spielen wird. Von der traditionellen weiblichen biographischen Orientierung, welche die Berufswahl des Mädchens als zweitrangigen, der Partnerwahl untergeordneten Lebensaspekt auffaßt, befreit sich die Protagonistin. Sie erkennt die *Berufstätigkeit als wichtigen Aspekt auch weiblichen Lebens*, als Grundlage eigenständiger Entwicklung,und ist nicht bereit, ihn lediglich als Lückenbüßer bis zur Heirat zu begreifen. Damit setzt sich die Heldin entschieden vom traditionellen Lebensmuster und den elterlichen Vorstellungen ab. Sie sucht einen Beruf, den sie ihr ganzes Leben lang (155) gerne ausüben kann.

Frauen, die den Beruf nur als Lückenbüßer begreifen, legen im allgemeinen keinen großen Wert auf den *inhaltlichen* Aspekt ihrer Arbeit. Auch in diesem Punkt stellt die Heldin - und dies von Anfang an - höhere Ansprüche, als Mädchen es aufgrund ihrer Sozialisation zu tun gewohnt sind. Mit den mädchentypischen Büroberufen will die Heldin nichts zu tun haben. Sie will eine Tätigkeit ausüben, die sie wirklich interessiert, die sie begeistern kann. Nur, lange Zeit hindurch weiß sie nicht, was sie interessiert. Noch im Gespräch mit der Berufsberaterin beklagt sie dieses Defizit (150). Sie erkennt aber, daß sie ihre Interessen herausfinden muß, um eine sinnvolle Berufsentscheidung treffen zu können. Und sie will ihre Interessen herausfinden durch Wiedereintritt in die Schule:

> "Im Moment will ich nur was lernen. Damit ich weiß, wie ich selber bin, damit ich herausfinde, für was ich mich interessiere. Was ich kann, weißt du. Wofür ich mich einsetzen könnte." (157)

Als sie ihre Neigungen und Interessen anfängt wahrzunehmen, steuert sie konsequent auf eine damit zusammenhängende Berufsmöglichkeit zu.

Auch das für Mädchen in unserer Gesellschaft stark eingeschränkte *Berufsspektrum* genügt der Heldin nicht. Sie fordert eine größere Auswahlmöglichkeit. Das zeigt sich schon im ersten Teil der Erzählung, als sie immer wieder fragt: "Was gibt es noch?" über die traditionell weiblichen Ausbildungsberufe hinaus. Später formuliert sie deutlicher: "Ich will einfach mehr wissen, nicht so eingeschränkt sein. Ich möchte mich entscheiden können." (153)

Die Berufsnachfrage der Mädchen und Frauen konzentriert sich auch heute noch auf wenige, als typisch weiblich angesehene Berufe: 77% aller erwerbstätigen Frauen in der Bundesrepublik Deutschland arbeiten in nur 16 Berufen (Degenhardt 1979, 45). Es ist deshalb ein wichtiges und großes Verdienst Chidolues, dieses Problem aufzugreifen und die Heldin aus diesem weiblichen "Bannkreis" ausbrechen zu lassen.

Eine weitere Benachteiligung der Frau im Berufsleben, die traditionell geringe *Qualifikation*, wird ebenfalls thematisiert. Schon relativ früh weiß die Heldin, daß sie keine dienende, subalterne Tätigkeit ausüben möchte, wie dies ein hoher Anteil der Frauen auch heute immer noch tun muß (vgl. THEORETISCHER TEIL). Im Gegensatz zur traditionellen Auffassung breiter Schichten der Bevölkerung, wonach für Mädchen die Mittlere Reife und eine relativ anspruchslose, kurze Ausbildung ausreichen[27], entscheidet sich die Heldin für eine höhere Qualifikation. Sie beschließt, Abitur zu machen, und nimmt sich vor, eventuell Zeitungswissenschaften zu studieren, womit sie das für sie zunächst vorgesehene berufliche Aspirationsniveau ein gutes Stück nach oben geschoben hat.

Nun muß weiter gefragt werden, welche Rolle die Ausrichtung auf einen männlichen Partner bei der Berufswahl der Heldin spielt. Bekanntlich orientiert sich ein großer Teil der Mädchen in unserer Gesellschaft - meist insgeheim oder uneingestanden - bei der Berufswahl immer noch am männlichen Partner, an zukünftiger Familiengründung, statt an eigenen Interessen (- ein Verhaltensmuster, das im traditionellen Mädchenbuch immer und immer wieder auftaucht -). Oft wird die Berufswahl sogar schon in Ausrichtung auf einen ganz bestimmten Partner, mit einem bestimmten Beruf, getätigt. Nicht die ei-

---

27 Der Mädchenanteil an Realschulen ist höher als an Gymnasien und Universitäten, obwohl die schulischen Leistungen der Mädchen im Durchschnitt besser sind als die der Jungen (vgl. Kurthy 1978).

genen Fähigkeiten, Interessen und Ziele geben dann den Ausschlag dafür, daß sich das Mädchen beispielsweise für den Beruf der Arzthelferin oder eine Ausbildung im kaufmännischen Bereich entscheidet, sondern die Tatsache, daß der (zukünftige) Partner Arzt oder Geschäftsmann ist. Chidolues Heldin lehnt solch unemanzipierte Haltung ab. Ihre Berufsentscheidung kommt aufgrund eigener *sachlicher Interessen,* Fähigkeiten und Zielsetzungen zustande; sie orientiert sich nicht an der Hausfrauen- und Mutterrolle, auch nicht am Betätigungsfeld eines männlichen Partners, sondern will einen interessanten, anspruchsvollen Beruf.

Rückt die Heldin auch in der inhaltlichen Qualität des gewählten Berufs von typisch weiblichen Präferenzen ab? Strebt sie einen als weiblich geltenden Beruf an (wie z.B. Krankenschwester oder Grundschullehrerin), oder einen als männlich eingestuften (wie z.B. Techniker oder Physiker)? Dazu ist zu sagen, daß sie sowohl ausgeprägt männliche als auch ausgeprägt weibliche Berufe ablehnt. Das Gespräch der Heldin mit der Berufsberaterin ist hier aufschlußreich. Zu vielen als typisch weiblich geltenden Berufsfeldern fehlt ihr jegliche Neigung: Büroberufe (151), soziale Berufe (148), Pflegeberufe (190), Hauswirtschaft (153)[28]. Allerdings bleiben ihr auch die ausgeprägt männlichen Interessensgebiete verschlossen: Mathematik, Technik, Naturwissenschaften (148 f).

Wie sieht es nun mit der Geschlechtsspezifität des von der Buchheldin schließlich angestrebten *Journalistenberufs* aus? Der Journalismus ist - *alles in allem - eine Domäne der Männer;* der Anteil der Frauen beträgt 13 % (unter Freiberuflern 25 %); Führungspositionen und klassische Ressorts wie Politik, Nachrichten, Wirtschaft und Sport sind in Männerhand, während Frauen hauptsächlich in den Ecken und Nischen, in

---

28 Vgl. dazu Degenhardt 1979,49: "Weibliche Jugendliche (...) bevorzugen Tätigkeiten im erzieherischen, sozialpflegerischen und hauswirtschaftlichen Bereich sowie Dienstleistungs- und Büroberufe."

den politikfernen Randressorts (z.B. Familienfunk) arbeiten und kaum Aufstiegsmöglichkeiten haben (vgl.Neverla/Kanzleiter 1984). Die Entscheidung der Heldin für den wohl eher männlich geprägten Journalistenberuf ist insgesamt als emanzipatorischer Schritt zu werten, womit sich Chidolues Roman auch in diesem Punkt vom traditionellen Mädchenbuch abhebt: 90 % aller Buchmädchen entscheiden sich da für spezifisch frauliche Berufe (Dahrendorf 1978,81). Allerdings gibt es unter den modernen Mädchenbüchern auch schon welche, die in diesem Punkt radikaler sind: Die Heldin von Ann Ladiges' "Blaufrau' z.B. dringt in eine rein männliche Domäne ein, indem sie sich für eine Maschinenschlosserausbildung entscheidet.

Nun stellt sich des weiteren die Frage, warum die Protagonistin gerade den Journalistenberuf gewählt hat. Welche Motivation liegt zugrunde, welche rationalen, welche gefühlsmäßigen Beweggründe hat sie dafür? Und sind sie irgendwo geschlechtsspezifisch? Zu Beginn der Erzählung fehlt der Heldin jede vernünftige Grundlage für diesen Beruf. Wichtige Voraussetzungen, wie Interesse für Öffentlichkeit, Politik, soziale oder kulturelle Zusammenhänge, fehlen. Das Alltagsleben und die gesellschaftliche Realität langweilen sie; sie träumt von Abenteuern, von der "großen weiten Welt" (17, 24). Konkrete Berufswünsche hat die Heldin noch nicht, doch fürchtet sie nichts mehr als einen langweiligen Beruf. Sie wünscht sich - ganz ihrer illusionistischen Lebenshaltung entsprechend -, mehr gefühlsmäßig als rational begründet, einen großartigen, aufregenden, außergewöhnlichen Beruf, einen *Traumberuf*. Und zu den Traumberufen zählt nach gängigen Vorstellungen auch der später gewählte Journalisten- und Reporterberuf. Ihm haftet der Reiz des Außergewöhnlichen, Aufregenden, Abenteuerlichen, das Flair der "großen weiten Welt" an. Übrigens liegt damit eine Parallele zum traditionellen Mädchenbuch vor, wo der Büroberuf "verpönt" ist, der Reporter- und Journalistenberuf hingegen "recht beliebt" und wo die Mädchen stark zu Traumberufen neigen (Dahrendorf 1978,82 und 91).

Im Verlauf der Erzählung löst sich jedoch die Heldin von ihrer realitätsfremden Lebenseinstellung, beginnt sich für die Welt zu interessieren (160), will alles bewußt erleben, sich eine Meinung bilden (159). Außerdem besitzt sie eine zweite wichtige Voraussetzung für den Journalistenberuf: sie liest gern, besitzt eine gute Sprachbegabung, interessiert sich schließlich auch für sprachlich-literarische Fragestellungen (159) und ist ehrgeizig und fleißig (138, 166). Alles in allem weist die Heldin damit eine solide Grundlage auf für den Beruf ihrer Wahl. Und dennoch kommt für den Leser die in Erwägung gezogene Absicht der Heldin, Journalistin zu werden, etwas plötzlich, ohne vorhergehende rationale Auseinandersetzung. Ihre konkrete sachliche Motivation erläutert die Erzählerin nicht. So wird man das Gefühl nicht los, daß der alte irrationale Wunsch nach einem Traumberuf bei dieser Entscheidung eben doch eine große Rolle spielt. Dieser Rest aus Christinas "illusionistischer Vergangenheit" mindert ein wenig den emanzipatorischen Stellenwert ihrer Entscheidung für den Journalistenberuf.

Zusammenfassend wäre festzuhalten: Die Heldin verhält sich insgesamt nicht mehr geschlechtsrollenkonform bezüglich der beruflichen Orientierung. Sie bricht aus der mädchentypischen, Mädchen benachteiligenden, für sie vorgezeichneten Berufslaufbahn aus. Sie mißt dem Beruf vorrangige Bedeutung in ihrem Leben zu. Als logische Konsequenz ergibt sich daraus, daß sie hohe Anforderungen stellt, was Inhalt, Auswahlmöglichkeit und Berufsziel angeht. Sie wählt einen eher männlich geprägten Beruf. Auch orientiert sie sich bei der Berufswahl, die allerdings inhaltlich nicht ganz frei von traditionell weiblicher Motivation ist, nicht an einem männlichen Partner oder an der Hausfrauen- und Mutterrolle.

Dagmar Chidolue spricht wichtige Aspekte weiblicher Benachteiligung im Beruf an, demonstriert am "Fall" Christina Hegewald, wie stark Mädchen in ihren Entwicklungschancen normalerweise beschnitten werden und läßt es von der Betroffenen kritisch hinterfragen. Sie zeigt die Notwendigkeit auf, dem Beruf im weiblichen Lebenszusammenhang einen gebührenden

Platz einzuräumen. Es wäre denkbar, daß dieses Buch *für die Diskriminierung der Frau im Beruf sensibilisiert* und dazu beiträgt, Mädchen, vielleicht speziell Haupt- und Realschulabsolventinnen, *besser auf ihre Berufsrolle vorzubereiten*. Insbesondere in einer Zeit wie der unseren, wo weibliche Berufstätigkeit rückläufig ist und Mädchen v.a. mit niedrigem Schulabschluß sich wieder darauf einstellen, den Beruf nur als Übergangslösung zu sehen (EMMA, April 1981), sind solche Bücher wichtig.

III. AKTIVES WEIBLICHES KONFLIKTLÖSUNGSVERHALTEN

Ein vorrangiges Lernziel emanzipatorischer Erziehung ist es m.E., Kindern und Jugendlichen die Fähigkeit zu vermitteln, Konflikte wahrzunehmen, zu akzeptieren, sie auszutragen und zu bewältigen. In diesem Sinne sind Kinder- und Jugendbücher schädlich, die eine heile Welt vorspiegeln, Konflikte verdecken oder als unauflösbar zementieren. Solche Bücher werden immer noch massenweise produziert. Doch entstehen daneben seit mehreren Jahren vermehrt problemorientierte Kinder- und Jugendbücher, die bemüht sind, *Konflikte ins Bewußtsein* zu heben, Lösungsmöglichkeiten anzudeuten oder auch Lösungsversuche darzustellen. Dagmar Chidolues Roman gehört, wie ich meine, zu den gelungenen Jugendbüchern dieser Gruppe. Konflikte werden hier nicht "unter den Teppich gekehrt", vielmehr tragen die Protagonisten sie aus und suchen nach Lösungen. Damit könnte dieses Buch beim jungen Leser die Bereitschaft fördern, Konflikte wahrzunehmen und zu bewältigen - eine wichtige Grundvoraussetzung weiblicher Selbstbestimmung.

Nun ist es für die potentielle Wirkung auf den Leser von ausschlaggebender Bedeutung, wie der Autor mit seinen literarischen Figuren umgeht. Darstellungen, in denen die Handlungsträger nicht selbstbestimmt handeln dürfen, sondern wie Marionetten in der Hand des allwissenden und allmächtigen Erzählers funktionieren, können dem Leser ein Gefühl der Ohnmacht, Hilflosigkeit und Unmündigkeit vermitteln. Im Sinne einer Erziehung zur Selbstbestimmung - v.a. auch weiblicher - ist es hingegen erforderlich, für die jugendlichen Leser Identifikationsfiguren zu entwerfen, die selbständig agieren und sich aktiv um Konfliktlösungen bemühen dürfen. Sie können ein Gefühl der Stärke vermitteln, eventuell zu selbstbestimmtem Handeln ermuntern.

Eine solche literarische Figur hat Dagmar Chidolue mit der Buchheldin Christina Hegewald geschaffen. Diese - auch wenn sie anfangs auf die Konfliktsituation ausweichend und passiv reagiert - entwickelt ein zunehmend aktives, selbständiges Konfliktlösungsverhalten. Die Lösung des Konflikts ergibt sich dann auch nicht dank einer gottgewollten Fügung, wunderbarer Zufälle oder der Entdeckung einer großen Begabung, sondern dank aktiver Konfliktbewältigung durch die Protagonistin. Bekanntlich sind weibliche Buchheldinnen traditionell überwiegend passiv-abwartend dargestellt, während Jungen als überlegene, starke, aktive Helden schwierige Situationen mühelos meistern - womit die alten Voreingenommenheiten, Jungen seien aktiv, klug und stark und Mädchen von Natur aus passiv und unfähig, im Bewußtsein der jungen Leser zementiert werden. Aktive weibliche Protagonistinnen sind in der traditionellen Kinder- und Jugendliteratur sowie in Schullesebüchern generell auffallend stark unterrepräsentiert (Belotti 1975, 90; Karsten o.J.,7). Mit 'aktiver weiblicher Protagonistin' sind hier allerdings nicht jene hyperaktiven, wundersam tätigen Heldinnen wie Pippi Langstrumpf gemeint, die alle Konflikte dank übermenschlicher Kraft und hilfreicher Zufälle mit leichter Hand lösen, sondern Buchheldinnen, die wie Christina Hegewald real vorhandene Konflikte auf realistische Weise mit normal menschlicher Kraft zu lösen versuchen.

Dagmar Chidolue bietet der jungen Leserin in der Figur der Christina Hegewald eine *starke, aktive, intelligente weibliche Identifikationsfigur* an, die zu weiblicher Selbstbestimmung und aktiver Konfliktbewältigung ermuntern könnte. Sie hilft möglicherweise das Vorurteil von der naturgegebenen Passivität und Minderwertigkeit des "weiblichen Wesens" abbauen, das zur Legitimation und Stabilisierung männlicher Dominanz dient. Dieses Buch - wird es adäquat rezipiert - hilft nicht mit, passive, schwache Frauen zu "erzeugen", sondern unterstützt selbstbewußtes und eigenständiges Wahrnehmen und Vertreten auch weiblicher Bedürfnisse; es fördert nicht passives Abwarten und Erdulden, sondern Widerstand und Austragen von Konflikten.

Ein weiterer wichtiger Aspekt hinsichtlich der Wirkung auf die Leserin muß hier besprochen werden, nämlich die Gestaltung des *Romanschlusses*. Traditionelle Mädchenbücher enden in aller Regel mit einem "Happy End". Es besteht darin, daß der "Märchenprinz" auftaucht, die Familienharmonisierung gelingt oder die Entdeckung einer großen Begabung oder Berufung erfolgt (Dahrendorf 1978). Diese am Schluß des Romans stehende, aller Unbill ein für allemal ein Ende setzende Glückssituation vermittelt der Leserin ein völlig unrealistisches Bild von der Welt. Sie suggeriert nämlich, Frau könne von Stund an glücklich und konfliktfrei leben, wenn sie nur erst einem schweren Konflikt entronnen ist. Doch im wirklichen Leben ist das mitnichten so: es verlangt Konfliktbereitschaft, Umdenken und Flexibilität. Das endgültig glückliche Romanende bereitet, indem es diese Tatsachen verschleiert, schlecht auf das wirkliche Leben vor; es begünstigt das Verharren in einmal eingeschlagenen oder auch vorgegebenen Bahnen, fördert eine statische Lebenseinstellung und wirkt damit potentiell status quo erhaltend.

Genau die gegenteilige Wirkung könnte von Dagmar Chidolues Romanschluß ausgehen. Statt eines endgültig glücklichen Endes markiert der Schluß einen Aufbruch und eigenständigen *Neuanfang eines selbstbewußten Mädchens.* Statt in die Arme eines starken Mannes zu sinken, löst sie sich von ihm und will sich - nachdem sie sich auch aus der Obhut der Eltern gelöst hat - in eigenständiger Lebensgestaltung versuchen. Der eher offene Schluß des Buches, der, ohne ein "Happy End" zu sein, ein gutes und zugleich realistisches Ende ist, stimmt zuversichtlich. Die Buchheldin - soviel ist gewiß, wenn man das Buch zuklappt -, wird ihren Weg weitergehen, ihr Leben zunehmend eigenständig gestalten. Und sie wird sich Problemen und Konflikten, die immer wieder auftauchen können, stellen. Dieses Ende kann bei der Leserin Offenheit, Konfliktbereitschaft und Flexibilität fördern, das Streben nach eigenständiger Lebensgestaltung begünstigen, auch wenn dies mit Konflikten verbunden ist.

Im traditionellen Mädchenbuch taucht am Schluß der "Märchenprinz" auf; die Heldinnen, die selten ein betontes Eigenleben führen dürfen, landen im Hafen der Ehe, oder es glückt ihnen die große Familienreharmonisierung. Damit ergeht an die Leserin die eindeutige Botschaft: Partnerfindung und Wiederherstellung des Familienfriedens sind für ein Mädchen erstrangige Ziele, und ihre Realisierung bringt immerwährendes Glück. Beide "Happy-End"-Varianten legen der Leserin die traditionelle Frauenrolle nahe, fördern die totale Ausrichtung auf Partnerschaft und Familie, wirken potentiell stark rollenfixierend. Die gegenteilige Wirkung wäre von Dagmar Chidolues Buch zu erwarten. Am Schluß steht nicht das Auftauchen eines "Märchenprinzen" oder die große Familienversöhnung, sondern die Lösung der Heldin aus einer partnerschaftlichen sowie aus der engen familiären Bindung. Sie geht selbstbewußt ihren eigenen Weg, beginnt, ihr Leben autonom zu gestalten. Davon könnte eine emanzipatorische Wirkung auf die Leserin ausgehen. Das Verhalten der Christina Hegewald könnte das lesende Mädchen dazu ermuntern, ähnlich autonom zu handeln, statt sich von einer Abhängigkeit (von den Eltern) in die nächste (vom Ehemann) zu begeben.

Damit gehört Dagmar Chidolues Buch zu jener sehr kleinen Gruppe von Mädchenbüchern, in denen "mit der Emanzipation ernst gemacht wird und das Mädchen wirklich sich freimacht von der kindlich-passiven Lebenseinstellung" (Dahrendorf 1978,64).

IV. WEIBLICHE SOZIALISATION UND INDIVIDUELLE EMANZIPATION

Die berufliche Orientierungslosigkeit der Heldin ist von Dagmar Chidolue als Folge *frauenspezifischer Sozialisation* - vor allem in Elternhaus und Schule - dargestellt. Das zunächst ratlose Mädchen wird als *Opfer weiblicher Benachteiligung* gesehen. Die traditionelle Rollenverteilung und die damit verbundenen Nachteile und Probleme, mit denen die Heldin zu kämpfen hat, werden nicht beschönigt, ausgeklammert, naturalisiert, verharmlost, geleugnet oder verschleiert, sondern eingängig und sensibel als gesellschaftlich entstandenes Phänomen aufgezeigt. So kann dieses Buch erkennen helfen, daß weibliche Benachteiligung (im Beruf) nicht naturgesetzlich, sondern gesellschaftlich entstanden ist - und damit auch von Menschen veränderbar ist. Davon könnte eine emanzipatorische Wirkung ausgehen. Es ist besonders anerkennenswert, daß es der Autorin gelingt, die gesellschaftliche Bedingtheit des Verhaltens der Protagonistin ganz ohne "Zeigefinger" und Besserwisserei aufzuzeigen, ohne explizites Anprangern der "Schuldigen" und systematisches Auflisten und Analysieren der einzelnen Sozialisationsfaktoren. Die Ich-Erzählerin, die die Ereignisse begleitet, reiht beim Nachdenken über ihre Situation und beim kommentarlosen Darstellen von Gesprächen einen relevanten Sozialisationsfaktor an den anderen - und dies alles in loser, zufällig wirkender Reihenfolge, spontan, unsystematisch und undogmatisch.

Die Diskriminierung der Frau in unserer Gesellschaft ist gesellschaftlich entstanden und muß und kann nur von der Gesellschaft - und nicht allein von der einzelnen Frau - beseitigt werden. Die Bereitschaft aller Mitglieder ist erforderlich, um antiemanzipatorisches Bewußtsein und patriarchalische Strukturen abzubauen. Dies in der Literatur aufzuzeigen, wäre ein wichtiger Beitrag zur weiblichen Emanzipation. Der Emanzipationsweg eines Mädchens sollte nicht als rein individuelle Leistung einer Einzelkämpferin dargestellt werden (wobei persönliches Engagement und Anstrengung des Mädchens selbstverständlich unabdingbare Voraussetzung bleiben), sondern als auch gesellschaftliche Leistung. Literatur müßte Möglichkeiten aufzeigen, die Befreiung von den traditionellen, gesellschaftlich bedingten Rollenfixierungen als gesellschaftliche Aufgabe anzugehen. Der Buchheldin müßten Gleichgesinnte zur Seite gestellt werden, die sich mit ihr solidarisieren; die Heldin müßte Ermunterung und Hilfe von emanzipierten weiblichen Vorbildern oder Frauengruppen erfahren. Auch erste Anzeichen eines gesellschaftlichen Strukturwandels könnten dargestellt werden.

Leider enttäuscht Dagmar Chidolues Buch diesbezüglich , denn *weibliche Solidarität fehlt* gänzlich. Weder die Mutter, noch irgendeine Tante, Lehrerin oder Freundin hilft der Heldin durch Vorbild und/oder Solidarität in ihrer mühsamen Entwicklung. Auch die Hilfestellung durch eine Mädchen- oder Frauengruppe oder gar *politische Handlungsstrategien bleiben ausgeblendet*. Ein einziger Mensch nur im gesamten Verlauf der Erzählung, und das ist ausgerechnet ein männliches Wesen, das nur kurze Zeit Einfluß nehmen kann, übt Kritik an der traditionellen Mädchenrolle, wünscht sich eine Christina, die nicht die "Sklavin" (94) irgendeines Mannes wird. Alle übrigen Buchfiguren, allen voran Christinas Eltern, sehr ausgeprägt auch Freund Rollo, versuchen, sie in die traditionelle Frauenrolle zu drängen. Niemand unterstützt sie wirklich, niemand (außer Willi) versucht, sie zu verstehen. Die Eltern lassen sie verständnislos gewähren. Eine kleine Hilfe erfährt sie von der Mutter insofern, als diese ihr Vorhaben, Abitur zu machen, billigt.

Dagmar Chidolue hat mit Christina Hegewald eine Figur geschaffen, die Ich-stark, auf sich allein gestellt, ihren Konflikt durch ihre individuelle Leistung bewältigt. *Ein gesellschaftlich bedingter und auch als solcher thematisierter Konflikt ist letztlich so dargestellt, als wäre er individuell lösbar*, als läge es wirklich nur an jeder einzelnen Frau, sich endlich zu emanzipieren, sich freizumachen von überkommenen Rollenmustern. Bei allem Positiven, was bisher im Sinne weiblicher Emanzipation über Dagmar Chidolues Buch gesagt werden konnte, muß hier unsere Kritik ansetzen. Die potentiell stark emanzipatorische Wirkung des Romans wird geschmälert durch das Fehlen einer ganz entscheidend wichtigen Dimension: Die Notwendigkeit der Veränderung gesellschaftlicher Strukturen und gesellschaftlichen Bewußtseins wird nicht reflektiert. Christinas Geschichte hilft nicht einsehen, daß eine Lockerung der starren geschlechtsspezifischen Rollenverteilung in unserer Gesellschaft nur durch einen langwierigen gesamtgesellschaftlichen Prozeß erreicht werden kann, bei dem sowohl Einstellungen und Vorurteile, als auch gesellschaftliche Strukturen geändert werden müssen. Das Buch regt nicht zu sozialem Engagement, zur Solidarität von Männern und Frauen bei der Durchsetzung weiblicher Gleichberechtigung an, wirft die Leserin vielmehr auf sich selbst zurück. Die aktive, sehr starke Heldin im Alleingang beinhaltet auch ein potentiell antiemanzipatorisches Moment, kann weniger Ich-starke Mädchen entmutigen. In diesem Punkt steht die Autorin ungebrochen in der Tradition des klassischen Mädchenbuchs, das sehr stark zur Individualisierung gesellschaftlicher Konflikte neigt. Als positives, nachahmenswertes Beispiel in dieser Hinsicht sei hier nochmals Ann Ladiges' "Blaufrau" angeführt, wo die Heldin weibliche Solidarität erfährt.

Ein anderer Punkt noch, der die emanzipatorische Wirkung des Buches m.E. schmälert, ist die Tatsache, daß der auslösende Faktor von Christinas Emanzipationswillen ausgerechnet ein den gesellschaftlichen Normalverhältnissen entrücktes Erlebnis ist, ein Abenteuer. Darin liegt die Botschaft an die Leserin: Laß dich auf Abenteuer ein, bewähre dich darin; das macht dich selbstbewußt - und alles andere ergibt sich dann schon von selbst, irgendwie. *Emanzipation als Abenteuer* - eine nicht gerade verantwortungsvolle und vernünftige Botschaft. Auch das ist übrigens eine Parallele zum traditionellen Mädchenbuch, in dem die Abenteuerreise mit Bewährungsprobe, die die entscheidende Wende im Romangeschehen bringt, ein weitverbreitetes Handlungsmuster darstellt.

V. WIRKUNGSPOTENTIAL UND TATSÄCHLICHE WIRKUNG

Ich werde nun abschließend das im Text ausgemachte Wirkungspotential in einer tabellarischen Übersicht zusammenfassen. Die daraus abgeleiteten Wirkungshypothesen sollen dann anhand von Einblicken in die tatsächliche Rezeption des Buchs diskutiert werden.

1. Wirkungsfaktoren im Text und potentielle Wirkung bei adäquater Rezeption

Wirkungsfaktoren im Text	potentielle Wirkung bei adäquater Rezeption
* kritische Auseinandersetzung und Ausbrechen aus der traditionellen Geschlechtsrolle	Distanzierung von und kritisches Verhalten gegenüber gesellschaftlich definierter Frauenrolle
Ablehnung der traditionellen Arbeitsteilung	Erkennen weiblicher Benachteiligung durch geschlechtsspezifische Arbeitsteilung - Distanzierung
- Lösung von Fixierung auf den männlichen Partner	Autonomiezuwachs bei weiblicher Lebensgestaltung
- Ablehnung der traditionellen Hausfrauen- und Mutterrolle	keine ausschließliche Fixierung auf Privatsphäre
- Fehlen der mädchentypischen Mütterlichkeit	keine Mobilisierung mütterlicher Gefühle
- negative Bewertung von Hausarbeit	Geringschätzung weiblicher Arbeit
- Erstrangigkeit des Berufs	Lösung von Unterbewertung weiblicher Berufstätigkeit
- Mädchen und Beruf als zentrales Thema	Vorbereitung auf Berufsrolle, Auseinandersetzung mit Berufsleben
- Aufzeigen und Ablehnen weiblicher Benachteiligung im Beruf	Erkennen und Hinterfragen weiblicher Diskriminierung im Berufsleben
- geschlechtsneutrale, sachlich begründete, eigenständige Berufswahl	Anregung, auch andere als typisch weibliche Berufe, ohne Orientierung auf Ehe und Familie, in Betracht zu ziehen
* aktives weibliches Konfliktlösungsverhalten; starke, intelligente Heldin	Förderung von weiblicher Konfliktbereitschaft und Durchsetzungsvermögen
* eigenständiger Neuanfang statt 'Happy End'	Glauben an eigene Kraft, Zukunftsoffenheit und Flexibilität wird unterstützt

* die ratlose Heldin als Opfer weiblicher Sozialisation und Benachteiligung	Erkennen, daß weibliche Diskriminierung (im Beruf), Abschneiden von Entwicklungschancen kein Naturgesetz, sondern gesellschaftliches Produkt sind
* Emanzipation als individuelle Leistung und Abenteuer	Beitrag zum Mißverständnis von Emanzipation als individuellem Befreiungsakt; keine Förderung von weiblicher Solidarität und gesellschaftlichem Engagement
* sehr starke Heldin im Alleingang.	Ermutigung oder Entmutigung.

2. Mutmaßungen und begründete Mutmaßungen über die tatsächliche Rezeption

Die in diesem Überblick zusammengestellten Wirkungsfaktoren machen deutlich, daß Chidolues Roman zwar nicht in allen, aber in vielen wesentlichen Punkten, also *insgesamt überwiegend als potentiell emanzipatorischer Text* einzustufen ist. Es ist der Autorin gelungen, und zwar ohne explizite Wertung, den Leser langweilende theoretisierende Kommentare oder plumpe Indoktrination, einen Emanzipationsprozeß weitgehend überzeugend positiv darzustellen. Chidolue läßt das Verhalten der Protagonistin direkt und für sich sprechen - allein davon geht die mögliche emanzipatorische Wirkung aus. Daß diese zum Tragen kommt, daß also adäquat rezipiert wird, erleichtern sowohl inhaltliche als auch gestalterische Faktoren. "Aber ich werde alles anders machen" ist kein historischer, inhaltlich und sprachlich schwer zugänglicher Text, sondern ein zeitgenössisches literarisches Produkt, das von Thema, Inhalt, Personendarstellung und sprachlicher Gestaltung her jugendlichen Lesern leicht zugänglich sein müßte. Die Handlungsführung ist einfach, die Strukturen des Textes unkompliziert; die Sprache ist klar und allgemein verständlich; die Heldin ist keine phantastische oder idealisierte Figur, sondern ein "normales" Mädchen, mit dem sich möglicherweise junge Mädchen (fast) aller Schichten zumindest teilweise identifizieren werden können. Die Erzählung aus der Ich-Perspektive in teils saloppem, umgangssprachlichem Ton, müßte Distanz abbauen, die Leserin direkt ansprechen.

Wenn dieser Text nicht allzustark vom Erfahrungs- und Erwartungshorizont der Leserin abweicht, ist adäquate Rezeption und damit insgesamt emanzipatorische Wirkung denkbar. Er könnte zum "Anders-machen" anregen, orientierungslosen Mädchen, vielleicht insbesondere Haupt- und Realschülerinnen, die in der Regel noch relativ stark der traditionellen Mädchen- und Frauenrolle verhaftet sind, bei der Selbstfindung und Selbstbehauptung helfen; allerdings nur dann, wenn ein Kumulationseffekt eintritt, d.h. wenn dieser Text nicht isoliert, sondern innerhalb einer Reihe ähnlicher (Rezeptions-)Erfahrungen steht. Es wäre denkbar, daß dieses Buch Impulse zum Nachdenken und Diskutieren über Mädchen- und Frauendiskriminierung gibt und damit zum Aufbauen emanzipatorischen Bewußtseins beiträgt. Es wäre auch denkbar, daß es in feministisch orientierten Freizeitgruppen oder im Deutschunterricht[29] Verwendung findet. Gerade zum Herausarbeiten und Bewußtmachen von (latent vorhandenen) emanzipatorischen/anti-emanzipatorischen/ambivalenten Momenten scheint mir "Aber ich werde alles anders machen", ein nicht plakativ-eindeutiger, aber dennoch kritischer Text, gut geeignet.

Die emanzipatorische Wirkung von Chidolues Buch darf aber schon wegen seiner geringen Verbreitung (kleine Auflage von ca. 6 000 Exemplaren und relativ hoher Preis) in einer Gesellschaft, die geprägt ist von antiemanzipatorischen Sozialisationseinflüssen und wegen der Inkonsequenzen im emanzipatorischen Weltbild der Autorin nicht überschätzt werden; dazu kommt die oben diskutierte prinzipielle und insbesondere heute angebrachte *Skepsis hinsichtlich der Wirkungschancen* emanzipativer Lektüre. Es ist nicht auszuschließen, daß der Emanzipationsprozeß der Christina Hegewald die Leserin entmutigt

---

29 Wertvolle Anregungen für die Praxis bieten die didaktischen Überlegungen und Erfahrungsberichte in Heuser (Hg.) 1982, Teil II: Rollenbilder "Frau - Mann" im Deutschunterricht.

oder indifferent läßt, daß er unreflektiert, rein kompensatorisch rezipiert wird, emotional abgelehnt oder gar nicht als solcher wahrgenommen wird und damit seine Wirkung verfehlt. Unter den heute gegebenen Sozialisationsbedingungen ist inadäquate Rezeption keineswegs auszuschließen, ja sie wird vielleicht sogar recht häufig vorkommen. Dies jedenfalls legen die von mir gewonnenen *Einblicke in die tatsächliche Rezeption* dieses Buches nahe.

Ich führte mit 15- bis 16-jährigen Realschülerinnen und Gymnasiastinnen aus Heidelberg Gruppengespräche. Diese wurden auf Tonband aufgezeichnet und anschließend ausgewertet [30]. Das Ergebnis dieser - methodologisch sicherlich noch unbefriedigenden - empirischen Überprüfung meiner Wirkungshypothesen ist folgendes.

Chidolues Roman ist bei den Mädchen nicht auf große Begeisterung gestoßen. Er wurde zwar meist mit Interesse gelesen ("interessant", "recht interessant", "ganz nett", "teilweise ansprechend"), von einigen Leserinnen aber streckenweise als "total langweilig" ("zu wenig action") empfunden.

Auffallend war eine teilweise ziemlich starke *Distanzierung von der Heldin* ("Sie ist das Gegenteil von mir", "Ich konnte mich mit der nicht identifizieren"). Insbesondere ihr Verhalten Jungen gegenüber stieß bei einigen Mädchen auf Ablehnung: Christina wurde als sexuell zu herausfordernd und aktiv empfunden, bei gleichzeitiger - offensichtlich mit Befremden registrierter - Gefühlskälte:

> "Ich find, sie hat überhaupt keine Gefühle gezeigt."
>
> "Da lag sie (mit Willi) am Strand, und dann locker: küß mich! Und so. Und da war wieder kein Gefühl drin."
>
> "Der wollte ja von ihr nix Direktes, sondern sie hat sich ihm ja aufgezwängt."

Daß Christina mit Rollo "geht", obwohl sie ihn nicht eigentlich mag, wurde ihr als unlogisches Verhalten angekreidet. Überhaupt schien die Behandlung des Aspekts Liebe und Sexualität in diesem Buch nicht in das romantische Bild einiger

---

30 Zu den methodologischen Problemen des Gruppendiskussionsverfahrens vgl. Mangold 1960.

Mädchen zu passen. Auch Christinas extreme anfängliche Unsicherheit im Umgang mit dem anderen Geschlecht ist für Mädchen heute - zumindest in städtischem Milieu -, auch für Schülerinnen einer Mädchenschule, wohl nicht ohne weiteres nachvollziehbar.
Außerdem wurden die Emanzipationsbestrebungen der Heldin von manchen Mädchen als Widerborstigkeit ausgelegt und ihr zum Vorwurf gemacht ("Der hat ja überhaupt nix gepaßt.").
Auf der anderen Seite hat der passive Gehorsam der Heldin gestört ("Wenn ich was anders machen will wie meine Eltern ... dann würd ich mich auch net so abservieren lassen wie die.")
Auf harte Kritik stieß die Familie Hegewald insgesamt; deren Spießbürgerlichkeit, Kommunikationslosigkeit und Konfliktscheu befremdete sehr stark, behinderte die Identifikation mit der Heldin ganz entscheidend:

> "So kann ich mir das nie vorstellen, mein Verhältnis wie ihr Verhältnis zu den Eltern!"
> "Das sind ja voll die Zustände bei denen, nur vor dem Fernseher hocken und so."
> "Der (Vater) hat sich überhaupt net so mit Liebe um sie (Christina) gekümmert wie normal eine Familie sein sollte."
> "Die sind aneinander vorbeigelaufen wie so Eisblöcke."
> "Ein ordentlicher Krach wär bei denen vielleicht mal ganz gut gewesen."

Vor allem im Gespräch mit den Realschülerinnen fiel mir auf, daß die Mädchen das "Anders-machen" von Christina nur auf die Distanzierung von der spießbürgerlichen elterlichen Lebensweise bezogen haben (v.a. Richtung "aufregendes Leben", manchmal Richtung höhere Bildung), und die *Distanzierung der Heldin von geschlechtsspezifischen Mustern* und das emanzipatorische Gewicht des Aspekts Beruf *nicht wirklich registriert* haben. In den Antworten auf die Frage, was an dem Buch und an der Heldin besonders gefallen habe, tauchten diese beiden Aspekte (Distanzierung von traditioneller Mädchenrolle und geschlechtstypischer Berufsorientierung) kaum auf. Die an der Heldin bewunderte Selbständigkeit bezog sich primär auf das Verhältnis Eltern/Tochter, auf das Erwachsenwerden (selbständiges Bewältigen der schwierigen Situation in Amsterdam, Auszug von zu Hause, energisches Auftreten gegenüber Berufsberaterin), kaum aber auf das Ausbrechen aus der traditionellen Mädchenrolle. Nur "emanzipationsgeschulte" Mädchen registrierten und schätzten diesen Aspekt des Buchs - und erfaßten damit seine Pointe.

Der *Aspekt Beruf stand beim Lesen ganz offensichtlich nicht im Vordergrund.* Die meisten von mir interviewten Mädchen scheinen sich selbst sehr viel weniger und weniger ernsthafte Gedanken über ihre berufliche Zukunft zu machen als die Buchheldin. Bewundert wurde in dieser Hinsicht Christinas energisches Auftreten gegenüber der Berufsberaterin und ihre völlig selbständige Anmeldung im Gymnasium. Teilweise hat wohl Christinas Krise auch Trost gespendet und Mut gemacht, wegen der Ähnlichkeit mit eigenen Erfahrungen ("Weil man gesehen hat, daß nicht jede gleich einen Beruf hat oder eine Ausbildungsstelle"). Insgesamt haben die befragten Mädchen von der Darstellung des Aspekts Beruf in diesem Buch nach ihrer Aussage wenig profitiert, kaum neue Erkenntnisse oder konkrete Anregungen gewonnen.
Immerhin: "Aber ich werde alles anders machen" hat die Mädchen zum Nachdenken angeregt und zum Vergleichen mit ihrer eigenen Situation, durchaus auch hinsichtlich ihrer Berufswahl ("Das wird mit uns also dann auch passieren."). Daß der Aspekt Beruf zentral thematisiert wurde, hat die Mädchen nicht gestört. Allerdings waren ihnen beim Lesen ganz offensichtlich - wie in ihrem realen Leben auch - andere Aspekte sehr viel wichtiger, so vor allem das Verhältnis der Heldin zu ihren Eltern, das Erwachsenwerden und die Themenkreise Liebe, Freundschaft und Sexualität.

Diese Rezeptionsdaten, die selbstverständlich nicht verallgemeinerbar sind, deuten darauf hin, *daß die eigentliche Zielgruppe des Buchs sein Emanzipationsangebot wohl nicht adäquat annehmen kann.* Ich persönlich hätte diesem Buch eine bessere Aufnahme und mehr Publizität gewünscht, wie auch einigen anderen Büchern der Autorin, die sich kritisch mit der traditionellen Mädchenrolle befassen (Chidolue 1979, 1980, 1982, 1983). Bezeichnenderweise wurde ausgerechnet die in diesem Punkt neutrale "Lady Punk" (Chidolue 1985) mit dem Deutschen Jugendliteraturpreis 1986 ausgezeichnet.

LITERATURVERZEICHNIS

Allemann-Tschopp, A.: Geschlechtsrollen, Versuch einer interdisziplinären Synthese. Bern 1979.

Barck, K.: Hermeneutik - eine Herausforderung? in: Zeitschrift für Germanistik 3/1987, S. 319 ff.

Bauer, K.W.: Emanzipatorisches Kindertheater. München 1980.

Beauvoir, S.: Das andere Geschlecht. Eine Deutung der Frau. Reinbek bei Hamburg 1975.

Bebel, A.: Die Frau und der Sozialismus. Berlin ^{61}1964.

Becker, J.: Alltäglicher Rassismus. Die afro-amerikanischen Rassenkonflikte im Kinder- und Jugendbuch der Bundesrepublik. Frankfurt/M. 1977.

Beck-Gernsheim, E.: "Männerrolle, Frauenrolle - aber was steht dahinter? Soziologische Perspektiven zur Arbeitsteilung und Fähigkeitsdifferenzierung zwischen den Geschlechtern", in: Eckert, R. (Hg.):Geschlechtsrollen und Arbeitsteilung. Mann und Frau in soziologischer Sicht. München 1979.

Beck-Gernsheim, E.: Das halbierte Leben. Männerwelt Beruf, Frauenwelt Familie. Frankfurt/M. 1980.

Belotti, E.G.: Was geschieht mit kleinen Mädchen? Über die zwangsweise Herausbildung der weiblichen Rolle in den ersten Lebensjahren durch die Gesellschaft. München 1975.

Benn, G.: "Können Dichter die Welt ändern?", in: Pinkerneil, B./Pinkerneil, D./Žmegač, V. (Hgg.): Literatur und Gesellschaft. Zur Sozialgeschichte der Literatur seit der Jahrhundertwende. Frankfurt/M. 1973.

Berelson, B.: Content Analysis, in: Lindzey, G. (ed): Handbook of Social Psychology, London 1954, 488-522.

Bischof, N./Preuschoft, H. (Hgg.): Geschlechtsunterschiede. Entstehung und Entwicklung. Mann und Frau in biologischer Sicht. München 1980.

Blaudzun, K./Staszak, H.-J.: Zur Funktion analytischer Begriffe im Interpretationsprozeß, in: Zeitschrift für Germanistik 3/1987, 292 ff.

Blüm, N.: Die sanfte Macht der Familie. Bonn 1981.

Brumlik, M.: "Symbolischer Interaktionismus", in: Enzyklopädie Erziehungswissenschaft, Bd 1, Theorien und Grundbegriffe, hrsg. v. D. Lenzen und K. Mollenhauer. Stuttgart 1983, S. 232-245.

Bürger, P.: "Ideologiekritik und Literaturwissenschaft", in: P. Bürger (Hg.): Vom Ästhetizismus zum Nouveau Roman. Versuche kritischer Literaturwissenschaft. Frankfurt/M. 1975.

Bürger, P.: Vermittlung - Rezeption - Funktion. Ästhetische Theorie und Methodologie der Literaturwissenschaft. Frankfurt/M. 1979.

Chidolue, D.: Fieber oder der Abschied der Gabriele Kupinski. Weinheim/Basel 1979.

Chidolue, D.: Das Fleisch im Bauch der Katze. Weinheim/Basel 1980.

Chidolue, D.: Aber ich werde alles anders machen. Weinheim/Basel 1981.

Chidolue, D.: Ruth hat lange auf den Herbst gewartet. Weinheim/Basel 1982.

Chidolue, D.: Ein Jahr und immer. Weinheim/Basel 1983.

Chidolue, D.: Lady Punk. Weinheim/Basel 1985.

Claussen, B.: Emanzipatorische Erziehung und Geschlechtsrollenerwerb im Kindesalter. Ein Beitrag zur Theorie und Praxis des politisch-sozialen Lernens. Frankfurt/M. 1977.

Dahrendorf, M.: "Kinderliteratur. Rezeption und Rezeptionsbeeinflussung als interdisziplinärer Forschungszusammenhang", in: Doderer, K. (Hg.): Internationales Symposium für Kinder- und Jugendliteratur. Frankfurt/M. 1972.

Dahrendorf, M.: "Soziologische Aspekte der Kinder- und Jugendliteratur", in: Dahrendorf, M.: Literaturdidaktik im Umbruch. Aufsätze zur Literaturdidaktik, Trivialliteratur, Jugendliteratur. Düsseldorf 1975.

Dahrendorf, M.: Das Mädchenbuch und seine Leserin. Jugendlektüre als Instrument der Sozialisation. Weinheim/Basel, 3., völlig neu bearbeitete Auflage 1978.

Dahrendorf, M.: "Literarische Wirkung und Literaturdidaktik", in: Hurrelmann, B. (Hg.): Kinderliteratur und Rezeption. Beiträge der Kinderliteraturforschung zur literaturwissenschaftlichen Pragmatik. Baltmannsweiler 1980a.

Dahrendorf, M.: Kinder- und Jugendliteratur im bürgerlichen Zeitalter. Beiträge zu ihrer Geschichte, Kritik und Didaktik. Königstein/Ts. 1980b.

Dankert, B.: "Männliche und weibliche Rollenbilder in der modernen Jugendliteratur", in: Binder, L. (Hg.), Neue Formen der Kinder- und Jugendliteratur und ihre Aufnahme durch die Jugend. Wien 1976.

Degenhardt, A.: "Geschlechtstypisches Verhalten über die Lebensspanne", in: Degenhardt/Trautner (Hgg.): Mann und Frau in psychologischer Sicht. München 1979.

Degenhardt, A./ Trautner, H.M. (Hgg.): Mann und Frau in psychologischer Sicht. München 1979.

Doderer, K.: "Perspektiven einer modernen Literaturdidaktik", in: A.C. Baumgärtner/M. Dahrendorf: Wozu Literatur in der Schule? Braunschweig 1970.

Doderer, K.: "Gesteuerte Jugendlektüre. Einblicke in literarische Beeinflussungsvorgänge", in: Vogt, J. (Hg.): Literaturdidaktik. Aussichten und Aufgaben. Düsseldorf 1972.

Eckert, R. (Hg.): Geschlechtsrollen und Arbeitsteilung. Mann und Frau in soziologischer Sicht. München 1979.

Eibl, K.: Zur Funktion hermeneutischer Verfahren innerhalb der Forschungslogik einer empirisch-theoretischen Literaturwissenschaft, in: Nassen,U. (Hg.) Studien zur Entwicklung einer materialen Hermeneutik. München 1979.

EMMA, April 1981. Das Magazin von Frauen für Frauen. Köln 1981.

Engelbertz, M./ Engelbertz, U.: "Die Darstellung des Rollenerwerbs im Mädchenbuch unter besonderer Berücksichtigung der Bedeutung der Familie", in: K.Ch. Lingelbach/ Ch. Oberfeld: Das Jugendbuch als Medium literarischer Kommunikation. Marburg/Lahn 1974.

Engels, F.: Der Ursprung der Familie, des Privateigentums und des Staats. Frankfurt/M. 4. Auflg. 1978.

Enzensberger, H.M.: Ein bescheidener Vorschlag zum Schutz der Jugend vor den Erzeugnissen der Poesie, in: Tintenfisch 11, 1977.

Firestone, S.: Frauenbefreiung und sexuelle Revolution. Frankfurt/M. 1975.

Frauenjahrbuch 1976: Feministische Tendenzen. München 1976.

Frisch, M.: Tagebuch 1946-1949. Frankfurt/M. 1974.

Gärtner, H. (Hg.): Jugendliteratur im Sozialisationsprozeß. Bad Heilbrunn 1978.

Geiger, K.F.: "Jugendliche lesen 'Landser'-Hefte. Hinweise auf Lektürefunktionen und -wirkungen", in: Grimm,G. (Hg.): Literatur und Leser. Theorien und Modelle zur Rezeption literarischer Werke. Stuttgart 1975.

Geiss, M.: "Die Konservierung sozialer Rollen. Eine Analyse von Verhaltensmustern in Schulfibeln", in: K. Doderer (Hg.): Bilderbuch und Fibel. Eine kritische Analyse der Literatur für Leseanfänger. Weinheim/Basel 1972.

Gmelin, O.F.: Böses aus Kinderbüchern und ein roter Elefant. 2., verbesserte und wesentlich erweiterte Auflage von "Böses kommt aus Kinderbüchern". Frankfurt/M. 1977.

Grebe, W.: Erziehung zur Solidarität. Grundlagen und Möglichkeiten politischer Emanzipation. Kinderbuchanalyse. Wiesbaden 1973.

Greiffenhagen, M. (Hg.): Emanzipation. Hamburg 1973.

Grimm, G. (Hg.): Literatur und Leser. Theorien und Modelle zur Rezeption literarischer Werke. Stuttgart 1975.

Groeben, N.: Rezeptionsforschung als empirische Literaturwissenschaft. Kronberg/Ts. 1977.

Groeben, N.: "Empirische Literaturwissenschaft", in: Harth, D./Gebhardt, P. (Hgg.): Erkenntnis der Literatur. Theorien, Konzepte, Methoden der Literaturwissenschaft. Stuttgart 1982.

Groeben, N./Vorderer, P.: "Empirische Literaturpsychologie", in: Langner, R. (Hg.): Psychologie der Literatur. München 1986.

Groeben, N.: "Möglichkeiten und Grenzen der Kognitionskritik durch Inhaltsanalyse", in: Vorderer, P./ Groeben, N. (Hgg.): Textanalyse als Kognitionskritik? Möglichkeiten und Grenzen ideologiekritischer Inhaltsanalyse. Tübingen 1987.

Habermas, J.: Technik und Wissenschaft als "Ideologie". Frankfurt/M. 1968.

Habermas, J.: Erkenntnis und Interesse. Frankfurt/M. 1973.

Hagemann, C.: Bilderbücher als Sozialisationsfaktoren im Bereich der Geschlechtsrollendifferenzierung. Frankfurt/M. 1981.

Harth, D./Gebhardt, P. (Hgg.): Erkenntnis der Literatur. Theorien, Konzepte, Methoden der Literaturwissenschaft. Stuttgart 1982.

Harth, D./vom Hofe, G.: "Unmaßgebliche Vorstellung einiger literaturtheoretischer Grundbegriffe",in: Harth, D./ Gebharth, P. (Hgg.): Erkenntnis der Literatur. Theorien, Konzepte, Methoden der Literaturwissenschaft. Stuttgart 1982.

Hesse, H.A.: "Über den Gebrauch des Begriffs 'Emanzipation' in der erziehungswissenschaftlichen Literatur der Gegenwart", in: Greiffenhagen, M. (Hg.): Emanzipation. Hamburg 1973.

Heuermann, H./Hühn, P./Röttger, B. (Hgg.): Literarische Rezeption. Beiträge zur Theorie des Text-Leser-Verhältnisses und seiner empirischen Erforschung. Paderborn 1975.

Heuermann, H./Hühn, P./Röttger, B.: "Modell einer rezeptionsanalytischen Literaturdidaktik", in: Heuermann, H./ Hühn, P./Röttger, B. (Hgg.) 1975.

Heuser, M. (Hg.): Frauen - Sprache - Literatur. Fachwissenschaftliche Forschungsansätze und didaktische Modelle und Erfahrungsberichte für den Deutschunterricht. Paderborn 1982.

Hillmann, H.: "Rezeption - empirisch", in: Dehn, W. (Hg.): Ästhetische Erfahrung und literarisches Lernen. Frankfurt/M. 1974.

Huffzky, K.: Wer muß hier lachen? Das Frauenbild im Männerwitz - Eine Streitschrift. Darmstadt 1979.

Hurrelmann, B.: "Kinderliteraturforschung als literaturwissenschaftliche Pragmatik", in: Hurrelmann, B. (Hg.) 1980.

Hurrelmann, B. (Hg.): Kinderliteratur und Rezeption. Beiträge der Kinderliteraturforschung zur literaturwissenschaftlichen Pragmatik. Baltmannsweiler 1980.

Iser, W.: Die Appellstruktur der Texte. Unbestimmtheit als Wirkungsbedingungen literarischer Prosa. Konstanz 1970.

Iser, W.: Der Akt des Lesens. Theorie ästhetischer Wirkung. München 1976.

Janssen-Jurreit, M.: Sexismus. Über die Abtreibung der Frauenfrage. Frankfurt/M., 3. Auflg. 1978.

Janssen-Jurreit, M. (Hg.): Frauenprogramm - Gegen Diskriminierung. Gesetzgebung, Aktionspläne, Selbsthilfe. Ein Handbuch. Reinbek bei Hamburg 1979.

Kaminski, W.: Jugendliteratur und Revolte. Jugendprotest und seine Spiegelung in der Literatur für junge Leser. Frankfurt/M. 1982.

Kaminski, W.: "Das Innenbild der Außenwelt. Annotationen zu den Kindergestalten im Werk Michael Endes", in: Kinderwelten. Kinder und Kindheit in der neueren Literatur. Festschrift für K. Doderer, hrsg. vom Freundeskreis des Instituts für Jugendbuchforschung Frankfurt/ Weinheim/Basel 1985.

Karsten, G.: Mariechens Weg ins Glück? Die Diskriminierung von Mädchen in Grundschullesebüchern. Berlin, o.J.

Kürthy, T.: Geschlechtsspezifische Sozialisation. Paderborn 1978.

Keckeisen, W.: "Kritische Erziehungswissenschaft", in: Enzyklopädie Erziehungswissenschaft, Bd 1: Theorien und Grundbegriffe, hrsg. v. D. Lenzen und K. Mollenhauer, Stuttgart 1983.

Keller, H.: "Die Entstehung von Geschlechtsunterschieden im ersten Lebensjahr", in: Degenhardt, A./ Trautner, H. M. (Hgg.): Mann und Frau in psychologischer Sicht. München 1979.

Kimpel, D.: "Zur Bedeutung empirischer Verfahren im Rahmen der transzendental-hermeneutischen Literaturwissenschaft",in: Nassen, U. (Hg.): Studien zur Entwicklung einer materialen Hermeneutik. München 1979.

Knoche, M./ Lindgens, M.: Erscheinungsbild und Inhaltsstruktur von Jugendzeitschriften. Ergebnisse einer systematischen Inhaltsanalyse. Frankfurt/M. 1983.

Kracauer, S.: "The Challenge of Qualitative Content Analysis", in: Public Opinion Quarterly 16, 1952, 621-642.

Kracauer, S.:"Für eine qualitative Inhaltsanalyse",in: Ästhetik und Kommunikation, 3. 1972, 53-58.

Krappmann, L.: "Rolle", in: Enzyklopädie Erziehungswissenschaft, Bd 1: Theorien und Grundbegriffe, hrsg. von D. Lenzen und K. Mollenhauer. Stuttgart 1983.

Küchenhoff, E.: Die Darstellung der Frau und die Behandlung von Frauenfragen im Fernsehen. Eine empirische Untersuchung. Stuttgart 1975.

Kuhn, A./Merkel, J.: Sentimentalität und Geschäft. Zur Sozialisation durch Kinder- und Jugendliteratur im 19. Jahrhundert. Berlin 1977.

Lämmert, E.: Bauformen des Erzählens. Stuttgart 1955.

Langer-El-Sayed, I.: Frau und Illustrierte im Kapitalismus. Die Inhaltsstruktur von illustrierten Frauenzeitschriften und ihr Bezug zur gesellschaftlichen Wirklichkeit. Köln 1971.

Lempert, W.: "Bildungsforschung und Emanzipation", in: Uhlig, D. (Hg.): Theorie und Methode der Erziehungswissenschaft. Weinheim 1972.

Link, H.: Rezeptionsforschung. Eine Einführung in Methoden und Probleme. Stuttgart 1976.

Link, J./Link-Heer, U.: Literatursoziologisches Propädeutikum. München 1980.

Lisch, R./Kriz, J.: Grundlagen und Modelle der Inhaltsanalyse, Reinbek bei Hamburg 1978.

Macholdt, H.: Kritische Bestandsaufnahme der Untersuchungen zum Bild der Frau in deutschen Schullesebüchern", in: Oberfeld, Ch./Kaufmann, H./Becker, J. (Hgg.): Zwischen Utopie und heiler Welt. Zur Realismusdebatte in Kinder- und Jugendmedien. Frankfurt/M. 1978.

Mangold, W.: Gegenstand und Methode des Gruppendiskussionsverfahrens. Frankfurt 1960.

Matthiae, A.: Vom pfiffigen Peter und der faden Anna. Zum kleinen Unterschied im Bilderbuch. Frankfurt/M. 1986.

Mayring, P.: Qualitative Inhaltsanalyse. Weinheim 1983.

Mayr-Kleffel, V.: Mädchenbücher: Leitbilder für Weiblichkeit. Opladen 1984.

Mecklenburg, N./Müller, H.: Erkenntnisinteresse und Literaturwissenschaft. Stuttgart 1974.

Menschik, J. (Hg.): Grundlagentexte zur Emanzipation der Frau. Köln, 2. Auflg. 1977.

Millett, K.: Sexus und Herrschaft. Die Tyrannei des Mannes in unserer Gesellschaft. München 1974.

Möhrmann, R.: "Feministische Ansätze in der Germanistik seit 1945", in: Heuser, M. (Hg.): Frauen - Sprache- Literatur. Fachwissenschaftliche Forschungsansätze und didaktische Modelle und Erfahrungsberichte für den Deutschunterricht. Paderborn 1982.

Mollenhauer, K.: Erziehung und Emanzipation. Polemische Skizzen. München, 4. Auflg. 1970.

Mollenhauer, K./Brumlik, M./Wudtke, H.: Die Familienerziehung. München 1975.

Moser, H.: "programmatik einer kritischen Erziehungswissenschaft", in: Stein, G. (Hg.): Kritische Pädagogik. Positionen und Kontroversen. Hamburg 1979.

Mussen, P.H.: "Geschlechtsrollenentwicklung in früher Kindheit (1969)", in: Götz, B./Kaltschmid, J. (Hgg.): Sozialisation und Erziehung. Darmstadt 1978.

Narr, W.-D.: "Ist Emanzipation strukturell möglich? Bemerkungen zur kostenlosen Inflation eines Werts", in: M. Greiffenhagen (Hg.): Emanzipation. Hamburg 1973.

Nassen, U. (Hg.): Studien zur Entwicklung einer materialen Hermeneutik. München 1979.

Neuendorff-Bub, B.: "Stereotype und geschlechtstypisches Verhalten", in: Eckert, R. (Hg.): Geschlechtsrollen und Arbeitsteilung. Mann und Frau in soziologischer Sicht. München 1979.

Neumann, G.: Das Porträt der Frau in der zeitgenössischen Jugendliteratur. München 1977.

Neverla, I./Kanzleiter, G.: Journalistinnen - Frauen in einem Männerberuf. Frankfurt/M. 1984.

Nichols. J.: Men's lib' - Die Emanzipation des Mannes. Düsseldorf 1976.

Niggemann, H. (Hg.): Frauenemanzipation und Sozialdemokratie. Frankfurt/M. 1981.

Nitsche, V.: Inhaltsanalyse der Geschlechtsrollen inFibeln. Pädagogisches Zentrum. Arbeitspapiere 8/1971.

Oestreich, G.: Erziehung zum kritische Lesen. Kinder- und Jugendliteratur zwischen Leitbild und Klischee. Freiburg 1973.

Oestreich, G.: "Erziehung zu kritischem Lesen, Jugendbuchanalyse als Ideologiekritik", in: Bamberger, R. (Hg.) Jugendbuch und Jugendbuchtheorie heute. Wien 1975.

Ostermann, A./Nicklas, H.: Vorurteile und Feindbilder. München/Berlin/Wien 1976.

Pilgrim, V.E.: Manifest für den freien Mann. München 1977.

Pinkerneil, B.: Einleitung zu: Pinkerneil, B./Pinkerneil, D./Žmegač, V. (Hgg.) 1973.

Pinkerneil, B./Pinkerneil, D./Žmegač, V. (Hgg.): Literatur und Gesellschaft. Zur Sozialgeschichte der Literatur seit der Jahrhundertwende. Frankfurt/M. 1973.

Reese, W.: Literarische Rezeption. Stuttgart 1980.

Richter, D.: "Kinderbuch und politische Erziehung. Zum Verständnis der neuen linken Kinderliteratur", in: Richter/Vogt (Hgg.) 1974

Richter, D./Vogt, J. (Hgg.): Die heimlichen Erzieher. Kinderbücher und politisches Lernen. Reinbek bei Hamburg 1974.

Ritsert, J.: Inhaltsanalyse und Ideologiekritik. Ein Versuch über kritische Sozialforschung. Frankfurt/M. 1972.

Ruhloff, J.: "Emanzipation", in: Enzyklopädie Erziehungswissenschaft, Bd. 1: Theorien und Grundbegriffe, hrsg. v. D. Lenzen und K. Mollenhauer. Stuttgart 1983.

Rust, H.: Methoden und Probleme der Inhaltsanalyse. Eine Einführung. Tübingen 1981.

Rusterholz, P.: "Zum Problem des adäquaten Textverstehens", in: Nassen, U. (Hg.): Studien zur Entwicklung einer materialen Hermeneutik. München 1979.

Sahr, M.: Wirkung von Kinderliteratur. Lesen aus kommunikationstheoretischer Sicht. Baltmannsweiler 1981.

Schelsky, H.: Soziologie der Sexualität. Hamburg 1955.

Schenk, H.: Geschlechtsrollenwandel und Sexismus. Zur Sozialpsychologie geschlechtsspezifischen Verhaltens. Weinheim/Basel 1979.

Schenk, H.: Die feministische Herausforderung. 150 Jahre Frauenbewegung in Deutschland. München 1980.

Scheu, U.: Wir werden nicht als Mädchen geboren - wir werden dazu gemacht. Frankfurt/M. 1977.

Schmidt, S.J.: Grundriß der empirischen Literaturwissenschaft, Bd 1: Der gesellschaftliche Handlungsbereich Literatur. Braunschweig 1980.

Schultz, D.: Ein Mädchen ist fast so gut wie ein Junge. Sexismus in der Erziehung. Berlin 1978 (Bd 1)/1979 (Bd 2).

Seidenspinner, G./Burger, A.: Lebenssituation und Lebensgefühl 15- bis 19jähriger Mädchen. Eine repräsentative Untersuchung des Deutschen Jugendinstituts, referiert in: "Die Zeit" v. 24.9.1982. Hamburg 1982.

Silbermann, A.: "Systematische Inhaltsanalyse", in: Handbuch der empirischen Sozialforschung, hrsg. v. R. König, Bd 4., Stuttgart 3. Auflg. 1974.

Silbermann, A.: Einführung in die Literatursoziologie. München 1981.

Silbermann, A./ Krüger, U.M.: Abseits der Wirklichkeit. Das Frauenbild in deutschen Lesebüchern. Eine soziologische Untersuchung. Köln 1971.

Sollwedel, I.: "Lesebücher. Das Bild der Frau", in: Betrifft: Erziehung, Jg. 4 (1971), Heft 9, S. 14 f.

Staiger, E.: Die Kunst der Interpretation. Zürich 1955.

Thiersch, H./Ruprecht, H./Herrmann, U.: Die Entwicklung der Erziehungswissenschaft. München 1978.

Trautner, H.M.: "Psychologische Theorien der Geschlechtsrollenentwicklung", in: Degenhardt, A./ Trautner, H.M. (Hgg.) Mann und Frau in psychologischer Sicht. München 1979.

Twellmann, M.: Die deutsche Frauenbewegung. Kronberg/Ts. 1976.

Vorderer, P./Groeben, N. (Hgg.): Textanalyse als Kognitionskritik? Möglichkeiten und Grenzen ideologiekritischer Inhaltsanalyse. Tübingen 1987.

Weiss, P.: "10 Arbeitspunkte eines Autors in der geteilten Welt", in: Pinkerneil, B./Pinkerneil, D./Žmegač, V. (Hgg.): Literatur und Gesellschaft. Zur Sozialgeschichte der Literatur seit der Jahrhundertwende. Frankfurt/ M. 1973.

Wieland, C./Lang, D.: "Geschichte der Frauenbewegung und Sozialarbeit", in: Informationsdienst Sozialarbeit, 23 (1979).

Wolf-Graaf, A.: Frauenarbeit im Abseits. Frauenbewegung und weibliches Arbeitsvermögen. München 1981.

Zahlmann-Willenbacher, B.: Kritik des funktionalistischen Konzepts geschlechtstypischer Arbeitsteilung", in: Eckert. R. (Hg.): Geschlechtsrollen und Arbeitsteilung. Mann und Frau in soziologischer Sicht. München 1979.

Zinnecker, J.: "Literarische und ästhetische Praxen in Jugendkultur und Jugendbiographie", in: Fischer, A./ W. Fuchs/J. Zinnecker: Freizeit und Jugendkultur, hrsg. v. Jugendwerk der Deutschen Shell. Leverkusen 1985.